FEDERHERZ
VERLAG

JULIA
MAYER

Love NEXT door

VERLIEBT IN MEINEN
NACHBARN

LOVE NEXT DOOR
Verliebt in meinen Nachbarn

Bildmaterial: Shutterstock, Freepik
Korrektorat: Kristina Butz

Bestellung und Vertrieb: Nova MD GmbH, Vachendorf

ISBN: 978-3-98595-623-4

WIRmachenDRUCK GmbH
Mühlbachstr. 7
71522 Backnang
Deutschland

Federherz Verlag
Süntelstraße 70
31848 Bad Münder
www.federherzverlag.de
Instagram: @federherz.verlag

Triggerwarnung

Liebe Leserinnen und Leser,
dieses Buch enthält Elemente, die potenziell
triggern können.
Deshalb findet ihr hinten im Buch eine
Triggerwarnung.
Achtung: Diese enthält Spoiler für das gesamte Buch.

Playlist

Tek it – Cafuné
No Romeo – Dylan
Norman fucking Rockwell – Lana Del Rey
Defenceless – Louis Tomlinson
Undisclosed Desires – Muse
Small Talk – Niall Horan
Atlantis (Slowed Down Version) – Seafret
Bad Liar – Selena Gomez
Good Looking – Suki Waterhouse
I Knew You Were Trouble (Taylor's Version) – Taylor Swift
Fallingforyou – The 1975
Softcore – The Neighbourhood

KAPITEL 1

Hazel

»O man, die Stadt ist einfach der pure Wahnsinn. Schau dir diese Aussicht an!« Meine beste Freundin schlingt ihren Arm um meine Schultern, als wir im *Legacy Club* stehen, einer der beliebtesten Rooftop-Bars in Las Vegas. Und recht hat sie. Die Aussicht von hier oben ist der Wahnsinn. Las Vegas liegt uns wortwörtlich zu Füßen und blinkt in seinen bunten Lichtern mit den Sternen am Nachthimmel um die Wette.

»Ich muss dir wohl danken, Willow, dass du mich hierzu überredet hast«, antworte ich und ernte ein breites Grinsen von meiner Freundin. Ihr blonder Pixie Cut ist heute wild über den Scheitel gestylt und ihre Augen von dunklem Make-up umrandet. In ihrem engen, schwarzen Kleid steht sie vor mir und fängt langsam an, ihre Hüften zu der Popmusik im Hintergrund zu bewegen.

»Tja, ich weiß, was gut ist. Und jetzt komm, lass

uns nicht hier herumstehen, sondern unseren letzten Abend in vollen Zügen genießen!«

Ich lächle ihr zu, nicke schnell und streiche kurz über mein Kleid, das an den Schultern durch süße Schleifen zusammengehalten wird. Meine kupferfarbenen Haare trage ich heute nicht offen wie sonst, sodass sie mir in sanften Wellen bis zur Brust reichen, sondern zu einem strengen Dutt. Goldene Kreolen zieren meine Ohren, ein ehrliches Lächeln mein Gesicht. »Ja, lass uns tanzen.«

An der Hand zieht Willow mich hinter sich her in Richtung Innenraum der Bar, aus dem die laute Musik ertönt. Schicke Sofas reihen sich entlang der Wände der Hauptlounge, die gemütlichen Feuerstellen und Sitzbänke der Außenterrasse lassen wir hinter uns. Ein letztes Mal werfe ich einen Blick auf die funkelnde Aussicht, die man von hier oben hat, und erblicke den Strip, den Abschnitt des Las-Vegas-Boulevards, der für seine Luxushotels und Casinos weltberühmt ist und auf dem wir heute Nachmittag noch spaziert sind. Ja, ich bin wirklich froh, dass Willow mich zu diesem Mädelstrip überredet hat, denn ich hatte ihn bitter nötig. Ich weiß nicht, wann ich das letzte Mal aus war, geschweige denn, wann ich so viel Spaß hatte wie in den letzten Tagen. Statt auszugehen, habe ich mich die meiste Zeit über bei mir zu Hause vergraben, obwohl mir das ganz und gar nicht ähnlich sieht. Schuld daran? Mein Ex-Freund, mit dem ich im Senior Year an der Highschool zusammengekommen bin. Ganze sechs Jahre lang waren wir ein Paar und hätte ich es nicht besser gewusst, hätte ich geglaubt, dass wir es für immer sein würden. Doch, na ja, da habe ich mich wohl getäuscht. Denn während ich mir meine Zukunft mit diesem Vollidioten ausgemalt habe, ist er fremdgegangen. Mehrfach. Mit verschiedenen Frauen. Das muss man sich mal vorstellen! Eine reichte wohl nicht? Unsere Trennung ist zwar bereits ein Jahr her, doch so etwas ist nicht einfach, zu verarbeiten. Irgendwann hat es Willow jedoch gereicht und sie hat mich fast schon zu diesem Trip gezwungen. »Las Vegas ist der perfekte Ort, um einfach abzuschalten, seine Sorgen hinter sich zu lassen und Spaß zu haben! Jung zu sein, frei, wild, einfach man selbst«, waren ihre Worte und ja – sie hatte recht. Es tut gut, so einen großen Abstand zu meiner Heimatstadt zu haben. Ganze tausendfünfhundertzweiundneunzig Meilen.

»Erde an Hazel? Wo steckst du denn mit deinen Gedanken?« Willow tippt mich an der Schulter an und ich zucke zusammen.

Ich habe gar nicht mitbekommen, wie meine Gedanken abgedriftet sind. Zum Glück ist es das erste Mal in den letzten Tagen, dass ich so nachdenklich werde. Die meiste Zeit über waren wir zu sehr damit beschäftigt, die verschiedenen Casinos zu erkunden, Cocktails zu schlürfen und am Pool zu liegen.

»Oh, sorry, ich weiß auch nicht.« Ich streiche eine Haarsträhne, die sich aus meinem Dutt gelöst hat, hinter mein Ohr, während Willow mich aus ihren großen, blauen Augen anblickt. Früher war ich immer neidisch auf ihre Augenfarbe. Dann erklärte sie mir, dass nur fünf Prozent der Menschheit haselnussbraune Augen haben, so wie ich. Ich habe keine Ahnung, ob das stimmt, aber sie schafft es immer wieder, mich positiv zu stimmen. So wie jetzt.

»Hey, Süße, hör auf, über Dinge nachzudenken, die in der Vergangenheit liegen. Sie liegen dort nicht ohne Grund, hm?«

»Warum weißt du immer, was du sagen musst?«, frage ich meine Freundin, die mich jetzt schräg anlächelt.

»Tja, ich würde sagen, dass ich verdammt cool und weise bin.«

Ich stimme in ihr Lachen ein und ziehe sie in eine Umarmung. »Von dir muss ich mir eine Scheibe abschneiden.«

Lächelnd nehmen wir uns an die Hände und fangen an, zu der Popmusik zu tanzen. Unzählige Menschen umgeben uns und es dauert nicht lange, bis die Atmosphäre des Raums auf uns abfärbt. Alle Sorgen und Probleme geraten in den Hintergrund, bis sie gar nicht mehr in meinem Kopf vorhanden sind. Das Einzige, was zählt, ist dieser Abend mit meiner besten Freundin, den ich bis auf die letzte Sekunde auskosten möchte.

Zwei Stunden später verlassen wir kichernd und völlig außer Atem die Tanzfläche.

»Jetzt brauche ich einen Drink«, sage ich zu Willow, die mir mit roten Wangen entgegenblickt.

»Aber so was von. Bestellst du mir einen Tequila Sunrise? Ich muss dringend mal das Klo benutzen.«

»Klar, bis gleich. Oder soll ich dich begleiten?«

Grinsend verneint sie. »Keine Sorge, ich finde den Weg schon.«

Ich nicke ihr zu, dann mache ich mich mit einem Lächeln auf den Lippen, das sich einfach nicht von meinem Mund wischen lässt, auf den Weg zur Bar. So frei und ausgelassen wie heute habe ich mich schon lange nicht mehr gefühlt und das tut mir unglaublich gut.

Glücklicherweise ist die Schlange an der Bar nicht allzu lang, doch bevor ich meine Bestellung aufgeben kann, spüre ich eine kurze Berührung an meiner Hüfte. Blitzschnell zuckt mein Kopf zur Seite und ich schaue in die grünen Augen eines Mannes, der mich schräg angrinst.

»So, wie du aussiehst, hast du nur auf mich gewartet«, sagt er mit rauer Stimme. Sein Blick wandert langsam herunter zu meinen Lippen, bleibt eine Sekunde zu lang an meinem Ausschnitt hängen, bis er noch tiefer gleitet.

Äh, bitte was? Habe ich mich gerade verhört oder hat der Typ ernsthaft versucht, mich mit einem dummen Spruch anzumachen? Männer machen so etwas echt noch?

»Wer hat dir beigebracht, Frauen so anzuquatschen?«, kontere ich und ziehe eine Augenbraue hoch.

Der Typ lacht, wirft seinen Kopf nach hinten und streicht sich durch die blonden Locken. Zugegeben, er sieht gut aus, wie ein Surfer Boy, aber mit solchen Sprüchen kann er bei mir nicht landen. Ich bezweifle, dass er das bei irgendeiner Frau kann.

»Hey, kein Grund, dich gleich angegriffen zu fühlen. Ich habe dich schon eine Weile beobachtet und verstehe nicht, wieso dich noch kein Typ geschnappt hat.«

Meine Augenbraue bleibt hochgezogen. »Ich bin mit meiner besten Freundin hier und nicht, um einen Mann kennenzulernen. Oder *geschnappt* zu werden.« Ich drehe mich um und hoffe, dass Willow schnell wieder auftaucht, damit mich dieser Kerl in Ruhe lässt. Aber die Warteschlange vor der Toilette war vorhin schon lang, also bezweifle ich, dass sie in den nächsten Minuten zurückkommen wird.

Wäre ich doch einfach mit ihr mitgegangen …

»Komm, hab' dich nicht so, wir zwei können heute doch bestimmt noch eine Menge Spaß haben. Deine Freundin wird sich schon anderweitig beschäftigen können. Oder sie kommt mit dazu …«

Jetzt steht mein Mund weit offen und ich bin nur zu einem kurzen Lachen in der Lage. Den Typen vor mir scheint das nicht zu interessieren. Im Gegenteil, er tritt noch einen Schritt näher an mich heran, um erneut über meine Hüfte zu streichen.

Schnell trete ich nach hinten und drücke seine Hand weg. »Wenn du das noch einmal machst, gehe ich sofort zur Security«, warne ich ihn und fühle mich immer unwohler.

»Süße, sei doch nicht so verklemmt, du willst es doch auch, oder nicht?«

Ich halte die Hände abwehrend vor meinen Körper, schüttle heftig meinen Kopf und fühle mich so unbehaglich wie schon lange nicht mehr.

Gerade will dieser widerliche Typ etwas sagen, da

spüre ich erneut zwei Hände auf mir, die sich sanft auf meine Schultern legen.

»Hey, Babe, da bist du ja. Ich habe dich schon überall gesucht. Ist alles in Ordnung hier?«

Ruckartig drehe ich mich um, verwirrt von allem, was hier gerade passiert, und blicke in die blausten Augen, die ich je gesehen habe. Willows Augen sind *nichts* dagegen. Zärtlich streicht der Fremde mit seiner Hand über meine Schulter, seine Augen blicken mich eindringlich an und sorgen dafür, dass ich wie versteinert bin. Ich kann mich nicht regen. Im Gegenteil, ich starre ihn einfach an. Er ist mindestens einen Kopf größer als ich, seine dunkelbraunen Haare trägt er lässig zur Seite und ein Dreitagebart umrahmt seine weich aussehenden Lippen. Ich stehe ihm so nahe, dass ich erkenne, dass er über der rechten Augenbraue eine kleine Narbe hat. Wo die wohl herkommt? Meine Augen wandern weiter hinunter, sehen, dass er komplett in schwarz gekleidet ist – in eine Lederjacke und dunkle Jeans.

»Babe?«, wiederholt er. Das Wort klingt so weich und gleichzeitig rau aus seinem Mund. Und versetzt mich zurück in die Realität, in der ich zwischen zwei Männern stehe, die ich noch nie zuvor in meinem Leben gesehen habe.

»Ist das dein Freund?«, fragt der Lockenkopf hinter mir und ich drehe mich wieder um, die Hände des mysteriösen Typen immer noch auf meinen Schultern. Doch es fühlt sich in keinster Weise so unangenehm an, wie Blondies Hände an meiner Hüfte. Im Gegenteil, meine Haut scheint unter seinen Händen förmlich zu glühen ...

»Ja, ich bin ihr Freund. Willst du mir verraten, wieso du meine Freundin gerade belästigt hast?«, antwortet mein Retter hinter mir für mich, denn nach wie vor ist meine Stimme weg.

Ich schaue zu ihm hoch und erkenne, dass seine Augen zusammengekniffen sind. Sein Blick wirkt mit einem Mal dunkel, seine Lippen bilden eine schmale Linie. Er wirkt bedrohlich und genau das scheint auch Blondie zu spüren. Denn dieser setzt einen Fuß nach hinten, um Abstand zu uns aufzubauen.

»Hey, alles gut, mach keinen Stress. Ich wollte nichts von ihr. Ich mache mich auch gleich davon«, stammelt er, obwohl er vor wenigen Augenblicken noch so selbstbewusst geklungen hat.

»Das rate ich dir auch. Wehe, du kommst ihr noch einmal zu nahe. Hast du mich verstanden? Und jetzt verzieh dich.«

Blondie nickt, schaut mich nicht noch einmal an und verschwindet so schnell in der Menge, dass ich ihn eine Sekunde später schon nicht mehr ausfindig machen kann.

Nach Luft ringend drehe ich mich zu dem Mann hinter mir um und schaue mit klopfendem Herzen zu ihm hoch. In dem Augenblick löst er seine Hände von meinen Schultern und ich schwöre, dass sich die Stellen gleich wieder kalt anfühlen. Für eine Sekunde wünsche ich mir, dass er mich wieder dort berührt. So sanft wie er es gerade getan hat.

»Hey, danke …«, setze ich an, doch er winkt gleich ab.

»Kein Thema. Ich habe eine Weile beobachtet, wie ihr zwei euch unterhalten habt, und habe gleich mitbekommen, dass du dich unwohl gefühlt hast. So ein Verhalten von diesem Schmierlappen geht einfach gar nicht.« Er schüttelt den Kopf und ich lächle ihm dankbar zu.

»Wie kann ich mich bei dir revanchieren?«, frage ich und lege meinen Kopf schief. Er steckt die Hände in die Hosentaschen und schaut mich aus diesen tiefgründigen, blauen Augen an, die es einem nicht schwer machen, darin zu versinken. Gott, wie kann man denn bitte *so* blaue Augen haben?

»Das brauchst du nicht. Ich habe gern geholfen, *Babe*.« Er zwinkert mir zu und lacht dann, ein Lachen, das mir bis in die Knochen geht. Dann beißt er sich auf die Unterlippe und sorgt dafür, dass ich schwer schlucken muss. Verdammt, merkt er, wie verdammt anziehend er ist? Macht er das mit Absicht?

»Sorry, ich hoffe, ich bin dir nicht zu nahe getreten, indem ich mich als dein Freund ausgegeben habe. Aber es erschien mir die beste Taktik.«

»Das war es in der Tat«, stimme ich ihm zu und reiße mich zusammen, damit ich ihn nicht die ganze Zeit über mit offenem Mund anstarre. »Verrätst du mir denn wenigstens deinen Namen oder soll ich dich auch *Babe* nennen?«

Langsam kehrt mein gewohntes Selbstbewusstsein zurück und damit auch ein aufregendes Gefühl in meiner Magengegend. Es ist lange her, dass ich geflirtet habe, und ich muss zugeben ... es macht Spaß. Erst recht, wenn so ein attraktiver Mann vor mir steht, der sich gerade als mein Freund ausgegeben hat.

»Ich bin Caleb«, stellt er sich vor. Ein schräges Grinsen ziert sein Gesicht und mir fällt es schwer, nicht unentwegt darauf zu starren. Er hat etwas an sich, was mich in den Bann zieht. Eine geheimnisvolle Aura, die sich nur schwer beschreiben lässt. Ich habe keine Ahnung, ob ich zu viele Cocktails getrunken habe oder woran es liegt, dass ich so etwas denke. Vielleicht liegt es auch an seiner Lederjacke und dem verwegenen Blick, den er mir die ganze Zeit über zuwirft. »Und du bist ...?«

»Hazel.«

»Hazel«, haucht er. Die Art und Weise, wie er meinen Namen ausspricht, sorgt für einen Schauer auf meinen Armen. »Ein schöner Name.«

»Danke.« Meine Stimme klingt heiser und ich räuspere mich.

Caleb zieht eine Augenbraue nach oben und mustert mich mit diesem schelmischen Blick, den er schon die ganze Zeit über draufhat. Sein Grinsen färbt auf mich ab und sorgt dafür, dass dieses kribbelnde Gefühl und die Lust auf Abenteuer in mir weiter ansteigen.

»Darf ich dir einen Drink spendieren, *Hazel*?«, fragt er mich, betont meinen Namen und fixiert dabei meine Lippen. Er lehnt sich mit einem Arm auf den Tresen, sein Kopf ist schräg gelegt, sein Blick wandert langsam wieder nach oben und trifft meinen.

Wie ein Blitz durchfährt es mich. Ich blicke zur Seite und werde mir bewusst, dass ich eigentlich mit meiner besten Freundin hier bin, an unserem letzten Abend. Tatsächlich kann ich sie in der Masse ausfindig machen. Etwas weiter entfernt steht sie, winkt mir zu und streckt dann beide Daumen nach oben. Ich will gar nicht wissen, wie lange sie schon dort steht und uns beobachtet. Meine Wangen fühlen sich mit einem Mal ganz hitzig an und bevor ich etwas erwidern kann, sehe ich, wie Willow auf einen Typen neben sich deutet. Anscheinend hat sich der Kurs des Abends bei uns beiden geändert.

Als ich wieder zurück zu Caleb blicke, der mich nach wie vor herausfordernd anblickt, nicke ich schnell. Und kann es kaum erwarten, mehr über diesen geheimnisvollen Mann zu erfahren.

KAPITEL 2

Caleb

Es ist bereits nach Mitternacht, die Sterne stehen hell am Himmel und ich befinde mich mit dieser unfassbar faszinierenden Frau in einer Rooftop-Bar, in der uns Las Vegas zu Füßen liegt. In meiner einen Hand halte ich meinen Scotch and Soda, die andere liegt auf Hazels Oberschenkel. Meine Finger zeichnen in langsamen Bewegungen Kreise auf ihrer weichen, sonnengebräunten Haut. Unsere Blicke sind fest miteinander verbunden, es fällt uns schwer, uns *nicht* anzusehen.

Sie kichert, als ich einen Witz erzähle. Das Geräusch ist wie Musik in meinen Ohren, bringt mich nur umso mehr zum Grinsen. Der Alkohol in unserem Blut sorgt dafür, dass die Stimmung immer gelassener wird. Ich weiß nicht, wie lange wir bereits auf dem Sofa hier draußen sitzen. Aber ich habe nicht vor, so schnell zu verschwinden. Und wenn doch, dann nicht ohne sie ...

»Ich will mehr über dich erfahren«, meint Hazel, nachdem sie einen großen Schluck von ihrem Mojito genommen hat. Sie legt ihre schlanken Finger auf meine, sodass ich aufhöre, Kreise zu ziehen. Ihre Hand fühlt sich warm an und sie beißt sich auf die Lippe, als sie beobachtet, wie ich meine Hand hervorziehe, um sie über ihre zu legen. Mir gefällt es, wenn *ich* die Oberhand habe.

»Was willst du wissen, Hazel?«

Das Lächeln weicht nicht von ihrem Gesicht. Und mir fällt es schwer, nicht durchgehend darauf zu starren. Die Anziehung, die von dieser Frau ausgeht, ist so groß, dass ich mir schon mehrfach ausgemalt habe, wie ich mich zu ihr beuge, meine Hände in ihren Haaren vergrabe und sie zu mir ziehe, um sie intensiv zu küssen. Wie sie wohl aussieht, wenn ihre kupferfarbenen Haare über ihre Schultern fallen?

»Alles.«

Ich lache kurz auf, denn das ist ein breit gefächertes Wort. *Alles* wird sie nie über mich erfahren. Es gibt Dinge, über die ich nicht spreche. Dinge, die mich jede Nacht im Schlaf verfolgen und die sich nicht aus meinem Kopf löschen lassen.

Hazel legt ihren Kopf schief, als ich nach ein paar Sekunden immer noch nicht reagiert habe, und ich bemerke, dass ich wie so oft an diesem Abend in einen nachdenklichen Zustand verfallen bin. Schnell reiße ich mich zusammen, indem ich einen Schluck von meinem Drink nehme, mir über die Lippen lecke und meinen Fokus für eine Sekunde auf ihre richte.

Mit Erfolg – ihre Lippen öffnen sich leicht, sie schnappt eine halbe Sekunde lang nach Luft, dass es fast schon unbemerkt untergehen könnte, doch mir entgeht es nicht. Ich sehe, was für eine Wirkung ich auf ihren Körper habe. Und mit jeder verstreichenden Minute bekomme ich mehr Lust auf sie.

»Stell mir einfach eine Frage. Vielleicht beantworte ich sie dir ja. Vielleicht auch nicht.« Langsam hebe ich meine Hand und streiche dann in aller Seelenruhe über ihren Oberschenkel, immer höher, bis ich an ihrem knappen Kleid angekommen bin. Ihre Augen verfolgen das Schauspiel und ich frage mich, ob sie überhaupt etwas von dem mitbekommen hat, was ich gerade zu ihr gesagt habe. Ich beiße mir auf die Zunge, um nicht breit zu grinsen. Gleichzeitig spüre ich, wie sich meine Hose immer enger anfühlt, als meine Finger über den dünnen Stoff ihres Kleides streichen.

»Du bist gern geheimnisvoll, habe ich recht?«, fragt Hazel mit atemloser Stimme. Ihre haselnussbraunen Augen funkeln mich an.

»Ich gebe einfach nicht gern gleich alles von mir preis, wenn du verstehst, was ich meine«, erwidere ich und zwinkere ihr zu. »Aber vielleicht mache ich bei dir eine Ausnahme. Schließlich ist es unsere letzte Nacht hier in Vegas.«

Sie befeuchtet ihre Lippen und rückt näher an mich heran. Jackpot. Sie kann mir kaum deutlicher machen, dass sie an genau den gleichen Verlauf des Abends denkt wie ich.

»Ja, es ist unsere letzte Nacht. Und die sollten wir voll und ganz auskosten.« Ihre Stimme nimmt einen rauchigen Klang an, heizt mich nur umso weiter an. Fuck, diese Frau ist heiß und sie weiß es. »Also ... wohin kehrst du morgen zurück, wenn deine Zeit in der Stadt vorbei ist?«, fragt sie und richtet ihren Fokus wieder auf meine Augen.

Ich muss grinsen, denn ich weiß genau, dass sie all diese Fragen nur stellen wird, um die Zeit etwas hinauszuzögern. Dabei wissen wir beide, wie die Nacht weitergehen wird. *Keiner* von uns wird allein in seinem Bett landen.

»Ich werde meinen Roadtrip weiterführen«, erkläre ich. »Las Vegas war bloß ein Zwischenstopp auf meiner Reise. Ehrlich gesagt weiß ich nicht, wohin es mich als Nächstes führen wird. Das werde ich feststellen, wenn ich morgen auf mein Motorrad steige.«

»Du fährst Motorrad?«, wiederholt sie meine Aussage und hebt ihre Augenbrauen.

Ein Grinsen schleicht sich auf meine Lippen. »Ja, das tue ich.«

»Wobei, bei deinem Auftreten hätte ich es mir ja schon fast denken können.« Sie schmunzelt und ich ziehe eine Augenbraue nach oben. »Na, all black und so«, fügt sie hinzu. »Und die Lederjacke.« Ihr Kichern ist unglaublich sexy.

»Ist das so?« Ich lache kurz, denn vermutlich hat sie recht – mein Outfit entspricht wohl dem typischen Biker-Klischee.

»Na, schwarzes Outfit, Motorrad, Bad Boy, das gehört doch alles zusammen.«

»Du glaubst, ich bin ein Bad Boy?« Amüsiert nehme ich einen großen Schluck von meinem Drink. Hazel tut es mir nach. Ihre Wangen haben eine rosige Farbe angenommen und es lässt sie noch attraktiver wirken, als sie ohnehin schon ist.

»Das werde ich noch herausfinden. Aber es ist eine Vermutung.« Selbstbewusst beugt sie sich nach vorn, sodass unsere Körper sich noch näher kommen. Obwohl die Couch ziemlich groß ist, sitzen wir eng zueinander gedreht. Ein Hauch ihres süß-blumigen Parfüms weht zu mir herüber.

Eine Sekunde lang schließe ich die Augen und nehme alles in mir auf – ihre Anwesenheit, die Popmusik im Hintergrund, das Lachen der anderen Gäste. Als ich sie wieder anblicke, habe ich das Gefühl, ihr Gesicht ist meinem noch näher gekommen. Ihre haselnussbraunen Augen fixieren mich.

»Ich denke, das wirst du.« Meine Hand ruht immer noch auf dem dünnen Stoff ihres Kleids, die Finger fahren langsam auf und ab und ich sehe, wie sich eine Gänsehaut auf ihren Oberschenkeln ausbreitet. Der Drang in mir wächst, ihr Kleid weiter hochzuschieben, mehr von ihrer weichen Haut zu spüren, immer weiter hochzufahren, bis ich an ihrem Slip angekommen bin. Oder vielleicht trägt sie ja keinen? Meine Fantasie geht mit mir durch, sodass sich meine Hose mittlerweile verdammt eng anfühlt. Lange halte ich es nicht mehr aus, ihr nicht näher zu sein. Viel näher.

»Und wohin kehrst du morgen zurück?«, frage ich sie, um mich abzulenken.

»Meine Freundin und ich fliegen morgen zurück nach St. Louis.«

»Eine schöne Stadt.«

»Du warst schon einmal dort?«

»Ja. Aber leider habe ich das Schönste, was die Stadt zu bieten hat, wohl verpasst.«

Hazel reißt ihre Augen auf und entfernt sich ein kleines Stück von meinem Kopf. Ein breites Lächeln ziert ihr zartes Gesicht. »Sag nicht, du haust auch so dämliche Anmachsprüche raus!«

O man. Der Alkohol sorgt wohl schon dafür, dass ich Blödsinn von mir gebe. Ich raufe mir die Haare, ein paar Strähnen fallen in meine Stirn. Laut lache ich auf und fasse dann verlegen durch meinen Bart. Ihre Augen funkeln mich an, aber sie ist nicht sauer, sondern amüsiert.

»Du machst wohl einfach etwas mit mir«, erwidere ich und meine es auch so. Diese Frau hat etwas, was mich einfach nicht loslässt. Aber so aufdringlich und nervtötend wie der Milchbubi vorhin bin ich wohl niemals.

»Schon gut«, sagt Hazel. »Wenn *du* so etwas sagst, ist es irgendwie ... anziehend.«

Ich weiß nicht, ob sie bloß einen Scherz macht, aber die Stimmung schwankt mit einem Mal von humorvoll zurück zu aufgeladen. *Sehr* aufgeladen. Wir blicken uns tief in die Augen und ich verstärke meinen Griff an ihrem Oberschenkel. Erneut schnappt sie nach Luft, so wie sie es vorhin schon getan hat. Doch diesmal ist es hörbar und ich sehe ihr förmlich an, wie die Hitze in ihrem Körper steigt.

»Ich bin froh, dass ich dich hier an meinem letzten Abend getroffen habe. An *unserem* letzten Abend. Es ist ja fast schon Schicksal, dass ich dich vor diesem Vollidioten gerettet habe.« Während ich die Worte ausspreche, fixiere ich einzig und allein ihre Lippen, die hier draußen, in dem dämmrigen Licht, bedrohlich anziehend schimmern.

»Schicksal«, wiederholt sie. Ihre Stimme klingt eine Oktave höher als gerade eben noch.

Ich spüre, dass sie genauso wenig wie ich in der Lage ist, sich noch länger von mir fernzuhalten. Wozu auch? Wir wollen es beide. Das würde ein Blinder mitbekommen. Unsere Köpfe nähern sich immer weiter an, sie dreht ihren Oberkörper weiter in meine Richtung. Meine Hand legt sich an ihre Taille, umfasst sie mit festem Händedruck und es fühlt sich so gut an, ihre weichen Kurven darunter zu spüren, unter dem dünnen Stoff, den ich so dringend von ihrem Körper reißen will, um herauszufinden, wie zart sich ihre Haut an anderen Stellen anfühlt. Mit meinen Fingern, meinen Lippen, meiner Zunge ...

Mittlerweile spüre ich mein bestes Stück in meiner Hose so deutlich, dass es fast nicht mehr witzig ist. Mein Kopf ist ihrem jetzt so nahe, dass meine freie Hand sich um ihren Nacken legt, sie noch näher an mich heranzieht. Bloß ein Blatt Papier würde jetzt noch zwischen unsere Lippen passen. Ich spüre ihren heißen Atem auf meinem Mund, der sich immer weiter beschleunigt. Gott, wir scheinen beide durchzudrehen, während wir hier sitzen. Inmitten der Rooftop-Bar in Las Vegas, umgeben von lauter Spielsüchtigen und Partygängern. Doch das ist alles unwichtig. In diesem Augenblick zählt nur, ihre Lippen auf meinen zu spüren.

Und das tue ich keine Sekunde später. Hart presse ich meinen Mund auf ihren, höre, wie sie aufstöhnt, als unsere Zungen einander berühren und der Kuss innerhalb eines Augenblicks auf leidenschaftlich umspringt.

Ihre Hände krallen sich an meiner Lederjacke fest. Ihr Duft umweht mich und sorgt dafür, dass ich noch mehr von ihr haben will. Mit der Hand in ihrem Nacken presse ich sie noch näher an mich, mit der anderen wandere ich von ihrer Taille ihren Oberkörper hoch, bis ich an ihren Brüsten angekommen bin, die klein sind, aber perfekt in meine Hand passen. Fuck, diese Frau ist perfekt, natürlich, schlagfertig und unfassbar sexy.

»Caleb«, unterbricht sie mich und stöhnt dabei fast meinen Namen, sodass ich sie mit großen Augen anblicke.

»Ja?«, frage ich genauso atemlos, wie sie es ist.

»Hier sind Menschen.« Sie deutet auf meine Hand, die ihre perfekte Brust immer noch festhält.

O man, dass hier Leute sind, ist mir schon klar, aber es hält mich keineswegs davon ab, ihren anziehenden Körper zu erkunden. Aber ich verstehe schon, was sie meint. Also löse ich widerwillig meine Finger von ihrer Oberweite, nur um meine Hand auf ihrem Oberschenkel abzulegen und darüber zu streicheln. »Sollen wir ... in mein Hotel gehen?«, schlage ich vor, auch wenn ich mir keineswegs vorstellen kann, dass sie jetzt noch ablehnen würde. Ihre rosigen Wangen, die sich schnell hebende Brust und das süße Lächeln, das mich anblickt, sprechen für sich.

»Gern. In welchem Hotel bist du denn?«

»Im *Caesars*.«

Lass uns einfach gehen, Hazel. Ich halte es nicht

länger aus, deinen Körper unter meinen Fingern zu spüren und dir nicht dein Kleid vom Leib zu reißen, verdammt noch mal.

»Wow, du lässt es dir hier in Vegas aber gut gehen.« Ihre Augen sind aufgerissen.

Ich lächle sie bloß an, verschränke meine Finger mit ihren und stehe auf. »Mit dir an meiner Seite tue ich das auf jeden Fall.«

Hand in Hand laufen wir durch die Menschenmenge, bevor ich noch einmal stehen bleibe. Hinter Hazel leuchtet die Stadt, die man auch als zweites New York City beschreiben könnte – die Stadt, die niemals schläft. Langsam beuge ich mich zu ihr hinunter, streiche eine wirre Haarsträhne hinter ihr Ohr, bevor ich ihr zuflüstere: »Und jetzt sorge ich dafür, dass *du* es dir gut gehen lässt und diese Nacht niemals mehr vergisst.« Dann landen meine Lippen auf ihrer Haut unterhalb des Ohrs, die noch viel weicher ist als alles andere. Sie keucht und ich grinse in ihre Halskuhle hinein.

Du denkst, ich bin ein Bad Boy, Hazel?

Das beweise ich dir gern.

KAPITEL 3

Hazel

Mein Herz klopft wie wild in meiner Brust, als wir uns den Weg entlang des Strips schlängeln. Obwohl es bereits weit nach Mitternacht ist, ist auf den Straßen von Las Vegas immer noch viel Trubel. Aufgetakelte Menschen schlendern gut gelaunt an den bekannten Hotels und Casinos vorbei, bereit für eine abenteuerliche Nacht und hoffentlich einen vollen Geldbeutel am nächsten Morgen. Hand in Hand laufen wir auf das *Caesars Palace* zu, vor dem ich schmunzelnd feststelle, dass es tatsächlich wie in dem Film *Hangover* aussieht.

Mir sind Calebs Nähe und sein fester Händedruck wohlbewusst, als wir das luxuriöse Hotel betreten. Ob sein Körper auch am Glühen ist? Wenn ich könnte, würde ich jetzt in einen eiskalten Pool springen, um mich irgendwie zu beruhigen.

Als Caleb seinen Kopf zur Seite dreht und mich schräg angrinst, könnte mein Herz genauso gut aus meiner Brust springen. Denn ich weiß nicht, wie lange mein Brustkorb es noch festhalten kann, wenn er mich weiterhin so um den Verstand bringt. Dabei muss er nicht einmal viel machen – seine Lederjacke, der Bart, die tiefgründigen blauen Augen und sein mysteriöser Charme reichen schon aus, um mich verrückt werden zu lassen.

Das *Caesars Palace* ist im antik römischen Stil eingerichtet und wirkt so prachtvoll, dass es mir im ersten Augenblick den Atem verschlägt. Das Hotel, in dem Willow und ich die letzten Tage übernachtet haben, ist auch nicht schlecht, aber das *New York-New York Hotel & Casino* kann mit dem hier nicht mithalten. Wobei man unserem Hotel gutschreiben muss, dass es eine verdammte Achterbahn hat, die einmal außen herumfährt. Laut kreischende Leute zu hören, ist inklusive, wenn wir uns auf unserem Zimmer befinden.

Auf dem Weg zu den Aufzügen bestaune ich Säulen, Statuen und Wasserfontänen genauso wie das Spielcasino, durch das wir einmal quer laufen müssen, um dorthin zu gelangen.

»Und, hast du schon dein Glück an einem Spielautomaten versucht?«, will Caleb herausfinden. Nach wie vor sind unsere Finger miteinander verschränkt. Ich spüre, wie sein Daumen sanft und in langsamen Bewegungen über meinen Handrücken streicht. Diese kleine, aber bedeutende Geste bringt mich für eine Sekunde aus dem Konzept. Wobei, das tut eigentlich alles, was Caleb in den letzten Stunden gemacht hat.

»Na klar, war man denn überhaupt richtig in Vegas, wenn man es nicht tut?«

Caleb lacht und nickt. »Tja, da hast du vermutlich recht. Viel Glück hatte ich aber nicht bisher.«

Wir passieren einen Automaten, an dem ein älterer Herr sitzt. Ein kurzer Blick auf den Bildschirm bedeutet mir, dass er tatsächlich sage und schreibe zehntausend Dollar in den Spielautomaten gesteckt hat. Zehntausend Dollar! Das muss man sich mal vorstellen. Einfach wahnsinnig.

»Na ja, heißt es nicht so schön – Pech im Spiel, Glück in der Liebe?« Mein Blick fällt auf ihn, während wir weiterlaufen.

Das Lächeln verschwindet von seinen Lippen und ich beiße mir auf die Zunge. Auweia, vielleicht hätte ich das nicht sagen sollen. Immerhin ist es mehr als offensichtlich, dass das hier heute Nacht ein heißer One-Night-Stand – und nicht mehr – wird.

Doch Caleb scheint sich schnell wieder zu fangen, erwidert meinen Blick und zwinkert mir zu. »Das werden wir wohl gleich herausfinden.«

Seine raue Stimme gepaart mit der Bedeutung dieses Satzes beschert mir eine gewaltige Gänsehaut. Mein Mund fühlt sich trocken an, langsam befeuchte ich meine Lippen. Mir entgeht dabei nicht, wie Caleb wie gebannt darauf starrt.

Vor den Aufzügen bleiben wir stehen. Hier ist einiges los und so teilen wir uns den nächsten Aufzug mit einer ganzen Truppe an Menschen. Caleb und ich gehen so weit wie möglich nach hinten, er hinter mir, ich vor ihm. Immer mehr Menschen drängen sich in den ohnehin schon viel zu vollen Aufzug und ich bin kurz davor, aufzustöhnen. Ich habe zwar keine Platzangst, aber ganz wohl ist mir in so engen Räumen nicht.

Als der Aufzug losfährt, spüre ich zwei starke Hände an meiner Taille. Ich zucke zusammen. Langsam bewegen sich Calebs Hände weiter nach unten, bis sie über meinen Po streifen. Er kneift einmal leicht hinein und bevor ich ein Geräusch von mir geben kann, beiße ich fest auf meine Zunge.

»Du bist so was von scharf, Hazel«, wispert er in mein Ohr. Seinen heißen Atem auf meiner Haut zu spüren, macht mich beinahe wahnsinnig. Ich schaue mich um, doch die anderen Gäste sind alle viel zu sehr mit sich selbst beschäftigt, niemand scheint von uns Notiz zu nehmen. Seine Hände umklammern wieder meine Taille, ziehen mich enger an ihn heran.

Mit aufgerissenen Augen stelle ich fest, dass nicht nur *ich* scharf bin, sondern auch Caleb. Sein Schritt drückt gegen meinen unteren Rücken und ich spüre mehr als deutlich, dass er es nicht abwarten kann, endlich in seinem Zimmer anzukommen. Meine Fantasie geht bereits jetzt mit mir durch und ich bete, dass wir diesen Aufzug so schnell wie möglich verlassen können.

Nach einer halben Ewigkeit steigen wir fast als Letzte aus dem Aufzug aus. Caleb läuft hinter mir. Ich nehme seine schweren Schritte wahr, bin mir seiner Präsenz so sehr bewusst, dass ich das Gefühl habe, nicht mehr richtig laufen zu können. Ich bleibe stehen, drehe mich zu ihm um und sehe in seine hungrigen Augen. »Wo ist dein Zimmer?«, frage ich.

Er mustert mich noch eine Sekunde lang, dann tritt

er nach vorn, greift wieder nach meiner Hand und zieht mich hinter sich her. »Gleich hier vorn.«

Mittlerweile klopft mein Herz so stark, dass ich das Blut in meinen Ohren rauschen höre. Denn mir wird immer bewusster, dass ich gleich einen One-Night-Stand haben werde. Nicht dass ich Angst davor habe. Aber seit meiner Trennung vor ungefähr einem Jahr habe ich den Männern abgeschworen. Und die Nacht heute wird die erste sein, in der ich mich wieder auf etwas einlasse. Das ist ... aufregend.

Und dann auch noch mit einem Mann in Lederjacke, der so verdammt sexy ist, dass man kaum noch klar denken kann.

»Oh. Ich muss Willow noch Bescheid geben, dass ich nicht mehr in der Bar bin«, stelle ich fest und schlage mir mit der Handfläche gegen die Stirn.

Verdammt, wie konnte ich vergessen, meiner besten Freundin Bescheid zu sagen? Ich habe in den letzten Stunden zwar immer wieder nach ihr Ausschau gehalten und gesehen, dass sie sich genauso wie ich prächtig mit einem Mann amüsiert hat. Aber nichtsdestotrotz kann ich nicht einfach so die Bar verlassen und sie allein lassen.

»Klar, mach das ruhig.« Caleb zückt seine Zimmerkarte, öffnet die Tür und ich trete hinter ihm ein.

Auf meinem Handy tippe ich eine Nachricht an Willow. Glücklicherweise antwortet sie prompt und erklärt mir, dass sie gesehen hat, wie wir beide die Bar verlassen haben. Sie wünscht uns viel Spaß und meint, dass sie gerade selbst auf dem Weg ins Hotel ist – sogar ins *Caesars*, genau wie Caleb und ich. Wir senden uns schnell gegenseitig die Zimmernummern, um auf Nummer sicher zu gehen, schließlich weiß man nie. Dann stecke ich mein Handy zurück in meine Handtasche, schließe die Zimmertür hinter mir und schaue nach oben.

Und mir stockt der Atem. Caleb hat sich bereits aus seiner Lederjacke geschält, unter der er ein eng anliegendes weißes T-Shirt trägt. Es betont seine breiten Schultern und trainierten Oberarme und ich fühle, wie die Hitze in meinem Körper und erst recht zwischen meinen Beinen immer weiter ansteigt.

»Komm her.« Er spricht die Worte langsam aus, ohne dabei den Blick von mir abzuwenden.

Ich schlucke, lasse meine Tasche auf den Boden fallen und laufe auf ihn zu. Sein Blick wandert über meinen Körper und die Art und Weise wie er mich ansieht, so hungrig und voller Verlangen, ist das größte Kompliment. Selbstbewusst setze ich einen Fuß vor den anderen und fange an, mit den Trägern meines Kleides zu spielen. Langsam ziehe ich an den Schleifen. Calebs Augen werden größer, als er feststellt, was ich da gerade tue. Ich sehe, wie er jetzt derjenige ist, der schluckt. Und ein kurzer Blick auf seinen Schritt bedeutet mir, dass er mehr als bereit ist.

Mein Kleid fällt zu Boden und ich stehe bloß noch in Spitzenunterwäsche vor ihm.

Ein leichtes Lächeln umspielt seine Lippen, die Mundwinkel zucken immer weiter nach oben. »Verdammt, du bist so heiß. Fuck.« Er tritt auf mich zu, kann seine Augen nicht von meiner Oberweite losreißen.

Ich genieße seine Aufmerksamkeit und als er vor mir steht, greifen meine Hände nach seinem T-Shirt, um es ihm auszuziehen. Anscheinend tue ich das aber viel zu langsam, denn Caleb zerrt ungeduldig das Shirt über seinen Kopf, um es dann achtlos auf den Boden zu schmeißen.

»Ich kann keine Zeit mehr verlieren, wenn du so verdammt sexy aussiehst«, haucht er und öffnet meinen BH. Keine Sekunde später spüre ich seine warmen Hände auf meinen Brüsten und keuche auf, als seine Finger meine Brustwarzen umspielen.

»Zieh dich aus«, gebe ich von mir und entledige mich ebenfalls meines Slips, als er seine Boxershorts herunterzieht.

O Gott, verdammt, er steht komplett nackt vor mir und ich bin ebenfalls nackt. Mein Körper ist am Glühen. Ich will ihn so sehr, wie ich schon lange nichts mehr gewollt habe. Und es tut gut, zu sehen, dass er mich genauso will. Ich fühle mich begehrt und schön und will nicht, dass dieses Gefühl vorbeigeht.

Als ich seine Hände wieder auf meinem Körper spüre, merke, wie sie meinen Po entlangwandern, hoch zu meiner Taille, lasse ich den Kopf in den Nacken fallen. Mit seinen Fingern hinterlässt er eine glühende Spur auf meiner nackten Haut, seine Lippen verteilen Küsse auf meinen Schultern bis zu meinem Hals.

»Oh, das fühlt sich gut an«, flüstere ich, denn zu mehr bin ich im Augenblick nicht fähig.

Während er mich weiter küsst, spüre ich, wie er grinst. Seine eine Hand umfasst meinen Po, knetet ihn, wird immer gröber, während die andere in meinen Nacken greift und meinen Kopf zu sich zieht, sodass unsere Lippen wieder aufeinandergepresst sind.

Jetzt ist er derjenige, der aufstöhnt, als meine Zunge in seinen Mund vordringt und meine Hände nach unten greifen, sein bestes Stück umfassen. In immer schneller werdenden Bewegungen streiche ich darüber.

»Fuck, wenn du so weitermachst, komme ich gleich schon«, knurrt er in mein Ohr, packt mich an der Taille und hebt mich hoch. Überrascht keuche ich auf. Er trägt mich zum Bett, das nur wenige Schritte entfernt ist. Ich lande auf der weichen Matratze und spüre einen Moment später seine weichen Lippen wieder auf meinen. Seine Haut reibt sich an meiner und es ist ein atemberaubendes Gefühl. Meine untere Mitte pocht heftig. Ich spüre seinen Oberschenkel dort und werde wahnsinnig. Ich muss ihm endlich nahe sein, noch näher als jetzt. Ich will ihn endlich *spüren*.

Leise wimmere ich, als Caleb sich von mir löst, nur um dann die Augen fest zuzupressen, als sein heißer Atem meine Brüste streift und seine Zunge sich ihnen widmet. Seine Hände erkunden meinen Körper, bis ich seine Finger zwischen meinen Beinen spüre. Kreisend bewegt er sie, erst langsam, dann immer schneller. O Gott, wie kann sich so eine einfache Bewegung *so* gut anfühlen?

»Wie feucht du bist. So perfekt«, höre ich ihn sagen und schmelze dahin, verglühe immer weiter. Seine Finger wissen genau, was sie tun müssen. Ich beiße auf meine Unterlippe, denn es ist so gut, so verdammt gut.

Als er sich von mir löst, will ich beinahe protestieren. In einer geschmeidigen Bewegung steht er auf und greift nach einer Kondompackung, die auf dem Nachttisch neben dem Bett steht.

Wir haben es noch nicht einmal getan und ich fühle mich jetzt schon so, als sei ich im Himmel.

Als ich dann spüre, wie er in mich eindringt, stöhne ich laut auf. Und Caleb ebenfalls.

»Oh, fuck.« Seine Stimme klingt rau und tief und verdammt sexy. »Du fühlst dich so gut an.«

Er dringt so tief in mich ein, dass ich die Augen schließen muss, um alles vollends auszukosten. In rhythmischen Bewegungen bringt er mich der Erlösung immer näher, küsst mich dabei um den Verstand und ich will nicht, dass das hier jemals aufhört. Dafür fühlt es sich zu gut an. Meine Finger vergrabe ich in seinen dunklen Haaren, ziehe daran, stöhne auf und bringe ihn dazu, es ebenso zu tun.

»Sieh mich an«, fordert er dann und ich versuche mit aller Mühe, meine Augen offen zu halten. »Ich will sehen, wie du für mich kommst.«

Nur noch ein paar schnelle Stöße und der Orgasmus reißt mich wie eine Welle mit sich. Ich schreie kurz auf, beiße mir auf die Unterlippe und habe das Gefühl, für eine Sekunde Sterne zu sehen.

Caleb hört nicht auf, bis er einige Augenblicke später ebenfalls kommt und sich dann auf mir ablegt. Sein Körper liegt schwer auf mir, aber ich denke nicht einmal daran, ihn zur Seite zu schieben. Schwer atmend liegen wir da, unsere Haut klebt aneinander, mein Herz schlägt wild und schnell in meiner Brust.

»Das war ... verdammt heiß.« Caleb löst sich von mir und augenblicklich vermisse ich das Gefühl seiner Haut auf meiner ... und ihn in mir. Als er neben mir liegt, dreht er seinen Kopf zur Seite, schaut mich aus diesen atemberaubenden blauen Augen an. In Verbindung mit seinen dunklen Haaren und dem dunklen Dreitagebart stechen sie noch deutlicher hervor.

Ich beiße mir auf die Zunge, um nicht zu sehr zu grinsen. Mein Körper brennt immer noch, zwischen meinen Beinen pocht es. Egal, wie intensiv der Orgasmus war, die Lust auf ihn ist mir noch lange nicht vergangen. Und ihm scheint es nicht anders zu gehen.

»Finde ich auch«, hauche ich, ohne meinen Blick von ihm abzuwenden. Wie man das schaffen soll, erscheint mir fraglich.

»Glaub nicht, dass ich dich so schnell wieder gehen lasse.«

O Gott im Himmel, wie heiß kann ein Mann sein?

Sobald Caleb diese Worte ausgesprochen hat, beugt er sich über mich und vereint unsere Lippen miteinander. Gierig küsst er mich, wie ein Durstiger, der gerade eine Wasserquelle gefunden hat. Seine Zunge bringt mich um den Verstand, findet den perfekten Rhythmus mit meiner.

Ich stöhne in seinen Mund hinein und er erwidert es, sodass alles anfängt, zu kribbeln. Passiert das hier gerade wirklich? Mein Kopf ist viel zu benebelt, um klar denken zu können. Aber das muss er auch nicht. Solange mein Körper auf Caleb reagiert, ist alles andere Nebensache.

Ich drücke ihn gegen seine Schultern nach oben,

ohne dabei unseren Kuss zu unterbrechen. Als er mit seinem Rücken wieder auf der weichen Matratze landet, seine Arme fest um mich geschlungen, sitze ich auf ihm. Und dabei komplett nackt zu sein, ist einfach heiß.

Unsere hitzigen Körper können nicht genug voneinander bekommen. Ich vergrabe eine Hand in seinen Haaren, ziehe daran, entlocke ihm die heißesten Laute. Langsam fange ich an, mich an ihm zu reiben, während ich auf seinem Schoß sitze. Caleb löst sich aus dem Kuss und so widme ich mich seinem Hals, ziehe mit meiner Zunge eine Spur bis zu seinen Schulterblättern.

»Du. Bringst. Mich. Um. Den. Verstand«, bringt er mit kratziger Stimme hervor und ich muss unwillkürlich grinsen.

Dann spüre ich, wie er langsam wieder in mich eindringt. Ich presse die Augen zu, denn so auf ihm zu sitzen, lässt alles noch intensiver werden.

»O ja ... fuck.« Seine Lider flattern, als ich mich bewege, immer mehr einen Rhythmus finde, der uns beide antreibt. Mit seinen Händen knetet er meine Brüste, ich stütze mich auf seinem trainierten Oberkörper ab und höre nicht auf, mich zu bewegen. Es fühlt sich so gut an, so verdammt gut.

Caleb wird ungeduldig. Seine Finger wandern nach unten zu meiner Taille, halten sie mit starkem Druck fest. Er fängt an, seine Hüfte zu bewegen, dringt so noch tiefer in mich ein und ich stöhne laut auf. Meine Finger kratzen über seine Brust, hinterlassen eine rote Spur darauf, doch ich kann nicht anders.

Diesmal ist er derjenige, der zuerst kommt – mit solch einer Wucht, dass er seine Augen nicht aufhalten kann. Er hört nicht auf, seine Hüften zu bewegen, bis ich genauso die Schwelle erreicht habe. Der Orgasmus gleicht einem Feuerwerk, reißt mich mit sich und bringt alles zum Brennen. Sein Name verlässt meine Lippen, dann lasse ich mich mit feuchter Stirn auf ihn sinken und bete, dass wir das hier die ganze Nacht tun können. Denn ich habe mich lange nicht mehr *so* lebendig gefühlt wie in diesen Stunden.

KAPITEL 4

Hazel

Am nächsten Morgen wache ich mit leichten Kopfschmerzen auf. Langsam massiere ich meine Schläfen, während ich versuche, meine Augenlider zu öffnen. Das Erste, was ich durch die schmalen Schlitze erkennen kann, ist ... ein verdammt heißer Kerl, der bloß ein weißes Handtuch trägt, das tief auf seiner Hüfte liegt?

Augenblicklich reiße ich meine Augen weit auf und starre geradewegs in Calebs grinsendes Gesicht.

»Guten Morgen, Hazel.«

Warte, was ist letzte Nacht geschehen? Erinnerungen an all die heißen Dinge, die wir in diesem Bett getrieben haben, tauchen in meinem Kopf auf und sorgen dafür, dass mir warm wird. Meine Wangen färben sich vermutlich gerade rot. Und die Art und Weise, wie mein Name über seine Lippen kam, ist nicht gerade ... abkühlend.

»Guten Morgen«, antworte ich, richte mich in dem

Bett auf und presse die Bettdecke an meinen Oberkörper, da ich darunter splitterfasernackt bin.

Caleb steht nach wie vor am gleichen Fleck, bloß mit diesem Handtuch um seine Hüften. Ich komme nicht drumherum, auf sein Sixpack zu starren.

Er bemerkt meine Blicke und sein Grinsen vergrößert sich. »Kaffee?«, fragt er schmunzelnd und ich nicke.

Meine Kehle fühlt sich ausgetrocknet an. Erleichtert sehe ich eine Wasserflasche auf dem Nachttisch und greife danach, um einen großen Schluck zu nehmen.

Caleb schlendert lässig zu der Kommode, auf der eine Kaffeemaschine steht, und stellt eine Tasse darunter.

Ich beobachte ihn. Seine Haare sind noch dunkler und sehen feucht vom Duschen aus.

Wie gern wäre ich mit ihm unter der Dusche gewesen ... Wieso habe ich bloß so einen festen Schlaf, dass ich nicht mitbekommen habe, wie er aufgestanden ist?

Während er an der Kaffeemaschine hantiert, beobachte ich das Muskelspiel auf seinem Rücken. Lächelnd dreht er sich um, läuft zum Bett und reicht mir die dampfende Tasse. Ich bedanke mich bei ihm und er setzt sich auf die Bettkante, gleich neben mich. Bloß mit diesem Handtuch bekleidet. Mit schrägem Grinsen, feuchten Haarsträhnen, die ihm in die Stirn fallen, und einem holzig anziehenden Duft, der jede Frau umhauen würde.

Ich nehme einen Schluck von dem Kaffee, verbrenne mich an dem viel zu heißen Getränk und bringe Caleb damit zum Lachen.

»Hätte da jemand mehr Schlaf gebraucht?«, will er wissen und streicht durch seine wirren Haare.

»Auf keinen Fall.« Ich halte die Tasse vor meine untere Gesichtspartie, um mein Grinsen und die rosigen Wangen zu verbergen.

»Woher ist eigentlich die Narbe über deiner Augenbraue?«, lenke ich das Gespräch in eine andere Richtung.

Das Lächeln verschwindet von seinen Lippen. In seinen Augen flackert eine Emotion auf, die ich nicht einordnen kann. Habe ich gerade eine falsche Frage gestellt?

»Keine Ahnung. Manchmal hat man einfach Narben oder blaue Flecken oder sonst was und weiß nicht mehr, woher.« Seine Antwort klingt bissig und ich schlucke. Die Lippen zu einer schmalen Linie geformt schaut er mich an, dann wird sein Blick wieder weicher. Gerade will er noch etwas hinzufügen, da komme ich ihm zuvor.

»Ich sollte wohl besser auch mal duschen gehen. Der Kaffee ist sowieso noch viel zu heiß zum Trinken.«

Caleb nickt bloß, ich stelle die Tasse auf dem Nachttisch neben mir ab und laufe in Richtung Badezimmer, nicht aber, ohne mich vorher in die Bettdecke einzuwickeln. Zwar kennt Caleb nun meinen Körper und ich habe nichts vor ihm zu verstecken, aber die Stimmung hat sich gerade von jetzt auf gleich verändert.

Ich schließe die Tür hinter mir, lehne mich dagegen und frage mich, wieso er gerade so komisch reagiert hat. Dann erinnere ich mich daran, dass ich ihn nicht wirklich kenne. Woher soll ich wissen, welche Themen tabu sind oder wie er eigentlich drauf ist, wenn er nicht gerade im Urlaub ist? Und eine noch viel interessantere Frage, über die ich mir bislang keine Gedanken gemacht habe, ist: Wieso ist er überhaupt allein in Las Vegas?

Ich stelle mich unter die heiße Dusche und genieße es, ein paar Minuten nur für mich allein zu sein und meinen Gedanken hinterher zu hängen. Im Rausch des gestrigen Abends habe ich keine Sekunde darüber nachgedacht, dass er allem Anschein nach ganz allein in der Stadt unterwegs ist. Ohnehin weiß ich nicht sonderlich viel über ihn, aber das ist bei einem One-Night-Stand nicht unüblich. Trotzdem beschleicht mich ein merkwürdiges Gefühl, je länger ich über die ganze Situation nachdenke.

Als ich in ein Handtuch gewickelt vor dem Spiegel stehe und erleichtert feststelle, dass es hier noch eine weitere verpackte Zahnbürste gibt, damit ich mich frisch machen kann, komme ich zu einer Überlegung. Vielleicht ist er aus dem gleichen Grund wie ich hier. Um von seiner Vergangenheit loszukommen oder Abstand zu etwas aufzubauen. Man kann schließlich nie wissen, was in einem Menschen vorgeht.

Als ich das Badezimmer verlasse, ist es still im Hotelzimmer. »Caleb?«, rufe ich, schaue mich um, aber finde ihn nicht. Ist er einfach gegangen, ohne sich zu verabschieden? Ich meine, klar, das hier war ein One-Night-Stand und nicht der Beginn einer großen Liebe, aber man kann sich doch wenigstens voneinander verabschieden, oder?

Nach ein paar Sekunden erkenne ich, dass ein Notizzettel auf der Kommode liegt. Und mein Herzschlag beruhigt sich, als ich lese, dass er nur kurz Frühstück holen ist.

O Gott, wie süß ist das denn? Lächelnd steige ich in mein Kleid von gestern, da ich nichts anderes zum Anziehen dabeihabe. Meine Erfahrungen mit One-Night-Stands kann man an wenigen Fingern abzählen und noch nie hat der Typ am nächsten Morgen Frühstück geholt. Also nach Bad Boy klingt sein Verhalten ganz und gar nicht. Harte Schale, weicher Kern ... und verdammt sexy im Bett.

Nachdem ich angezogen bin, ist Caleb immer noch nicht zurück. Ich schreibe ein paar Nachrichten mit Willow hin und her, die vor Freude fast ausflippt, als ich ihr von der heißen Nacht berichte und dass er gerade Frühstück für uns holt. Sie erzählt mir von ihrer Nacht, die wohl nicht weniger heiß als meine war, aber dass sie bereits auf dem Rückweg in unser Hotel ist. Ich schreibe ihr, dass ich mich nach dem Frühstück auch dorthin begeben werde, dann lenkt ein Geräusch meine Aufmerksamkeit auf sich.

Auf dem Nachttisch auf Calebs Seite vibriert sein Handy. Hm, er hat wohl vergessen, es mitzunehmen, aber er ist ja nur kurz weg. Ich versuche, es auszublenden, und gehe zu dem Wandspiegel, um meine Haare zu einem Pferdeschwanz zu binden. Aber das Vibrieren hört einfach nicht auf. Jemand scheint ihn anzurufen.

Als es nach zehn Sekunden immer noch vibriert, werde ich neugierig. Zu neugierig. Ein kurzer Blick zur Zimmertür bedeutet mir, dass ich immer noch allein bin. Mit schnellen Schritten überquere ich die Distanz zum Nachttisch und werfe einen Blick auf den Bildschirm. Ich gucke ja nur ganz kurz, nur ganz schnell, auch wenn man das vermutlich nicht machen sollte. Schließlich würde ich es auch nicht wollen. Aber meine neugierige Seite gewinnt die Oberhand.

Sophia wird als Anruferin angezeigt. Hm, alles klar. Vermutlich ist sie eine Freundin, seine Schwester, Cousine, Nachbarin oder sonst wer.

Gerade will ich meinen Blick abwenden, da diese Sophia ohnehin aufgelegt hat, da geht eine Nachricht ein. Und ich reiße die Augen auf. Wie gebannt starre ich auf den Bildschirm.

Babe, wo steckst du? Wieso antwortest du mir nicht oder nimmst meine Anrufe an? Was ist jetzt mit unserem Trip? Ich vermisse dich so sehr und wünschte, du wärst bei mir.

Ich blinzle. Einmal. Zweimal. Dreimal. Dann macht es Klick. Und mir wird einiges klar. Caleb hat eine Freundin! Oder vielleicht sogar Verlobte? Oder Frau? Mir wird schlecht.

Er hat Sophia betrogen, die Frau, die wohl an meiner Stelle hier sein sollte, und ich wusste nichts davon. Ich presse die Hand vor den Mund, als ich an meinen Ex-Freund denke, der mich mehrfach mit verschiedenen Frauen betrogen hat. Immer und immer wieder. Und jetzt bin ich eine der Frauen, die mit einem Mann geschlafen hat, der eigentlich vergeben ist.

Tränen schießen mir in die Augen, gleichzeitig spüre ich, wie die Wut in meinem Körper hochkocht. Wie kann Caleb dieser Sophia so etwas antun? O Gott, ich hatte ja keinen blassen Schimmer. Ich habe Mitgefühl mit der armen Frau und fühle mich elendig, wenn ich an die letzte Nacht zurückdenke.

In dem Augenblick höre ich, wie jemand an der Tür zugange ist. Caleb tritt ein, in der Hand eine Tüte, auf seinem Gesicht ein breites Lächeln. »Hey, oh, du bist fertig. Hier, ich habe uns …«

»What the fuck?«, rufe ich und laufe auf ihn zu.

Caleb lässt die Tüte sinken, schließt die Tür mit dem Rücken hinter sich und schaut mich mit gerunzelter Stirn an. »Ist alles in Ordnung?« Er ist sichtlich verwirrt, während die Wut in mir immer weiter ansteigt.

»Ist das dein Ernst?« Fassungslos deute ich auf sein Handy auf dem Nachttisch.

Caleb tritt ein paar Schritte vor und legt die Tüte auf der Kommode ab. Nach wie vor ist seine Stirn gerunzelt. Seine Hand liegt an seinem Dreitagebart, streift darüber. Für eine Sekunde lenkt mich diese Geste von all dem hier ab und ich erinnere mich daran, wie es sich angefühlt hat, ihn zu küssen. Wie seine Bartstoppeln über meine Haut gekratzt haben. Wie weich seine Lippen waren, als sie sich mit meinen vereinten.

Dann werde ich wieder an *Sophia* erinnert, die arme, ahnungslose Frau, die gerade wer weiß wo hockt und nicht weiß, dass ihr Partner sie betrogen hat! Mit mir! O Gott!

»Warst du an meinem Handy?«, fragt er. Allmählich wandelt sich seine Stimmung und er wirkt genervt. *Hey, wenn jemand angepisst sein sollte, dann wohl ich!*

»Dein Handy hat die ganze Zeit vibriert. Als ich einen Blick auf den Bildschirm geworfen habe, habe ich festgestellt, dass dich eine gewisse *Sophia* versucht, zu erreichen. Na ja, die Nachricht, die dann eingegangen ist, hat mir mehr als deutlich zu verstehen gegeben, dass du vergeben bist!« Die letzten Worte schreie ich fast, so sauer bin ich auf ihn ... und auch auf mich. Ich hatte zwar keine Ahnung, dass er eine Freundin, Verlobte oder was auch immer hat. Aber gestern Abend habe ich mir auch nicht die Mühe gemacht und ihn gefragt, ob er ... wobei ... macht man das überhaupt? Wieso sollte ich mir die Schuld in die Schuhe schieben? *Er* hätte von Anfang an reinen Tisch machen müssen!

»Sophia?« Er wiederholt den Namen, als habe er keine Ahnung, von wem ich rede.

Mein Gesicht fühlt sich hitzig von all den Emotionen, die durch meinen Körper jagen, an. Laut lache ich auf. »Ja, *Sophia*.« Ich ziehe ihren Namen absichtlich in die Länge. Doch nach wie vor stehen Fragezeichen auf sein Gesicht geschrieben. Will er mich eigentlich verarschen und für dumm verkaufen? Ernsthaft?

»Ich habe keine Ahnung, wen du ...« Er denkt kurz nach, schließt für einen Moment die Augen, nur um mich danach mit voller Intensität anzublicken. »Ah, ach so, *Sophia.*« Er kommt ein paar Schritte auf mich zu.

»Ach, jetzt fällt dir also wieder ein, dass du an eine Sophia vergeben bist?« Meine Stimme tropft vor Ironie, aber die ganze Situation ist nicht mehr ernst zu nehmen.

Caleb kneift die Augen zusammen. Selbst angespannt sieht er verdammt heiß aus und ich ärgere mich darüber, dass mir das in diesem Augenblick auffällt. Kann er nicht einfach seine verfluchte Lederjacke ausziehen und seine blauen Augen vor mir versteckt halten?

»Ich bin nicht vergeben. Ich weiß nicht, wie du darauf kommst«, versucht er, sich zu erklären.

Wie lächerlich. Erneut muss ich lachen. Ein hohes, schrilles Geräusch. »Caleb, halt mich nicht für blöd. Dann les dir doch durch, was Sophia dir geschrieben hat. Sie hat dich *Babe* genannt und wollte wissen, wo du gerade steckst. Warum du ihr nicht antwortest oder ihre Anrufe annimmst oder gar zurückrufst. Sie vermisst dich und wünscht sich, du wärst bei ihr«, gebe ich den Inhalt der Nachricht wieder, die sich in meinem Kopf eingebrannt hat.

Jetzt ist Caleb derjenige, der lacht. Ein Geräusch, dass mir unter die Haut geht. Denn im Gegensatz zu mir klingt es weder ironisch noch boshaft. »Sophia und ich sind nicht zusammen. Sie war bloß ... ein One-Night-Stand. Sie hat vermutlich ein bisschen zu viel in das Ganze hineininterpretiert. Wir haben danach ein paar Mal hin und her geschrieben und uns noch einmal zum Sex verabredet. Ja, ich wollte mit ihr einen

Trip unternehmen, aber nicht, um sie zu daten, sondern einfach, um meinen Spaß zu haben. Wir sind ganz sicher kein Paar. Können wir die Diskussion jetzt beenden und einfach unser Frühstück genießen? Ich bin am Verhungern.« Er schnappt sich die Tüte, holt zwei Zimtschnecken heraus und setzt sich auf die Bettkante. Eine davon will er mir reichen, doch ich denke gar nicht daran, sie anzunehmen. Auch wenn der köstlich süße Duft geradewegs in meine Nase steigt und meinen Bauch zum Grummeln bringt. Mist, woher weiß Caleb, dass ich Zimtschnecken über alles liebe?

»Ach so, so schnell ist das Ganze für dich geklärt? Weißt du, ich glaube dir kein Wort. Und soll ich sagen, wieso? Weil *ich* vor einem Jahr diejenige war, die betrogen worden ist. Von ihrem *Freund*. Und jetzt bin ich hier und lese diese Nachricht und du willst mir allen Ernstes verklickern, dass sich diese Sophia einfach nur reinsteigert, weil ihr euch einmal getroffen habt? Das glaubst du doch wohl selbst nicht. Ich glaube dir kein Wort. Es ist doch schon merkwürdig genug, dass du ganz allein nach Las Vegas reist und dich so mysteriös gibst. Und dann diese Nachricht. Weißt du was? Mir reicht es. Jetzt bin *ich* die Frau, die mit einem vergebenen Mann gevögelt hat. Und ich weiß ganz genau, wie es sich anfühlt, wenn einem das Herz gebrochen wird.«

Nach meiner kleinen Rede bin ich völlig außer Atem. Die ganze Situation hier hat alle Dämonen aus meiner Vergangenheit hervorgeholt und sorgt dafür, dass mein Herz wie wild klopft, sodass mir beinahe schwindelig wird.

Caleb hingegen starrt mich einfach nur an. Ohne sich zu regen. Nach ein paar Sekunden erst macht er Anstalten, seinen Mund zu öffnen. »Bist du fertig?«, will er dann wissen.

Ich frage mich, ob ich mich gerade verhört habe. Hat er irgendetwas von dem mitbekommen, was ich gerade gesagt habe? »Äh, was?«, frage ich ungläubig.

Er schüttelt seinen Kopf, streicht sich durch die Haare, die im Gegensatz zu vorhin zur Seite gestylt sind und ihm nicht mehr in die Stirn fallen, und atmet dann tief durch. »Weißt du, ich hätte nicht gedacht, dass du auch eine der Frauen bist, die so einen Aufriss machen. Ich habe dir die Situation erklärt und gut ist es. Wenn du mir nicht glaubst, ist das dein Pech. Ich habe es nicht nötig, mich weiter zu rechtfertigen. Genau aus diesem Grund habe ich nur noch One-Night-Stands. Und jetzt sieh zu, dass du aus meinem Zimmer verschwindest.«

Ich blinzle. Einmal. Zweimal. Caleb schaut mich mit strengem Blick an, der keinen Widerstand duldet.

»Du kannst mich mal«, ist das Einzige, was ich darauf antworten kann. Ich bin stinksauer und kann nicht glauben, dass dieser Kerl, den ich letzte Nacht so sexy fand, sich so wandeln kann. Aber so ist das wohl, wenn man Menschen nur vor den Kopf schauen kann. Sie finden immer einen Weg, einen zu enttäuschen.

Ich stapfe durch den Raum, schnappe mir meine Handtasche und gehe in Richtung Tür, ohne mich ein weiteres Mal umzudrehen. Als ich Caleb lachen höre, drehe ich mich um.

»Du findest das Ganze witzig, was?« Ich spucke die Worte nur so aus.

»Willst du noch eine Zimtschnecke to go?«, fragt er mich allen Ernstes und steht von der Bettkante auf. Die Hände lässig in die Hosentaschen gesteckt, betrachtet er mich, lässt seinen Blick über meinen Körper schweifen und sorgt dafür, dass mir warm wird.

»Du kannst dir deine dämliche Zimtschnecke in die Haare schmieren!«, rufe ich zurück, reiße die Tür auf und sehe zu, dass ich das Hotelzimmer so schnell wie möglich verlasse. Das Letzte, was ich höre, ist sein tiefes Lachen, das sich leider so himmlisch anhört, dass ich mich deswegen verfluche. Und auch dafür, dass ich die köstlich duftende Zimtschnecke nicht angenommen habe.

KAPITEL 5

Hazel

Ein Jahr später

»Ich werde dich so vermissen, Hazel. Und den kleinen Archie.« Willow schaut mich aus ihren großen Augen und mit Schmollmund an.

Archie, mein Kater, miaut, als wolle er ihr sagen, dass er sie auch vermissen wird. Ich drücke ihn enger an meine Brust und streiche über seinen Kopf. Er ist fast komplett schwarz, nur seine Pfoten sind weiß, genauso wie seine Brust und ein Dreieck in seinem Gesicht, das um seine Nase geht.

»Wir zwei werden dich genauso sehr vermissen.« Ich lächle Willow zu und beiße mir dann auf die Zunge, denn so sehr ich mich freue, St. Louis hinter mir zu lassen, so schwer fällt es meinem Herzen auch. Fast neun Stunden Autofahrt liegen vor Archie und mir, bis wir in Greeneville, Tennessee, ankommen, unserem neuen Zuhause. Von meinen Eltern habe ich mich bereits gestern Abend verabschiedet, als sie mich ein letztes Mal zum Abendessen eingeladen haben. Heute ist meine beste Freundin dran. Sie hat mich bei dem ganzen Umzug unterstützt und mir geholfen, so viel wie möglich in meinen Kleinwagen zu stopfen. Der Rest meiner Möbel, was nicht sonderlich viel ist, ist bereits in einen Umzugswagen verfrachtet worden und auf dem Weg in die Kleinstadt mit gerade einmal fünfzehntausend Einwohnern, die ich bald mein neues Zuhause nennen darf.

»So, dann macht euch beide mal los, damit ihr die lange Fahrt schnell hinter euch bringen könnt.« Willows Augen schimmern feucht und auch bei mir bricht langsam der Damm.

Ich ziehe sie mit meiner freien Hand in eine Umarmung und Archie maunzt, als er zwischen uns beiden feststeckt. Willow und ich kichern, dann laufen uns Tränen über die Wangen.

»O Gott, ich wollte echt nicht heulen«, meine ich, löse mich aus der Umarmung und wische schnell die Tränen weg, die über mein Gesicht kullern.

»Du musst mir versprechen, dich sofort zu melden, wenn du angekommen bist«, sagt Willow und ich nicke. »Und wir müssen telefonieren. Und schreiben. Und facetimen! Und ich komme dich besuchen, sobald ich mir freinehmen kann. Du mich aber auch!«

Ich nicke noch einmal, schniefe und schenke ihr ein letztes Lächeln. »Versprochen.«

Dann ist es an der Zeit, Archie in seine Box zu stecken, die ich auf den Beifahrersitz stelle und mit einem Gurt befestige. Ein letztes Mal umarmen Willow und ich uns fest, dann steige ich in den Wagen. Meine beste Freundin winkt mir so lange zu, bis ich aus der Einfahrt meiner Wohnung fahre, die nun nicht mehr mein Zuhause ist, und um die Ecke biege. Dann sind es nur noch Archie und ich mit meinem wild klopfenden Herz. Und ein Neuanfang, der mir endlich bevorsteht.

Es braucht knapp elf Stunden, bis wir in Greeneville angekommen sind. Das liegt zum einen daran, dass es Stau gab, zum anderen musste ich immer wieder Pausen machen, um auf Toilette zu gehen oder etwas zu essen und um Archie an die frische Luft zu lassen. Mit einer Leine lasse ich ihn durch das Gras laufen und spüre, dass nicht nur ich aufgeregt vor dem Neuen bin, sondern auch er. Ich habe ein schlechtes Gewissen, dass er die ganze Fahrt ertragen muss, aber leider geht es nicht anders. Und unter keinen Umständen wollte ich meinen geliebten Kater bei meinen Eltern in St. Louis lassen.

Als wir nun durch die Kleinstadt fahren, die ab sofort unser neues Heim ist, fahre ich etwas langsamer, um alles auf mich wirken zu lassen. Es ist bereits kurz vor acht abends, aber die Sonne geht erst in einer Stunde unter. Ich bin dankbar, dass es Sommer ist und ich die Abendstunden noch nutzen kann, um mich ein wenig in der Stadt umzusehen, während ich die Straßen entlangfahre und mich immer mehr meinem neuen Zuhause nähere.

Ziegelsteingepflasterte Bürgersteige, historische Stätten, Kirchen und Häuser ziehen vor der Kulisse der majestätischen Berge Tennessees an mir vorbei.

Das Ambiente der Kleinstadt nimmt mich gleich gefangen, dabei habe ich noch keinen Fuß auf die Straßen gesetzt. Irgendwo läuten Glocken und mit einem Mal überkommt mich das Gefühl, dass ich mich hier wirklich wohlfühlen könnte. Es ist so ein Gegensatz zu St. Louis, der Großstadt, in der dreihunderttausend Menschen leben. Greeneville am Abend wirkt so ruhig und friedlich und ich sehe kaum Menschen auf den Straßen. Bei meiner Internetrecherche habe ich zudem herausgefunden, dass die Natur der Umgebung atemberaubend ist. Zahlreiche Wanderwege, beeindruckende Wasserfälle, Bäche und Wälder liegen unweit von hier entfernt.

Archie neben mir starrt aus seiner Box heraus und versucht einen Blick nach draußen zu erhaschen. Er miaut einmal kurz und ich bilde mir ein, dass es ein zufriedenes Maunzen ist.

»Unser neues Zuhause«, flüstere ich ihm zu, als ich mit meinem Kleinwagen in die *River Lane* abbiege. Eine Sackgasse in der Kleinstadt im Bundesstaat Tennessee. Fünfhundertfünfundfünfzig Meilen von meiner alten Heimat entfernt.

Als meine Großmutter vor einem Jahr, kurz nach meinem Trip nach Las Vegas, unerwartet verstorben ist, hatte ich noch keinen blassen Schimmer, was sie mir vererben würde. Sie war die Mutter meines Vaters und viel Kontakt hatten wir leider nicht. Ob es an der großen Distanz gelegen hat, die zwischen uns lag, oder daran, dass mein Vater auch keine sonderlich enge Bindung zu ihr hatte, ich weiß es nicht. Was ich weiß, ist, dass meine Großmutter stets an der Beziehung zu meinem Vater arbeiten wollte, doch er war derjenige, der sich nie die Zeit dafür nahm. An den wichtigen Feiertagen sahen wir uns zwar – sie fuhr hoch zu meinen Eltern und mir nach Missouri – doch in ihrem Haus war ich noch nie. Sie lebte allein hier in Tennessee, meinen Großvater habe ich nie kennengelernt. Er starb, als ich gerade im Bauch meiner Mutter war. Nach seinem Tod ist meine Großmutter, die bis dahin in St. Louis gelebt hatte, nach Greeneville gezogen. Meine Mutter meinte, sie brauchte einen Neuanfang. So, wie ich es auch brauchte.

Und jetzt stehe ich vor *meinem eigenen* Haus. Meilenweit entfernt von meinen Eltern und meiner besten Freundin, dafür mit Archie an meiner Seite, der ungeduldig miaut. Als einziges Enkelkind hat meine Großmutter mir ihr Haus vermacht, wollte mir einen Grundstein für meine Zukunft legen. Und im ersten Moment war ich geschockt, wollte das Haus gleich verkaufen, denn ich konnte mir im Leben nicht vorstellen, so weit wegzuziehen und allein in einem Haus zu leben. Doch Willow hat stundenlang auf mich eingeredet und mir letztendlich klargemacht, dass das alles hier Schicksal ist. Ich kann in einem neuen, unbekannten Bundesstaat komplett von vorn anfangen.

Die *River Lane* ist eine idyllische Straße, verdammt ruhig und die Häuser um mich herum lassen darauf schließen, dass einige der Bewohner wohlhabend sein müssen: akkurat geschnittene Rasenflächen, weiße Zäune und teure Autos in den Einfahrten. Glücklicherweise stelle ich fest, dass das nicht alle Häuser betrifft. Ein paar der wenigen Häuser der

Straße zeigen auch kleinere Wagen in ihren Einfahrten oder Spielzeug, das quer im Vorgarten verteilt ist. Also scheinen nicht alle Bewohner Snobs zu sein.

Ich parke meinen Wagen in der Einfahrt zu *meinem* neuen Haus. Eine Gänsehaut schleicht sich auf meine Arme und ich brauche eine Sekunde, um das alles zu verarbeiten. Es ist einfach so verrückt, dass ich jetzt hier bin. Dass ich es tatsächlich durchgezogen habe. Einerseits fühle ich mich schrecklich aufgeregt, andererseits bin ich auch stolz auf mich.

Ich steige aus dem Auto und betrachte das blassgelbe Haus vor mir. Es ist im niederländischen Kolonialstil mit braunen Steinakzenten gebaut. Ein weißer Koppelzaun umrahmt den Vorgarten, bestehend aus einer Wiesenfläche. Blumenbeete sind an dem Steinweg angelegt, der zur Haustür führt. Lächelnd gehe ich auf die Beifahrerseite, um Archie zu holen.

»Da wären wir«, sage ich zu meinem Kater, der mittlerweile wohl auch von der langen Fahrt fertig sein muss. Ich trage seine Box nach draußen, stelle sie vor der Haustür ab und krame in meiner Tasche nach dem Haustürschlüssel. Den habe ich nach dem Tod meiner Großmutter erhalten, als ihr Erbe aufgeteilt wurde. Dabei lag ein handgeschriebener Brief, in dem sie mir mitteilte, dass sie mir ihr Haus vermacht.

Nach wie vor kommt es mir unwirklich vor, dass das hier jetzt meine neue Realität ist. Als ich den ersten Schritt in meine neuen vier Wände setze, bin ich deshalb furchtbar nervös.

Sobald ich Archie aus der Box befreie, stürmt er los und erkundet sein neues Zuhause. Kichernd schaue ich ihm dabei zu, wie er durch die Räume läuft und alles begutachtet. Und ich bin froh, nicht ganz allein zu sein.

Ich stehe im Eingangsbereich, werfe einen Blick nach links und sehe die kleine, aber süße Küche, die in weiß mit hellen Holztönen gehalten ist. Ich laufe darauf zu, lasse meine Finger über die Kücheninsel streifen. Auf der anderen Seite des Hauses befindet sich das Wohnzimmer, das in denselben hellen Tönen gehalten ist. Natürlich ist alles leer und ohne jegliches Möbelstück wirkt es noch ziemlich unbewohnt hier drin. Einzig allein eine Couch steht im Wohnzimmer.

Mist, müsste der Umzugswagen nicht eigentlich schon hier sein?

In meiner Handtasche krame ich nach meinem Handy, tippe eine kurze Nachricht an Willow und meine Eltern, um ihnen mitzuteilen, dass ich heil angekommen bin. Dann scrolle ich durch meine neuen Nachrichten und stelle fest, dass mir die Umzugsfirma geschrieben hat. Der Wagen verspätet sich und wird erst morgen hier erscheinen. Anscheinend hat der Fahrer sich verfahren und geriet dann auch noch in einen Stau. Ich widerstehe dem Drang, meine Augen zu verdrehen. Na, dann werde ich wohl meine erste Nacht nicht auf einer Matratze, sondern auf der Couch verbringen! Es gibt Schlimmeres, denke ich.

Da es schon spät ist, habe ich auch nicht mehr sonderlich Lust darauf, die Kisten in meinem Wagen auszupacken. Lediglich zwei Kisten mit Klamotten, Badzubehör und Archies Kram trage ich nach drinnen. Wenigstens hat mein Kater sein Körbchen und kann es sich bequem machen. Keine zwei Sekunden, nachdem ich den Korb hingestellt habe, kuschelt er sich schon hinein und schließt die Augen. Für einen Moment beobachte ich ihn noch, wie sich sein kleiner Körper langsam hebt und senkt, dann laufe ich durch das Haus und erkunde die obere Etage.

Hier gibt es drei Zimmer – ein Schlafzimmer, ein Badezimmer und ein Gästezimmer. Ich stelle mir vor, wie schön alles aussehen wird, wenn es endlich eingerichtet ist.

Mein Handy vibriert und ich sehe, dass ich eine neue Nachricht von Willow habe. Sie wünscht mir eine gute Nacht und schreibt, dass wir morgen unbedingt telefonieren müssen, damit ich ihr alles Neue berichten kann.

Nachdem ich schnell eine Antwort eingetippt habe, gehe ich die Treppe wieder hinunter. Langsam werde ich müde, schließlich war es ein langer und anstrengender Tag. Glücklicherweise konnte ich auf der Fahrt hierhin schon zu Abend essen, sodass ich mich jetzt nicht mehr darum kümmern muss, etwas Essbares zu finden. Ohnehin gehe ich davon aus, dass in dieser Kleinstadt die Supermärkte um diese Uhrzeit nicht mehr geöffnet haben. Und wie viele Restaurants es hier zum Essenbestellen gibt, muss ich auch erst noch herausfinden.

Als ich zwanzig Minuten später in einem Top, Shorts und mit frisch geputzten Zähnen auf der Couch liege, muss ich lächeln. Archie liegt in seinem Körbchen an der Wand, gleich gegenüber von mir. Er schläft tief und fest, sein kleiner Körper hebt sich langsam auf und ab. Irgendwann fallen mir die Augen zu und ich sinke in einen tiefen Schlaf.

Als ich am nächsten Morgen aufwache, muss ich mehrfach blinzeln. Das Sonnenlicht scheint grell in das Wohnzimmer und ich verfluche das Haus dafür, dass es hier keine Vorhänge gibt.

Ein wenig müde und träge steige ich von der Couch und mache mich schnell im Badezimmer fertig, denn ein kurzer Blick auf mein Handy bedeutet mir, dass ich einen verpassten Anruf von der Umzugsfirma habe. Vermutlich kann der Umzugswagen jeden Moment in der *River Lane* auftauchen und ich würde meinen neuen Nachbarn ungern in meinen Schlafsachen entgegentreten.

Tatsächlich höre ich keine fünfzehn Minuten später, wie ein Wagen vor der Einfahrt anhält. In Röhrenjeans, einem langärmligen, dunkelblauen Oberteil und mit schnell gebundenem Pferdeschwanz eile ich die Treppe hinunter.

Vor der Haustür stelle ich fest, dass es dafür, dass es so früh am Morgen ist, verhältnismäßig warm ist. Also kremple ich die Ärmel meines Oberteils hoch, während ich auf den Umzugswagen zulaufe.

Zwei Mitarbeiter treten heraus, wir grüßen uns und sie fangen an, meine Möbelstücke aus dem Wagen zu tragen und in mein neues Zuhause zu transportieren. Mein Herz pocht vor Aufregung, als ich ihnen dabei zusehe und mich dann daran mache, die letzten

Kisten aus meinem eigenen Auto zu holen und reinzutragen.

Ich bin gerade dabei, die vorletzte Kiste aus dem Kofferraum zu heben, da spricht mich eine Person von hinten an. Beinahe lasse ich vor Schreck die Kiste fallen.

»Eine neue Nachbarin, wie schön«, sagt der Mann. »Die Dame, die vorher hier gewohnt hat, ist leider letztes Jahr verstorben. Eine sympathische, alte Frau war sie, das muss ich wirklich sagen. Wir haben uns hin und wieder auf eine Tasse Kaffee getroffen, um den neuesten Klatsch und Tratsch auszutauschen. Ein Jammer, dass sie verstorben ist. Trinkst du auch gern Kaffee?«

Ich muss zweimal blinzeln und bin etwas überfordert von dem Mann, der vor mir steht und mich ohne Punkt und Komma zu labert. Er dürfte in meinem Alter sein, vielleicht ist er sechsundzwanzig, vielleicht auch ein, zwei Jahre älter. Von der Optik her würde ich ihn niemals als Kleinstadtbewohner einordnen. Er hat etwas von einem Kalifornier: gebräunt, stylish und eine wahnsinnige Ausstrahlung. Würde ich ihn auf der Straße sehen, würde ich glauben, er kommt aus Los Angeles. Seine braunen Haare sind wuschelig, er hat ein markantes Gesicht und auf seiner Nase sitzt eine Sonnenbrille mit gelben Gläsern. Er trägt ein enges, weißes T-Shirt mit Aufdruck, seine Arme sind voller Tattoos, die nicht ineinander übergehen. Es sieht so aus, als hätten sie alle eine individuelle Bedeutung. Seine Finger zieren verschiedenste Ringe.

Er merkt, dass ich ihn anstarre. Dabei tue ich das

nicht, um unhöflich zu sein. Aber Kleinstadtbewohner in Tennessee habe ich mir grundsätzlich … anders vorgestellt.

»Ich bin Ethan. Ethan Williams«, spricht er weiter und sagt glücklicherweise nichts dazu, dass ich ihn so angestarrt habe. »Ich wohne mit meinem Mann Alexander gleich schräg gegenüber von dir.« Er deutet auf das blaue Haus im holländischen Kolonialstil. Der Rasen ist akkurat gemäht, ein eleganter Steinweg führt geradewegs zur Haustür. Unzählige lavendelfarbene Blumen reihen sich an den Weg.

»Ich bin Hazel, Hazel Gray«, stelle ich mich auch endlich vor. »Und die Frau, die vorher hier gewohnt hat, war meine Großmutter.«

Ethan zieht seine Sonnenbrille mit einer Hand nach vorn, senkt seinen Kopf und schaut mich über die Brillengläser hinweg an. »Ehrlich?« Dann rückt er die Brille wieder zurecht. »Dann werden wir uns sicher blendend verstehen.«

Ich schmunzle und bin leicht überfordert, gleichzeitig freue ich mich, dass gleich an meinem ersten Tag hier einer der Nachbarn auf mich zukommt.

»Komm, ich helfe dir beim Tragen.« Ethan schnappt sich die letzte Kiste in meinem Kofferraum und läuft wie selbstverständlich vorneweg.

»Oh, das ist echt lieb von dir«, bedanke ich mich und beeile mich, hinterherzukommen.

Im Flur bleibt er stehen, stellt die Kiste am Rand ab und schaut sich um. Ich tue es ihm nach und stemme dann die Hände in die Hüften.

»Bislang ist es noch ziemlich karg«, stelle ich grinsend fest. »Aber bald ist hier auch wieder Leben in der Bude.«

»Wenn du Hilfe beim Einrichten, bei der Deko und so weiter brauchst, weißt du ja, wo du mich finden kannst.« Er zwinkert mir zu und läuft in Richtung Küche. »Aber die Kaffeemaschine hast du hoffentlich schon hier stehen, oder?«

Ich grinse in mich hinein. Ethan kommt mir ziemlich extrovertiert vor, gleichzeitig tut es gut, jemanden zu haben, mit dem man sich unterhalten kann. »Nein, leider nicht. Die müsste in einer der Kisten sein.« Ich deute auf die Kisten, die auf der Kücheninsel aneinandergereiht stehen.

»Dann wollen wir mal.« Ethan sucht in den Kisten, bis er die Kaffeemaschine entdeckt, und schließt sie an, während ich uns zwei Tassen heraushole. Als wir gerade zwei Kaffee zubereitet haben, taucht Archie hinter der Ecke auf. Fröhlich miauend geht er auf Ethan zu, der sogleich seine Tasse abstellt und Archie streichelt. »Du bist ja süß«, stellt er fest. »Alexander und ich haben einen Hund. Daisy. Sie ist die süßeste Hündin, die man sich nur vorstellen kann.«

»Ich freue mich schon darauf, sie kennenzulernen.«

Auf Ethans Gesicht breitet sich ein großes Lächeln aus und ich schließe ihn augenblicklich in mein Herz. Er steht auf und Archie maunzt unzufrieden, weil er weitergestreichelt werden will. »Komm, bringen wir dein neues Zuhause endlich auf Vordermann«, meint Ethan dann und klatscht voller Vorfreude in die Hände.

Ich stelle meine Kaffeetasse auf der Kücheninsel ab. »Ich bin dir unglaublich dankbar dafür, dass du mir helfen willst. Aber ich will auch nicht deine Zeit vereinnahmen, wenn du Wichtigeres zu tun hast.« Ich bekomme schon fast ein schlechtes Gewissen, weil Ethan so hilfsbereit ist. Schließlich kennen wir uns gar nicht. In St. Louis kannte ich meine Nachbarn nicht einmal richtig, man ist sich nur kurz in den Fluren oder im Aufzug begegnet und dann hat jeder sein eigenes Ding gemacht.

Ethan tritt einen Schritt auf mich zu und legt seine Hand auf meine Schulter. »Ich hole jetzt gleich den Weißwein von drüben, wir machen ein wenig Musik an und dann richten wir es dir hier mal gemütlich ein. Und du erzählst mir, warum es dich nach Greeneville verschlagen hat.« Er zwinkert mir zu und ich nicke. Ich ahne jetzt schon, dass wir zwei uns gut verstehen werden.

KAPITEL 6

Hazel

Verschwitzt und außer Atem lassen Ethan und ich uns auf zwei Klappstühlen vor meiner Haustür nieder. Es ist bereits Nachmittag. Die letzten Stunden haben wir damit verbracht, meine Möbel aufzubauen und das Haus zu meinem Heim zu machen. Gemeinsam mit Ethan hat es unheimlich Spaß gemacht, egal, wie anstrengend es auch war. Wir haben die meiste Zeit gelacht, während wir die Schränke aufgebaut haben, was vermutlich auch zum Großteil daran lag, dass er uns großzügig eine Weißweinschorle nach der anderen eingeschüttet hat. Zum Gesang von Harry Styles haben wir getanzt, gekichert und alles auf Vordermann gebracht. Selbst einkaufen waren wir schon, denn ein kleiner Supermarkt ist fußläufig zu erreichen.

Jetzt sitzen wir draußen, mit einem Grinsen und dem Geschmack von Weißwein auf den Lippen, während wir die *River Lane* vor uns betrachten.

»Jetzt musst du mir aber mal erzählen, wie es Alexander und dich nach Greeneville verschlagen hat«, bitte ich Ethan. In den letzten Stunden war ich die meiste Zeit diejenige, die von ihrem Leben erzählt hat, einfach weil Ethan ohne Punkt und Komma Fragen stellen kann. Man könnte meinen, dass das nervig ist, aber ich finde seinen Enthusiasmus, den er an den Tag legt, einfach niedlich.

»Ursprünglich kommen wir beide aus Los Angeles«, fängt er an und lehnt sich auf dem Stuhl zurück.

Ich richte meinen Oberkörper nach vorn und lache. »Ich wusste es!«, sage ich triumphierend.

»Hey, ist es so offensichtlich, dass wir Kalifornier sind?«, fragt er mit einem Schmunzeln auf den Lippen.

»Nun ja, mit deinem coolen Style und deiner Lässigkeit passt du perfekt dorthin.«

Ethans Grinsen wird breiter und er macht eine Pose, woraufhin er mich nur noch mehr zum Lachen bringt. »Wie dem auch sei«, spricht er weiter, »nachdem wir geheiratet haben, waren wir auf der Suche nach einem kleinen, süßen Städtchen, in dem wir zur Ruhe kommen können.« Er stoppt und runzelt die Stirn. »O Gott, das klingt ja fast so, als seien wir schon uralt.« Wir lachen beide und nippen an unserem Wein. »Greeneville ist der perfekte Ort, um eine Familie zu gründen. Und Alexander – er hat ein IT-Unternehmen in Knoxville, das ist eine Stunde Autofahrt von hier entfernt – hat sich hier selbstständig gemacht. Ich bin so etwas wie sein Assistent.« Er grinst. »Ich arbeite von zu Hause aus und kümmere mich um den Papierkram, E-Mails und was sonst noch ansteht.« Sein Blick wirkt nachdenklich, er schaut in die Ferne.

»Das klingt echt cool«, stelle ich fest, merke jedoch auch, dass die Stimmung mit einem Mal trauriger geworden ist, was so gar nicht zu Ethans Gemüt passt. »Arbeitet Alexander viel?«

Ethans Augen treffen auf meine. »Ja. Wenn ich ehrlich zu dir bin, zu viel. Er ist einfach ein richtiges Arbeitstier. Die meiste Zeit über bin ich allein zu Hause, deshalb habe ich auch Daisy aus dem Tierheim geholt. Alexander kommt oft erst spät abends nach Hause, manchmal verschanzt er sich selbst am Wochenende in seinem Büro zu Hause, um noch etwas Arbeit zu erledigen. Er sagt, dass er das alles für uns tut, damit es uns nie an etwas fehlt. Ich würde mir aber einfach nur wünschen, dass er öfter zu Hause ist. Damit wir endlich ... eine eigene Familie gründen können. Ich weiß nicht, wie es sein soll, wenn wir ein Kind adoptieren und er die meiste Zeit nicht zu Hause ist.«

Dass Ethan sich mir gleich so offenbart, am Tag, an dem wir uns kennengelernt haben, dass er sich so verwundbar zeigt, lässt mich ihn nur noch mehr in mein Herz schließen. »Hey, hast du denn schon mal mit ihm über das Ganze gesprochen?«, hake ich nach.

Ethan schüttelt seinen Kopf. »Nein, na ja, nicht wirklich. Ich meine, er nimmt so viel Arbeit auf sich, damit wir ein gutes Leben haben. Ich will einfach nicht, dass es so rüberkommt, als sei ich undankbar.«

»Das tut es nicht. Auf keinen Fall. Versuch doch einfach mal, mit ihm darüber zu reden. Ganz in Ruhe.« Ich schenke ihm ein aufmunterndes Lächeln, das er erwidert.

Dann klopft er mit der freien Hand, die nicht den

Wein hält, auf seinen Oberschenkel. »So, jetzt ist es aber genug. Erzähl mir, auf was für einen Typ Mann stehst du? Oder stehst du auf Frauen? Oder auf beides?«

Mir wird fast schwindlig davon, wie schnell Ethan von einem zum anderen Thema wechseln kann. »Ähm, also ich stehe auf Männer, aber einen festen Typ Mann habe ich eigentlich nicht.«

Ethan zieht eine Augenbraue nach oben und mustert mich argwöhnisch. »Na, ist es eher der Good Guy oder der Bad Boy? In Greeneville ist die Auswahl womöglich nicht sehr groß. In unserer Straße hast du nur langweilige verheiratete Männer – meinen Alexander natürlich ausgeschlossen. Wobei ...« Er reißt seine Augen auf und lächelt wissend. »Wie konnte ich denn das mysteriöse Sahneschnittchen unserer Straße vergessen. Na ja, vermutlich liegt es daran, dass er sich in den letzten Tagen nicht hat blicken lassen. Ohnehin ist er oft zu komischen Zeiten unterwegs, meist nachts, keiner weiß, was er da tut. Viel weiß man auch nicht über ihn. Er ist geheimnisvoll.« Ethan wackelt mit seinen Augenbrauen. »Und verdammt sexy«, fügt er noch hinzu. »Aber verrat Alexander nicht, dass ich das gesagt habe.«

Interessiert blicke ich zu ihm und nehme einen Schluck von meiner Weißweinschorle. »Und wo wohnt dieser mysteriöse Mann?«

»Oh, gleich neben dir.« Ethan deutet auf das Haus zu unserer Rechten. Es handelt sich um ein lavendelfarbenes Haus mit einem Scheunendach, einer kleinen Veranda und Grünfläche davor. Im Gegensatz zu den anderen Gärten sieht dieser so aus, als wäre er seit Ewigkeiten nicht mehr gemäht worden.

»Ich bin gespannt, was du sagst, wenn du ihn siehst. Ob er dein Typ ist.« Ethan grinst.

Ich schüttle bloß den Kopf. »Ich bin nicht auf der Suche nach einer Beziehung. Und an einem schnellen Abenteuer habe ich auch kein Interesse. Damit habe ich schlechte Erfahrungen gemacht.«

Ethan zieht wieder eine Augenbraue in die Höhe und mustert mich. »Ich weiß, du hast mir ja von deinem Ex-Freund erzählt, aber du hast es auch verdient, wieder Spaß zu haben.«

Ich nicke langsam, muss aber daran denken, als ich das letzte Mal ›Spaß‹ hatte. Vor einem Jahr, in Las Vegas. Und was ist dabei herausgekommen? Dass der Vollidiot seine Freundin, Verlobte oder Frau betrogen hat und ich keinen blassen Schimmer davon hatte. Seitdem habe ich die Finger von Männern gelassen. Ich will erst einmal mein eigenes Leben in den Griff bekommen, mir hier in Greeneville etwas aufbauen, Freundschaften und Ruhe finden. Einen Mann an meiner Seite zu haben, steht ganz unten auf der Liste.

»Ich brauche keinen Partner an meiner Seite. Ich will mich lieber erst einmal auf mich selbst fokussieren«, erkläre ich ihm, doch Ethan scheint meine Antwort nicht zufriedenzustellen.

»Wenn du wüsstest, wie dein heißer Nachbar aussieht, würdest du das nicht sagen.«

»Ich will gar nicht wissen, wie er aussieht.«

»Das kaufe ich dir nicht ab. Soll ich es dir verraten?«

»Nein, Ethan.«

»Nur ein paar Details?«

»Nein.«

»Du lügst.«

»*Nein.*«

Ethan lacht laut und auch ich grinse in mein Glas hinein. Ja, okay, ein bisschen neugierig bin ich jetzt schon, aber das würde ich niemals vor ihm zugeben. Ethan scheint mich zu durchschauen, wofür ich ihm ein kleines bisschen dankbar bin. Aber auch das würde ich niemals zugeben.

»Okay, du bist der schlechteste Lügner, den ich kenne. Er hat dunkle Haare, einen sexy Dreitagebart, stechend blaue Augen …«

»Stopp, stopp«, bitte ich Ethan, der jetzt einen Schmollmund macht.

»Hey, wehe du findest ihn jetzt doch heiß, wenn du ihn siehst.« Er zwinkert mir zu und ich nehme schnell einen Schluck von meinem kühlen Getränk.

»Wie gesagt, ich habe momentan kein Interesse an Männern …«

Ethan zuckt bloß mit den Schultern, dann widmen wir uns wieder anderen Themen. Unbeabsichtigt schweifen meine Gedanken jedoch immer wieder zu meinem mysteriösen Nachbarn ab. Wie er wohl in Wirklichkeit aussieht? Wo treibt er sich die ganze Zeit rum, wenn er nachts verschwindet? Und wieso wissen die Nachbarn so wenig über ihn? Ist es in Kleinstädten nicht so, dass jeder alles über jeden weiß? Ich versuche, meine Gedanken nicht weiter auf meinen Nachbarn zu richten, und irgendwann ist er auch wieder in Vergessenheit geraten.

Mitten in der Nacht werde ich von einem lauten Motorengeräusch wach. Ich reibe über meine Augen, fühle mich todmüde und versuche, mein Handy auf dem Nachttisch zu ertasten. Nach mehreren Versuchen finde ich es endlich. Es ist gerade einmal kurz nach drei. Wer hat mich wach gemacht?

Ich löse mich von der Bettdecke und laufe in Richtung Fenster, von dem aus man einen Blick auf die Straße und die Nachbarhäuser hat. Langsam schiebe ich die Vorhänge zur Seite. Es ist dunkel draußen, die Sterne leuchten am Himmel und lediglich die wenigen Straßenlaternen spenden dämmriges Licht. Ich lasse meinen Blick über die Straße und die Häuser mir gegenüber schweifen. Alles ist ruhig, nirgendwo brennt mehr Licht. Alle scheinen also zu schlafen. Bis auf ...

Mein Blick wandert hinüber zu dem Grundstück, das gleich neben meinem liegt. Zu dem lavendelfarbenen Haus meines Nachbarn, von dem Ethan mir heute noch ausführlich berichtet hat.

Augenblicklich beschleunigt sich mein Herzschlag. Es ist zu dunkel, um viel zu erkennen. Vorsichtig spähe ich hinter dem Vorhang hervor, erkenne einen Mann, der vor der Garage steht. Gerade ist er dabei, sein Motorrad reinzustellen, dann schließt er sie wieder. Die ganze Zeit über sehe ich bloß sein Profil und in dem dunklen Licht kann man kaum etwas erkennen.

Zudem ist er dunkel gekleidet. Ich kneife die Augen zusammen, versuche, etwas zu erspähen.

Er läuft die Einfahrt entlang, will gerade zur Haustür gehen, da hält er an. Das Pochen in meiner Brust wird schneller. Als er sich urplötzlich umdreht und geradewegs hoch in mein Fenster schaut, bleibt mein Herz für eine Sekunde stehen. Er steht einfach nur dort und starrt genau in mein Fenster.

Ich traue mich nicht, mich auch nur einen Millimeter zu bewegen. Er kann mich doch nicht erkennen, oder ...? Schließlich habe ich kein Licht an.

Einen Moment lang bleibt er noch stehen, dann wendet er sich ab und geht in Richtung Haus.

Ich lasse den Vorhang los, laufe schnell zurück zum Bett und atme die unbemerkt angehaltene Luft aus. Unter der Bettdecke versuche ich, meinen Herzschlag zu beruhigen und einzuschlafen. Doch es braucht Ewigkeiten, bis meine Augen wieder zufallen.

Am nächsten Morgen bin ich dementsprechend todmüde. Normalerweise habe ich keine Schwierigkeiten damit, schnell einzuschlafen. Aber letzte Nacht war es anders.

Ich bin gerade dabei, mir einen Kaffee einzuschenken, stehe in der Küche und schaue aus dem Fenster. Es ist früh am Morgen, die meisten Nachbarn machen sich gerade auf den Weg zur Arbeit. So auch Alexander. Zum ersten Mal sehe ich den Mann von Ethan. Alexander ist ein Stück kleiner als er, hat aber genauso vereinzelte Tattoos auf den Armen wie sein Ehemann.

In seinem dunkelblauen Polohemd und der hellen Stoffhose wirkt er jedoch viel seriöser, aber schließlich ist er auch CEO eines Unternehmens. In seiner Hand hält er eine Aktentasche, die andere legt er um Ethan, der noch in einen weißen Bademantel aus Waffelpiqué gekleidet ist, um ihn zum Abschied zu küssen.

Schnell wende ich meinen Blick ab, denn ich möchte nicht wie jemand rüberkommen, der seine Nachbarn den ganzen Tag am Fenster beobachtet.

Mit meiner Kaffeetasse in der Hand schlendere ich zum Esstisch, der gleich vor der Küche aufgebaut ist. Heute ist mein erster Arbeitstag im neuen Zuhause. Ich habe das Glück, den gleichen Job, den ich schon in St. Louis ausgeführt habe, auch hier wieder aufzunehmen, da ich im Homeoffice arbeite. Ich arbeite als Finanzberaterin bei einer Versicherung und zu meinen Aufgaben gehört unter anderem die Beratung zu Krediten, Versicherungen und Anlageprodukten sowie die Neukundenakquise und Verwaltung von Kunden. Mein Job macht mir Spaß und ich genieße es, von zu Hause aus zu arbeiten.

Archie kommt auf mich zugelaufen. Bis gerade hat er noch tief und fest geschlafen. Ich gehe in die Küche, bereite ihm sein Frühstück in seinem Napf zu und stelle es dann neben die Kücheninsel, wo er schon ungeduldig darauf wartet und mich aus großen Augen ansieht.

Mein erster Arbeitstag geht schnell vorbei, wofür ich dankbar bin, denn ich fühle mich einfach nur müde nach der kurzen Nacht. Trotzdem rufe ich jetzt bei meiner besten Freundin an, um endlich wieder ihre Stimme zu hören. Länger halte ich es nämlich nicht mehr aus.

»O mein Gott, Hazel! Endlich!«, tönt Willows laute Stimme aus meinem Handy. Ich muss es ein Stück von meinem Ohr weghalten, so laut quietscht sie in den Hörer hinein.

»Ich werde ja taub, Willow«, antworte ich kichernd.

»Wie geht es dir? Wie ist es in Greeneville? Wie ist das Haus? Hat alles mit den Möbeln geklappt? Hast du schon neue Leute kennengelernt? Wie geht es Archie?« Willow bombardiert mich mit unzähligen Fragen.

Ich laufe durch die Küche und lehne mich an die Kücheninsel. »Du bist ja neugierig«, sage ich, das Lächeln schwindet nicht von meinen Lippen.

»Natürlich bin ich das.« Im Hintergrund raschelt es und es klingt so, als bereite sie sich gerade Essen zu. »Also, schieß los.«

»Es ist immer noch echt ungewohnt, hier zu sein«, fange ich an. »Greeneville ist eine süße Kleinstadt, zumindest das, was ich bislang gesehen habe. Viel Natur, Ruhe, alles fußläufig erreichbar. Ganz anders als in St. Louis.«

»Puh, das wäre mir vermutlich zu langweilig, aber solange es dich glücklich macht, ist ja alles perfekt«, meint Willow.

»Ich denke, es ist der perfekte Ort für mich, um einen Neuanfang zu starten und mir das Leben aufzubauen, das ich wirklich führen will. Das Haus ist superschön, die Straße ebenso. Bislang habe ich noch nicht allzu viel von den Nachbarn mitbekommen, außer von Ethan.«

»Uh, wer ist denn Ethan?« Augenblicklich höre ich den Unterton in ihrer Stimme und verdrehe die Augen.

»Mach dir keine Hoffnungen, Ethan ist schwul. Er hat einen Mann und einen Hund und wohnt schräg gegenüber von mir. Ich glaube, ihr zwei würdet euch blendend verstehen. Er ist supergesprächig, hilfsbereit und witzig. Gestern kam er gleich rüber, als er den Umzugswagen gesehen hat, und hat mir den ganzen Tag beim Einrichten geholfen, während wir Wein getrunken haben.«

»Ich bin so froh, dass du schon jemanden kennengelernt hast. Aber wehe, er ersetzt mich als deine allerbeste Freundin auf Erden.«

Ich weiß, dass sie bloß einen Spaß macht. Trotzdem glaube ich, dass auch ein Fünkchen Wahrheit in ihren Worten steckt. »Keine Sorge, Willow«, versichere ich ihr deshalb. »Du wirst für immer meine beste Freundin bleiben. Dich kann niemand ersetzen.«

»Dann bin ich ja beruhigt.« Wir fangen beide an, zu kichern. »Und was hast du die nächsten Tage ...?«

Ein lautes Motorengeräusch lenkt mich ab und sorgt dafür, dass ich den Rest des Satzes nicht mehr mitbekomme. Ich stoße mich von der Kücheninsel ab und laufe in Richtung Fenster, von dem aus ich gleich auf die *River Lane* blicken kann. Ein Motorradfahrer ist gerade in die Sackgasse gebogen, fährt an meinem

Haus vorbei und parkt vor dem lavendelfarbenen Haus neben meinem.

Das Handy nach wie vor ans Ohr gedrückt laufe ich durchs Haus in Richtung Wohnzimmer, um durch die Fenster spähen zu können. Ich habe keine Ahnung, was mit mir los ist. Aus irgendeinem Grund zieht es mich an die Fenster, um endlich herauszufinden, wer der Motorradfahrer ist, der gleich neben meinem Haus parkt. Denn wie es aussieht, handelt es sich um meinen Nachbarn, und Ethans Worte haben mich neugierig auf ihn gemacht. Und letzten Endes ist es auch gut, zu wissen, wer neben mir wohnt.

Trotzdem klopft mein Herz schneller, denn die Geschehnisse der letzten Nacht sind immer noch frisch in meinen Gedanken.

Der Mann, der komplett in Schwarz gekleidet ist und eine Lederjacke trägt, steigt von seinem Motorrad. Er hat mir den Rücken zugewandt und zieht seinen Helm ab, worunter sich dunkle Haare zeigen, die durch den Helm etwas verwuschelt sind. Er streicht einmal mit seiner freien Hand durch sie, um sie wieder in Ordnung zu bringen.

Dreh dich um, denke ich.

Auch wenn ich ihn nur von hinten betrachten kann, ist es unschwer zu erkennen, dass er breite Schultern hat. Nicht dass mich das in irgendeiner Weise weiter interessieren würde.

»Hazel? Hazel? Hallo? Bist du noch da?«, tönt die Stimme meiner besten Freundin aus dem Handy.

Ich zucke zusammen und realisiere dann, dass wir ja

immer noch am Telefonieren sind. O Gott, durch meine Neugierde auf den Nachbarn habe ich sie komplett vergessen. »Oh, sorry, die Verbindung war gerade kurz weg«, lüge ich, denn ich will ihr lieber nicht erzählen, dass ich gerade dabei bin, meinen Nachbarn zu stalken. Wenn sie schon bei der ersten Erwähnung eines männlichen Namens so austickt, will ich gar nicht wissen, was sie sagt, wenn ich ihr von dem mysteriösen Mann in Lederjacke erzähle. Also, lieber eine kleine Notlüge einschieben.

»Ach so, komisch«, erwidert Willow. »Na ja, wie auch immer. Jetzt erzähl mir lieber mal, was man in Greeneville und Umgebung so machen kann. Wo gehen wir aus, wenn ich dich ...?«

Ihre Worte nehme ich gar nicht mehr wahr, als mein neuer Nachbar um sein Motorrad herumgeht und sich mir so von vorn zeigt. Sein Gesicht ist nun deutlich erkennbar und ... mein Herzschlag setzt für einen Moment komplett aus.

Das kann doch nicht wahr sein. Nein. Die Wahrscheinlichkeit ist so gering, dass er es ist. Er kann es nicht sein. Wieso sollte er genau in der Kleinstadt wohnen, in die ich jetzt gezogen bin? Das macht doch keinen Sinn. Das ist doch niemals er ...

»Hallo? Haaazel?«, ertönt erneut Willows Stimme aus dem Handy.

»Hey, Willow, es tut mir leid, ich muss auflegen.«

»Aber ...«

Ich beende den Anruf, schmeiße das Handy auf die Couch schräg hinter mir und presse mein Gesicht fast gegen die Scheibe. Mein Herz pocht wie verrückt in meiner Brust, während ich den Mann betrachte, der vor seinem dunklen Motorrad steht.

Er trägt dieselbe Lederjacke wie der Mann, der mich vor einem Jahr vor einem unangenehmen Typen gerettet hat. Seine Haare sind genauso dunkel wie die, in denen ich vor einem Jahr meine Hände vergraben habe, als er es mir mehrfach besorgt hat. Und der dunkle Dreitagebart ist identisch mit dem, der über meine Haut gekratzt hat, als er mich um den Verstand geküsst hat.

Meine Fingernägel krallen sich in meine Handfläche. Zu meinem klopfenden Herzen kommt dazu, dass sich mein Körper immer wärmer anfühlt, immer hitziger wird. Aber nicht, weil ich an die Nacht denken muss – die heißeste Nacht in meinem ganzen Leben – o nein. Sondern weil ich daran denke, dass dieser verfluchte Mann, der sich jetzt ausgerechnet als mein Nachbar herausstellt, vor einem Jahr seine Freundin, Verlobte, was auch immer, mit mir betrogen hat! Die Wut rast durch meinen Körper und ich kann es kaum fassen, ihn hier wiederzusehen.

Am Morgen nach unserem One-Night-Stand bin ich wutentbrannt zu Willows und meinem Hotel zurückgestapft und habe mir geschworen, in der nächsten Zeit die Finger von Männern zu lassen. Und jetzt wohnt dieser fremdgehende Vollidiot auch noch neben mir! In der Stadt, in der ich einen Neuanfang starten wollte!

Eine Mischung aus Wut, Aufregung und Verwirrtheit macht sich in mir breit, lässt mich nicht mehr rational denken, also bin ich keine zehn Sekunden später vor meiner Haustür und laufe geradewegs auf ihn zu. Mal sehen, wie er reagiert, wenn er mich wiedersieht.

»Wie schön, dass wir uns auch endlich mal sehen. Ich bin die neue Nachbarin, *Hazel* Gray.« Meine Stimme tropft vor Ironie, als ich mit verschränkten Armen vor Calebs Motorrad stehen bleibe.

Mit zusammengekniffenen Augen schaut er hoch und reißt sie dann auf, als er mein Gesicht erkennt. Seine stechend blauen Augen bahnen sich direkt ihren Weg in meine und für eine Sekunde bringen sie mich völlig aus dem Konzept. Dann fange ich mich wieder und ignoriere, dass mein Herz wie wild klopft, als sein Blick einmal an mir auf- und abwandert.

»Nein«, sagt er dann und grinst. Ja, verdammt, er grinst mich mit diesem teuflisch schrägen Grinsen an! »Was machst du denn hier? Ich hätte nicht gedacht, dass sich unsere Wege noch mal kreuzen.« Er wirkt amüsiert, während ich drohe, jeden Moment zu explodieren. Wie kann er die ganze Situation so witzig finden?

»Oh, glaub mir, das hätte ich auch niemals gedacht. Aber dein«, ich wedle mit den Händen vor seinem Motorrad herum, während Caleb mich grinsend beobachtet, »lautstarkes Gefährt hier hat mich bei meinem Telefonat gestört und als ich aus dem Fenster geblickt habe, musste ich feststellen, dass ausgerechnet *du* mein Nachbar bist.«

Langsam leckt sich Caleb über die Lippen. »Ist das deine Lieblingsbeschäftigung, am Fenster zu stehen und mich zu beobachten, Gray?«

Ich erstarre und blinzle. Was bildet er sich eigentlich ein? Meine Lieblingsbeschäftigung? Und wieso muss er mich mit meinem Nachnamen ansprechen? Hat er etwa letzte Nacht …?

»Nein, natürlich nicht«, erwidere ich schnell und verschränke meine Arme enger vor der Brust.

Caleb lacht, wendet seinen Kopf ab und schaut mich dann mit voller Wucht aus diesen blauen Augen an. »Und wieso standest du dann letzte Nacht an deinem Schlafzimmerfenster und hast mich beobachtet?«

Erwischt. Ich schlucke. Natürlich hatte ich zu dem Zeitpunkt noch keine Ahnung, dass er es ist. Nichtsdestotrotz hat mich irgendetwas dazu getrieben, ihm zuzusehen. Neugierde vielleicht … keine Ahnung … was auch immer. Und er hat es mitbekommen. Verdammt noch mal. »Das … das …«, stottere ich und verfluche mich dafür, dass mein Selbstbewusstsein ins Wanken gerät. Wie schafft es dieser Typ eigentlich, mich so aus dem Konzept zu bringen?

»Mach dir nichts draus, ich bringe die meisten Frauen schnell zum Stottern. Und zu anderen Dingen. Wie du dich bestimmt erinnern kannst.«

Jetzt fallen mir beinahe die Augen aus dem Kopf. Wie unverschämt und vorlaut ist dieser Mann bitte? Und er ist jetzt mein Nachbar?

Bevor ich etwas auf seine zweideutige Aussage erwidern kann, zwinkert er mir zu und sagt: »Ich wünsche dir einen fabelhaften Tag. Wenn du etwas brauchst, weißt du ja, wo du mich finden kannst, *Nachbarin.*« Mit diesen Worten lässt er mich völlig fassungslos stehen und läuft den Steinweg zu seinem

Haus entlang. Die Haustür geht auf, schließt sich wieder und ich stehe immer noch völlig baff vor seiner Maschine. Erst als ein Pärchen den Gehweg entlangläuft und beide mich anstarren, wird mir bewusst, dass ich immer noch hier herumstehe.

Hoffentlich hat niemand von den Nachbarn dieses peinliche Gespräch mitbekommen, bete ich innerlich und sehe zu, dass ich so schnell wie möglich in mein Haus komme.

KAPITEL 7

Caleb

Ich weiß nicht, was ich witziger finden soll: Die Tatsache, dass Hazel ab sofort meine Nachbarin ist, nachdem wir vor einem Jahr die heißeste Nacht hatten, oder dass sie fuchsteufelswild geworden ist, als sie mich gesehen und so getan hat, als hätte sie mich nicht bereits letzte Nacht beobachtet. Manchmal spielt das Leben wirklich verrückt. Wer hätte gedacht, dass wir zwei uns noch einmal über den Weg laufen? Nach ihrem wütenden Abgang in Vegas und den Vorwürfen, die sie mir gemacht hat, war ich froh, dass sie weg war. Ja, ich hatte etwas mit einer Sophia, aber mehr als Sex war das nicht. Generell habe ich mit Frauen nicht mehr als Sex, seit ... wie auch immer. Es spielt keine Rolle. Es ist witzig, zu sehen, wie reizbar Hazel ist, gleichzeitig habe ich auch kein Interesse daran, mir weiter ihre Anschuldigungen anzuhören. Denn ich gehe fest davon aus, dass sie immer noch darauf herumreiten wird. Frauen eben.

Aber ich habe Sophia niemals betrogen. Wie auch?

Wir waren in keiner festen Beziehung. Und es ist nicht meine Schuld, wenn Frauen zu viel in etwas hineininterpretieren, obwohl man ihnen von Anfang an klargemacht hat, dass man nichts Festes haben will. Also ... nicht meine Schuld, Schätzchen.

Ich schmeiße meine Lederjacke auf den Esstisch, gehe schnurstracks in die Küche und hole mir ein Bier aus dem Kühlschrank. Tagsüber musste ich ein paar Erledigungen machen, jetzt am Abend kann ich es kaum erwarten, mich hinter meinen Schreibtisch zu setzen, ein kühles Bier zu trinken und an meinem neuesten Thriller-Roman zu arbeiten. Ich war schon immer eine Person, die am liebsten geschrieben hat, wenn es draußen dunkel ist. Ob es an meinem Genre liegt oder daran, dass man sich in der Dunkelheit gut verstecken kann, seine wahren Emotionen verbergen kann? Ich denke lieber nicht zu viel darüber nach.

Gerade habe ich es mir an meinem Schreibtisch in meinem Arbeitszimmer gemütlich gemacht, von dem aus ich einen perfekten Blick auf die dämmrig beleuchtete *River Lane* habe. Die Straße liegt ruhig und friedlich vor mir. Greeneville ist der perfekte Ort für einen Autor wie mich, der einfach die Ruhe braucht, die Flucht vor der Großstadt und den Menschen, die einem das Leben zur Hölle gemacht haben. Gleichzeitig könnte ich gut auf die Neugierde meiner Nachbarn verzichten, denen es wohl nicht passt, dass ich kein offenes Buch bin.

Den kleinen Ort habe ich durch Zufall auf meinem Roadtrip quer durchs Land entdeckt. Die Jahre davor habe ich mal hier, mal dort gelebt. Nirgends konnte ich mich für längere Zeit niederlassen. Aber Greeneville scheint mir der Ort zu sein, an dem ich versuchen kann, ein neues Leben zu starten. An dem mich meine Vergangenheit hoffentlich ruhen lässt.

Ich brauche nicht lange, um in meine Geschichte zurückzufinden. Ein Thriller über eine junge Frau, die vom Weg abgekommen ist, in die Hände des falschen Mannes gerät und ...

In der Sekunde vibriert mein Handy. Ich verdrehe die Augen, atme tief aus und verfluche mich dafür, es nicht von vornherein auf stumm gestellt zu haben. Das habe ich nun davon. Ein kurzer Blick auf den Bildschirm bedeutet mir, dass mein Bruder anruft. *Liam.* Das hat mir gerade noch gefehlt. Unser letzter Kontakt ist bereits etliche Wochen her.

Eine Sekunde lang zögere ich, schwebe mit dem Finger über der Anruf-annehmen-Taste. Ich könnte einfach ignorieren, dass er anruft. Mich um meinen eigenen Kram kümmern, schließlich habe ich eine Deadline einzuhalten und mein Agent sitzt mir bereits im Nacken. Und ich habe nicht vor, es mir mit ihm zu verscherzen. Es hat lange gedauert, bis ich eine Agentur gefunden habe und einen Verlag, der meine Thriller druckt. Doch seit ein paar Jahren kann ich vom Schreiben leben. Und mein größtes Ziel ist es, dass meine Bücher in vielen Sprachen auf der ganzen Welt gedruckt werden.

Normalerweise schaffe ich es auch, meine Deadlines einzuhalten, aber manchmal machen die Protagonisten einfach, was sie wollen. Da sind mir die Hände gebunden. Und ich kann bloß zusehen, was sie mit mir vorhaben.

Mein Handy vibriert weiter, scheinbar denkt Liam nicht daran, aufzulegen. Ich nehme den Anruf an und bereue es im gleichen Augenblick, als ich seine lallende Stimme im Ohr habe. Gleichzeitig *weiß* ich, dass ich ihn ohnehin zurückgerufen hätte, hätte er vorher aufgelegt.

»Mein bester Bruder«, ertönt seine laute Stimme. Ich muss das Handy ein Stück von meinem Ohr weghalten, da im Hintergrund deutlich zu hören ist, dass er sich auf einer Party befindet. »Wie geht es dir?«

Ich widerstehe dem Drang, die Augen zu verdrehen. »Was gibt es, Liam?«, versuche ich, das Gespräch kurz und knapp darauf zu lenken, was er eigentlich von mir will. Niemals ruft er an, um Small Talk mit mir zu halten. Ich habe keinen blassen Schimmer, wann wir zwei uns zum letzten Mal *richtig* unterhalten haben. Aber ehrlich gesagt wüsste ich nicht einmal, worüber wir dann reden würden.

»Ach, Bruder, wieso so schlecht gelaunt?«, will er wissen.

Eine Hand habe ich zu einer Faust geballt, die andere umkrallt das Handy. Ich schaue auf die Uhrzeit auf meinem Laptop. Es ist nicht einmal Mitternacht und er ist schon wieder total besoffen. Wieso kann er sich nicht einmal zusammenreißen? »Brauchst du wieder jemanden, der dich abholt?«, hake ich nach.

»Ich wollte fragen, ob du auch vorbeikommen willst. Zu der Party. Hier sind ein paar heiße Chicks, manche sogar oben ohne im Pool. Das würde dir gefallen.« Er lacht laut und ich presse die Zähne aufeinander. Was denkt er eigentlich? Es gibt Menschen, die arbeiten müssen, und wieder einmal lasse ich mich von ihm davon abhalten. »Liam, ich habe ein Projekt, an dem ich arbeite …«

»Sei doch nicht immer so spießig, Cal. Komm doch nur für ein paar Drinks vorbei und dann …«

»Sende mir die Adresse und ich komme dich holen.« Dann lege ich auf, atme tief durch und massiere meine Schläfen. Na super. Jetzt werde ich nicht nur von der Arbeit abgehalten, es kündigen sich auch noch Kopfschmerzen an. Also werde ich heute wohl wieder eine lange Nachtschicht einlegen müssen, um die Kapitel zu schaffen, die ich mir für heute vorgenommen habe.

Ich jogge nach unten, schnappe mir meine Lederjacke und gehe zu meinem Motorrad. Es ist dunkel draußen, die Sterne leuchten hell über mir und niemand ist mehr auf der Straße unterwegs. Ich ziehe meinen Helm auf und automatisch wandert mein Blick zu dem blassgelben Haus gleich neben meinem. Einen Moment lang verharre ich, schaue in die Fenster, hinter deren Vorhängen dämmriges Licht zu erkennen ist.

Ich hoffe, meine neue Nachbarin wird mir jetzt nicht noch weiter auf den Keks gehen. Ja, es war unterhaltsam, zu sehen, wie schnell sie aus der Haut fährt. Und der Sex mit ihr war … der Wahnsinn. Nichtsdestotrotz habe ich keine Zeit für Streitereien und unnötiges Gerede. Das Beste ist, wenn wir uns einfach aus dem Weg gehen und jeder sein Ding macht.

Ich steige auf mein Motorrad, zücke noch einmal mein Handy und checke die Adresse, die Liam mir gesendet hat. Sein Standort ist eine gute halbstündige Fahrt von hier entfernt. Mein Ärger auf meinen Bruder wächst, denn jetzt steht mir nicht nur eine einstündige Fahrt bevor, auf der ich ihn nach Hause kriegen muss, sondern ich muss mir auch wieder ansehen, wie er über die Stränge schlägt.

Ich fahre los, hinaus in die dunkle Nacht, und versuche, die Gedanken zu verdrängen, die langsam, aber sicher in mir aufkommen. Erinnerungen an dunkle Zeiten, Dämonen, die ich so dringend loswerden möchte, es aber selbst nach all den Jahren einfach nicht schaffe. Weil ich nicht loslassen kann.

Der Fahrtwind bläst in mein Gesicht, als ich das Visier des Helms hochklappe. Es ist nicht viel los auf den Straßen, aber hier in der Umgebung gibt es ohnehin nicht allzu viel zu tun, zu so später Stunde.

Ich spüre die Vibration meines Handys in meiner Jackentasche und weiß genau, dass Liam mich wieder mit unnötigen Nachrichten und Fotos zuballert. So ist es jedes Mal, wenn er feiern ist. Und das passiert leider viel zu oft. Mit seinen vierundzwanzig Jahren ist er fünf Jahre jünger als ich, dementsprechend versuche ich als sein großer Bruder, auf ihn aufzupassen. Doch nicht nur unser Altersunterschied ist dafür ausschlaggebend, sondern auch, dass unsere Eltern verdammte ... Idioten sind, die sich nur um ihr Vermögen scheren und darum, dass aus ihren Kindern etwas Großes wird. Seit Jahren habe ich keinen Kontakt mehr zu ihnen, Liam genauso wenig. Und es ist nicht so, als würden sie versuchen, ihn wiederherzustellen. Ich weiß ganz genau, wie enttäuscht sie davon sind, dass ihr einer Sohn sich andauernd betrinkt und der andere *nur* ein Autor geworden ist. Kein Anwalt, Arzt oder Sonstiges. Nichts, mit dem sie vor ihren mächtigen Freunden angeben können.

Ein bitterer Geschmack kommt in meinem Mund auf, als ich das Motorrad auf die Straße lenke, die zu der Adresse, die Liam mir gesendet hat, führt. Bereits von hier höre ich die laute Partymusik.

Etwas abseits stelle ich mein Motorrad ab, damit keiner der besoffenen Idioten auf die Idee kommt, es zu beschädigen. Dann mache ich mich auf den Weg, meinen kleinen, betrunkenen Bruder einzusammeln. So wie ich es schon Hunderte Male zuvor getan habe.

KAPITEL 8

Hazel

Am nächsten Morgen fühle ich mich glücklicherweise etwas ausgeschlafener als am Tag zuvor. Zwar bin ich einmal mitten in der Nacht wach geworden, als wieder dieses nervtötende Motorengeräusch durch die Straßen gezogen ist, aber ich habe mich zusammengerissen und *nicht* aus dem Fenster gesehen. Zu peinlich war es mir noch, dass Caleb wohl ganz genau mitbekommen hat, dass ich zuvor am Fenster stand und ihn beobachtet habe. Na ja, beobachten würde ich es nicht nennen, ich war einfach neugierig, wer mein neuer Nachbar ist …

Ich bereite mir ein Müsli mit Obst zu, gebe Archie sein Essen und kraule ihn eine Weile, bis ich mich mit meinem Laptop an den Esstisch setze, um mit der Arbeit anzufangen. Heute Mittag stehen ein paar Beratungsgespräche mit Kunden an, die telefonisch stattfinden, also muss ich noch ein paar Dinge vorbereiten.

Gerade nippe ich an meinem Kaffee und tippe

eine E-Mail, da klopft es lautstark an meiner Haustür. Erschrocken stelle ich die Tasse ab, die daraufhin ein wenig überschwappt und ein Muster auf dem Holztisch hinterlässt.

»Verflixt«, fluche ich, renne in die Küche, um den Tisch mit einem Tuch zu trocknen, und dann in Richtung Tür, um herauszufinden, wer mich am frühen Morgen schon so dringend sprechen will.

Als ich den Türknauf in die Hand nehme, rechnet mein Kopf für eine Sekunde damit, dass Caleb in seiner Lederjacke davorsteht. Doch als ich sie öffne und ein grinsender Ethan mich ansieht, verfluche ich mich nicht nur dafür, solche Gedanken gehegt zu haben, sondern bin auch dankbar, dass es *nicht* Caleb ist. Ein kurzer Blick nach rechts zeigt mir, dass sein Motorrad in der Einfahrt steht. Er ist also zu Hause.

Wieso interessiert mich das überhaupt?

Ethan folgt meinem Blick, sein Grinsen wird breiter. Ich beiße mir auf die Zunge. »Genau aus dem Grund bin ich hier. Und weil unser Kaffee leer ist.« Wie selbstverständlich läuft er an mir vorbei.

Ich laufe hinterher und schließe die Tür hinter mir.

Während Ethan Archie streichelt, der freudig auf ihn zuläuft, stehe ich mit verschränkten Armen in der Küche. »Oben rechts«, sage ich und deute mit dem Kopf auf das Regal, auf dem sich meine Kaffeepads befinden.

Doch Ethan hat die Kaffeepads bereits in der Hand, als würde er sich schon bestens hier auskennen.

Ich reiche ihm meine nun fast leere Kaffeetasse und er bereitet uns beiden das heiße Getränk zu.

»Deine Andeutung draußen habe ich aber nicht ganz verstanden«, füge ich hinzu, obwohl ich *ganz genau* weiß, auf wen er da anspielt.

Ethan zieht eine Augenbraue in die Höhe und reicht mir dann meine dampfende Tasse.

Ich deute Richtung Esstisch und wir nehmen Platz.

»Oh, Hazel, du weißt ganz genau, auf was ich anspiele.« Mit beiden Händen umklammert er die Tasse und schaut mich aus großen, grünen Augen an. »Auf unseren geheimnisvollen Mr Hottie in Lederjacke natürlich.« Er nippt an seinem Getränk, während mir die Lust auf Kaffee gerade vergeht.

»Äh, was soll mit dem sein?«, will ich wissen, stelle die Tasse vor mir ab und verschränke die Arme erneut vor der Brust. »Caleb ist einfach nur supernervig.«

Jetzt zieht Ethan beide Augenbrauen in die Höhe. »Supernervig also? Aha.«

»Wie *aha*?«

»Na, aha eben.«

Ich verdrehe die Augen, spüre aber gleichzeitig, wie mir die Hitze ins Gesicht schießt. Ethan hat doch nicht etwa unser Gespräch mitbekommen, oder?

»Ich habe alles gehört«, spricht er den Satz aus, der meinen Körper endgültig mit Scham überflutet.

»Wir haben über nichts Interessantes gesprochen«, versuche ich, die Situation herunterzuspielen. O man, ist das unangenehm.

»Ich finde es schon interessant, dass ihr zwei euch

vorher kanntet. Wird das mit euch jetzt weitergehen?« Er trinkt seinen Kaffee und schaut mich neugierig an, als gehe es hier um meinen neuen Schwarm und nicht um den Mann, der eine Frau mit mir betrogen hat.

»Zwischen uns ist einmal etwas gelaufen, aber *nie wieder*.« Meine Stimme klingt angespannt. Ich versuche, tief durchzuatmen und mich zusammenzureißen, schließlich kann Ethan nichts für die ganze Situation. »Wir haben uns in Las Vegas auf einem Trip kennengelernt. Er hat sich als mein Freund ausgegeben, als mich ein schmieriger Typ angemacht hat, und dann sind wir im Bett gelandet. Am nächsten Morgen hat sich herausgestellt, dass Caleb vergeben ist. Dementsprechend wütend habe ich das Hotel verlassen und war froh, ihn niemals mehr wiedersehen zu müssen. Nur um jetzt festzustellen, dass er mein Nachbar ist.« Ich stütze den Kopf auf den Händen ab. Ethan wirkt viel zu euphorisch dafür, dass Caleb ein Fremdgeher ist.

»Wow, das klingt ja wie in einem Film. Richtig dramatisch und so. Perfekt für eine langweilige, verträumte Kleinstadt. Hat seine Freundin denn jemals herausgefunden, dass er sie betrogen hat?«

Ich zucke mit den Schultern. »Gute Frage. Ich weiß es nicht. Aber ich hoffe, dass er es ihr gestanden hat. Mein Ex-Freund hat mich auch jahrelang betrogen und ich wünschte, mir hätte es jemand früher erzählt.«

Ethan streckt seine Hand nach vorn, um über meinen Arm zu streicheln. »Das tut mir leid, Hazel. So etwas hast du nicht verdient. Ich wusste ja nicht, dass

Caleb auch so ein … Fremdgeher ist. Na ja, dass er ein Frauenschwarm ist, erkennt man ja auf den ersten Blick. Und er hat auch des öfteren Frauenbesuch bei sich. Aber ich hoffe, seine Freundin – oder jetzt Ex-Freundin – hat es von ihm erfahren.«

»Meinst du, ich soll ihn mal darauf ansprechen?«

»Wenn du willst. Mir würde es vermutlich keine Ruhe lassen. Ich habe nie mitbekommen, dass er eine feste Freundin hat. Bei ihm gehen nur neue Frauen ein und aus. Nicht dass er seine Freundin mit ganz vielen anderen Frauen betrügt.« Er schlägt die Hand vor den Mund und schüttelt den Kopf.

»Ich werde in meiner Mittagspause mal zu ihm rübergehen und herausfinden, was Sache ist. Ich habe das Gefühl, das Ganze zwischen uns ist ohnehin noch nicht geklärt. Und ich habe keine Lust auf diese Anspannung zwischen uns, wenn wir Nachbarn sind.«

Ethan wackelt mit den Augenbrauen. »So eine Anspannung lässt sich gut im Bett lösen.«

Ich stoße meine Luft aus. »Wie bitte? Ich dachte, du magst ihn jetzt auch nicht mehr, weil er ein Fremdgeher ist.«

Ethan zuckt unschuldig mit den Schultern. »Na ja, aber wenn du ihn nur für eine Nacht haben willst, kann er dir bestimmt ein paar heiße Stunden bieten.«

»Ethan, du bist unmöglich«, antworte ich und wir fallen beide in ein lautes Lachen ein.

Nachdem wir unseren Kaffee ausgetrunken haben, macht Ethan sich auf den Weg nach Hause und ich setze mich an meine Arbeit. Die Stunden bis zur Mittagspause vergehen schnell, auch wenn meine Gedanken immer wieder zu Caleb abschweifen. Ich nehme mir vor, dass wir noch ein klärendes Gespräch führen und dann ist gut. Wir sind bloß Nachbarn, mehr nicht. Und dafür muss man nicht befreundet sein oder sich blendend verstehen. Wir können uns aus dem Weg gehen. Ganz einfach. Oder?

Als meine Mittagspause angebrochen ist, kribbelt es mir in den Fingern, zu Caleb rüberzugehen und unser Gespräch jetzt sofort hinter mich zu bringen. Ein kurzer Blick aus dem Fenster zeigt mir, dass sein Motorrad nach wie vor in der Einfahrt steht. Dieses nervige laute Motorengeräusch hätte ich ohnehin nicht überhören können. Es klingt fast so, als wolle er mit Absicht ordentlich Lärm machen, um mich zu nerven.

Ist das nicht ein wenig weit hergeholt?

Hmpf. Selbst meine Gedanken machen sich über mich lustig.

Ich werfe einen kurzen Blick in den Spiegel und zupfe meine kupferfarbenen Haare zurecht, die ich heute mit einer Klammer nach hinten gesteckt habe, sodass einzelne Strähnen mein Gesicht umfallen. Schnell streiche ich über meine schwarze Bluse, obwohl es ohnehin keine Rolle spielt, wie ich aussehe. Ich gehe ja nicht rüber, um mit ihm zu schlafen, sondern um mich so kurz und knapp wie möglich mit ihm zu unterhalten. Dafür werde ich mir jetzt nicht auch noch Make-up auflegen.

Festen Schrittes und mit hochgerecktem Kinn laufe ich auf sein Haus zu. Man könnte meinen, ich sehe hundertprozentig selbstbewusst aus, doch mein wild klopfendes Herz macht mir einen Strich durch die Rechnung.

Vor seiner Haustür atme ich einmal tief durch und klopfe. Automatisch halte ich die Luft an und warte. Doch auch nach zehn Sekunden tut sich nichts hinter der Tür. Ich klopfe erneut, diesmal noch etwas lauter als zuvor, doch auch weitere zehn Sekunden verstreichen, ohne dass mir die Tür geöffnet wird. Als selbst nach einem dritten Mal Klopfen kein Caleb zu sehen ist, will ich gerade wieder gehen, als ich am gekippten Fenster vorbeikomme und Geräusche höre.

Er scheint wohl zu Hause zu sein. Ich gehe zur Haustür, öffne sie langsam – denn für gewöhnlich werden die Haustüren in Kleinstädten nicht abgeschlossen, wenn jemand zuhause ist. Meine Haustür würde ich niemals offen lassen, dafür habe ich als Großstädterin zu viel erlebt. Aber in Kleinstädten vertraut man sich wohl einfach blind.

»Hallo? Ist jemand zu Hause?«, rufe ich und betrete den Eingangsbereich.

Aus der oberen Etage sind Geräusche zu hören, als laufe jemand umher. Doch Caleb antwortet nicht.

Neugierig wie ich bin, nutze ich die paar Sekunden ohne Beobachtung, die ich habe, um mich ein wenig umzusehen. Erstaunlicherweise ist sein Haus modern eingerichtet. Ich weiß nicht, was ich erwartet habe, aber zumindest nicht, dass es mir so gut gefällt. Dunkle Holztöne kombiniert mit Schwarz und ... Schritte genau über mir sorgen dafür, dass ich innehalte.

»Caleb?«, rufe ich noch einmal. Mein immer schneller klopfendes Herz sorgt dafür, dass meine Hände schwitzig werden. Vielleicht hätte ich doch nicht einfach sein Haus betreten sollen.

Gerade will ich mich umdrehen und zusehen, dass ich es so schnell wie möglich verlasse, da ertönen Schritte auf der Treppe, die genau vor mir ist und gegenüber der Eingangstür liegt.

»Hazel? Was führt dich zu mir?« Calebs tiefe Stimme ertönt und lässt mich zusammenzucken.

Ich drehe mich um und traue meinen Augen nicht. Er ist auf der Hälfte der Treppe angekommen, trägt ein verschmitztes Lächeln auf den Lippen, seine Haare hängen ihm nass in die Stirn und einzig und allein ein weißes Handtuch sitzt tief auf seinen Hüften.

So wie damals in Vegas, nachdem wir es die ganze Nacht miteinander getrieben haben.

Ich verfluche meinen Kopf für die Erinnerungen, die er hervorruft, gleichzeitig scheint mein Körper mich verraten zu wollen. Hitze schießt mir in die Wangen und ich schaffe es nicht, meine Augen von seinem Anblick loszureißen. Von dem trainierten Oberkörper, der noch leicht feucht schimmert. Mein Mund fühlt sich staubtrocken an und ich bin unfähig, mich zu regen.

»Verschlägt dir mein Anblick etwa die Sprache?« Caleb hört nicht auf, mich anzugrinsen, und läuft die Treppe herunter weiter auf mich zu. Dabei bohren sich seine blauen Augen fest in meine.

Erst seine Aussage bringt mich dazu, wieder ins Hier und Jetzt zu finden. »Du bist immer noch so ein

Macho wie damals«, erwidere ich und verschränke die Arme vor der Brust, so wie ich es immer mache, wenn ich nervös werde. Es ist wie ein Schutzmechanismus, aber ich wünschte, er würde mich nicht so fühlen lassen.

Nur wenige Schritte trennen uns voneinander. Er lacht kurz laut auf, zieht dann eine Augenbraue in die Höhe und lässt mich verdammt noch mal immer noch nicht aus den Augen. »Vor einem Jahr hast du mich noch angefleht, dass ich es dir besorge. Wieder und wieder. Die *ganze Nacht.*« Die letzten Worte betont er mit Absicht und ich verdrehe die Augen, laufe ein Stück von ihm weg in Richtung Wohnzimmer, als er noch näher auf mich zukommt. Denkt er etwa, er kann mit seiner rauen Stimme und dem kantigen Gesicht jede Frau um den Finger wickeln?

Jetzt lache ich. »Tja, da hatte ich noch keine Ahnung, dass du ein Betrüger bist.«

Caleb schüttelt den Kopf, doch ein breites Lächeln liegt immer noch auf seinen Lippen. »Ich und Betrüger? Da hast du etwas wohl immer noch nicht verstanden.« Mit dem Kopf deutet er zur Couch und ich setze mich hin. Er setzt sich mir gegenüber auf die andere Couch. Im Raum gibt es noch einen großen Kamin und keinen Fernseher. Irgendwie hätte ich damit gerechnet, dass er einen riesigen Flachbildfernseher und Spielekonsolen hat, aber bislang habe ich nichts entdecken können.

»Willst du dir nicht lieber was anziehen?«, frage ich ihn und zeige auf seine Aufmachung, denn ihm gegenüberzusitzen, wenn er bloß ein Handtuch trägt, macht das Gespräch nicht gerade einfacher. Wenn er jetzt noch breitbeinig sitzen würde, dann …

»Bringe ich dich etwa so aus der Fassung, *Gray*?« Er spricht mich wieder mit meinem Nachnamen an, eine weitere Tatsache, die dafür sorgt, dass ich nervöser werde.

Ich schüttle den Kopf. »Natürlich nicht. Schließlich weiß ich, wie es darunter aussieht.« Ich beiße mir auf die Zunge und frage mich, wie das gerade aus mir herausgerutscht ist.

Caleb streicht über seinen Bart, eine Emotion flackert in seinen Augen auf, die ich nicht richtig einordnen kann. »Das hat sich wohl in deinen Kopf eingebrannt, was?«

Mir bleibt beinahe die Spucke weg. Empört stehe ich auf. »Weißt du was? Du bist unmöglich, Caleb.«

Er runzelt die Stirn und steht ebenfalls auf. »Ich bin unmöglich? Du bist diejenige, die in mein Haus gekommen ist, ohne dass ich sie hereingebeten habe. Und jetzt nennst du mich unmöglich? Ich könnte bei der Polizei anrufen und sagen, dass du hier eingedrungen bist.«

Meine Nervosität ist wie weggewischt, stattdessen bin ich jetzt nur genervt von meinem superanstrengenden Nachbarn. »Wie auch immer«, sage ich und zucke mit den Schultern. »Ich bin nur hergekommen, weil ich keine Lust auf weitere Diskussionen mit dir habe. Wir vergessen einfach alles, was in der Vergangenheit war, und tun so, als würden wir uns nicht kennen. Ist das klar?«

Caleb streicht durch seine Haare, eine einzelne

Strähne fällt ihm dabei in die Stirn. Mein Herz flattert kurz und ich presse für eine Sekunde die Augen zusammen, um mich wieder zu konzentrieren.

»Natürlich«, sagt er mit solch einer Ironie in der Stimme, dass ich genervt auflache. »Ich habe eh keinen blassen Schimmer mehr, wie wir zwei damals im Bett landen konnten.«

Ich reiße meinen Mund auf, schließe ihn dann wieder und habe unzählige Schimpfwörter, die ich ihm am liebsten in diesem Augenblick an den Kopf werfen würde. Doch ich besinne mich eines Besseren. »Ja, das frage ich mich auch. Wie konnte ich erneut auf einen Fremdgeher hereinfallen?« Ich schüttle den Kopf und stapfe in Richtung Eingangsbereich. Doch Caleb ist schneller.

Mit wenigen Schritten ist er bei mir, greift nach meinem Handgelenk und wirbelt mich zu sich herum. »Ich bin *kein* verdammter Fremdgeher«, bringt er zwischen zusammengepressten Zähnen hervor. Ich versuche, mich aus seiner Umklammerung zu lösen, doch er hält mich zu fest.

Wir stehen so nahe voreinander, dass sein holziger Duft in meine Nase tritt. Mein Herzschlag beschleunigt sich. Unsere Blicke treffen aufeinander.

»Wieso soll ich dir das glauben?«, frage ich, meine Stimme klingt mit einem Mal atemlos.

»Weil es keinen Grund für mich gibt, dich anzulügen. Ich bin nicht das Arschloch, für das du mich hältst. Ich habe dir die ganze Situation bereits erklärt. Hör auf, deinen fremdgehenden Ex-Freund auf mich zu übertragen. So bin ich nämlich nicht. Schließlich habe ich dich vor diesem schmierigen Typen gerettet.«

Die Stimmung wandelt sich und ich spüre, dass er die Wahrheit sagt. Er schaut mich so intensiv an, dass es in meinem Magen kribbelt. Mein Handgelenk, dass er nach wie vor fest umklammert, fühlt sich warm an. Er tritt noch einen Schritt auf mich zu, sein Duft scheint mich zu umhüllen, seine blauen Augen mich nicht mehr gehen lassen zu wollen.

Dann realisiere ich, wie eng wir aneinander stehen. Mit Schwung reiße ich meinen Arm von ihm los und schaue in seine aufgerissenen Augen. »Vielleicht wollte ich ja gar nicht gerettet werden«, erwidere ich mit fester Stimme, eile zur Haustür und renne so schnell nach Hause, wie ich kann.

KAPITEL 9

Caleb

»O ja, gut machst du das. Genau da …« Die Blondine auf meinem Bett wirft ihren Kopf in den Nacken, während ich zwischen ihren Beinen knie und sie um den Verstand lecke. Ich umklammere ihre Oberschenkel, die immer heftiger zittern. Dann kommt sie, krallt ihre Fingernägel in meine Haare und zieht fest daran. Ich löse mich von ihr, wische mit dem Handrücken über meinen nassen Mund und lasse mich mit dem Rücken auf das Bett sinken.

»Das war verdammt gut«, säuselt sie mit ihrer hohen Stimme. »Jetzt bist du an der Reihe.«

Ich schließe die Augen und reibe mit den Händen über mein Gesicht. Als sie sich gerade an meiner Hose zu schaffen macht, richte ich mich auf. »Hey, sorry, ich bin nicht mehr in Stimmung.«

Die Blondine – ja, verdammt, sorry, ich weiß nicht einmal ihren Namen – schaut mich aus aufgerissenen hellblauen Augen an. »Wie, du willst nicht mehr?«

»Soll ich es dir buchstabieren?«

»Idiot«, murmelt sie, schnappt sich ihre Sachen und stürmt die Treppe hinunter.

Im gleichen Moment bereue ich es, sie so angefahren zu haben, aber immerhin ist sie diejenige, die auf ihre Kosten gekommen ist. Die Haustür schlägt zu und ich lasse meinen Kopf auf die Matratze fallen.

Ich weiß nicht, was heute mit mir los ist. Es ist Wochenende, ich habe meine Arbeit gut aufholen können und es in den letzten Tagen geschafft, meine Wortzahl um einiges aufzustocken. Wohlverdient bin ich in eine Bar gleich um die Ecke gegangen. Ein mickriger Ort, in dem es nur schlechtes Bier und noch langweiligere Countrymusik gibt, aber besser als nichts. Die blonde Schönheit hat mich schon den ganzen Abend lang angeflirtet und so sind wir bei mir zu Hause gelandet. Aber mein bestes Stück hatte einfach kein Interesse an ihr. Und so etwas passiert mir sonst nie. Woran das liegt? Wenn ich das wüsste ...

Wütend schlage ich mit der Faust auf die Matratze, richte mich dann wieder auf und vergrabe die Hände in meinen Haaren. Ich weiß nur zu gut, was der Grund für meinen Zustand ist: meine verflucht nervige Nachbarin. Nicht dass sie diejenige ist, die ich vögeln möchte. Doch ihre nervtötende Art hat sich so sehr in meinem Kopf festgesetzt, dass ich die ganzen letzten Tage darüber nachdenken musste.

Ich stehe vom Bett auf, laufe zum Fenster hinüber und schiebe den Vorhang zur Seite. Von meinem Schlafzimmerfenster aus habe ich den perfekten Blick auf ihren Eingangsbereich.

Vor ihrer Haustür brennt Licht. Im Gegensatz zu meinem Haus hat sie keine Veranda, doch sie hat es sich mit einem Typen auf zwei Esszimmerstühlen bequem gemacht. Ich kneife die Augen zusammen und gehe näher an die Scheibe heran.

Wer ist dieser Mann? Seine überschwängliche und euphorische Art, zu gestikulieren, lässt mich darauf schließen, dass es sich um den Nachbarn von der anderen Straßenseite handelt, der seinen Golden Retriever immer an meinem Vorgarten schnuppern lässt. Selbst durch das geschlossene Fenster höre ich die beiden laut lachen, doch Hazels Gekicher dringt noch tiefer in mein Ohr. Genervt lasse ich den Vorhang wieder los und seufze.

Wieso geht mir diese Frau nicht mehr aus dem Kopf? Es ist nicht so, dass sie sich auf positive Art und Weise ihren Weg in mein Gehirn gebahnt hat. O nein. Ihre aufdringliche, superanstrengende Art hat sich langsam, aber sicher in mir festgesetzt und jetzt, da sie meine Nachbarin ist, scheint es wohl auch nicht so schnell damit vorbei zu sein. Hmpf. Und jetzt versaut sie mir auch noch heiße Blowjobs, die ich früher niemals abgelehnt hätte.

Fuck.

Ich gehe in die Küche, die glücklicherweise auf der Seite des Hauses liegt, die nicht zu ihrem Haus zeigt. Doch das Fenster ist gekippt und selbst bis hierhin höre ich den Nachbarn und sie herzhaft lachen. Wütend knalle ich die Scheibe zu und bin dann von mir selbst überrascht, dass diese Frau mich so reizt.

Ich entschließe mich dazu, mir ein kühles Bier aus

dem Kühlschrank zu nehmen, und setze mich dann wieder nach oben an meinen Schreibtisch. Schließlich habe ich immer noch einen Thriller, der zu Ende geschrieben werden muss, und das tut er nicht von selbst.

Ich setze meine Kopfhörer auf und bin froh, die Außenwelt nicht mehr zu hören. Jetzt gibt es nur noch mich und das geöffnete Dokument, in dem bereits unzählige Wörter getippt sind. Als Nächstes ist eine besonders dramatische Szene dran und es braucht nicht lange, bis meine Fingerspitzen anfangen, zu kribbeln, und meine Hände wie von selbst und in schneller Geschwindigkeit über die Tastatur flitzen. Genau das ist es, was ich am Schreiben liebe. Man vergisst all seine Sorgen und Probleme und lässt seinen Gedanken freien Lauf. Verarbeitet alles in diesem einen Dokument. Das Schreiben ist meine größte Passion, seit ich klein bin. Doch von meinen Eltern wurde es nie wertgeschätzt. Deshalb bin ich umso stolzer auf mich, dass ich diese Leidenschaft niemals aufgegeben habe. Egal, wer gegen mich war.

Die nächsten Tage ziehen an mir vorbei und als die Wochenmitte anbricht, bin ich froh, dass ich mehr Kapitel geschrieben habe, als ich mir vorgenommen hatte. Dadurch habe ich mir einen kleinen Luftraum geschaffen, den ich zwar nach wie vor mit Schreiben füllen kann, aber auch damit, einfach runterzukommen.

Am Abend entscheide ich mich dazu, in eine Bar zu gehen. Vielleicht schreibe ich ein paar Kumpels an, die in der näheren Umgebung leben, ob sie Bock haben, ein Bier zu trinken.

Gerade greife ich nach meinem Handy, da vibriert es bereits: Und kündigt einen Anruf von meinem Bruder an.

»Was gibt's?«, frage ich angespannt, sobald ich den Anruf angenommen habe. Ich kann nichts dafür, aber wenn es um meinen Bruder geht, versteife ich mich automatisch. Als würde mein Körper schon im Voraus ahnen, dass es nie etwas Gutes bedeuten kann, wenn er sich bei mir meldet. Und die meiste Zeit trifft das auch zu.

»Hey, begrüßt man so sein liebstes Familienmitglied?«, tönt mir seine laute Stimme entgegen.

Ich knirsche mit den Zähnen, meine Faust verkrampft sich. Das Wort ›Familie‹ ist nichts, mit dem ich noch irgendetwas verbinde. Ich habe keine Familie mehr und wenn, dann ist Liam das einzige Überbleibsel. Weiter will ich über das Ganze gar nicht nachdenken.

»Schieß los.« Ich massiere meinen Nasenrücken mit der freien Hand und laufe auf und ab.

»Ich wollte meinen besten Bruder fragen, ob er Bock hat, mit mir was trinken zu gehen. Hier in der Nähe hat so ein ultracooler Club aufgemacht und …«

»Lass mich raten, du brauchst jemanden, der dich kutschieren kann? Du hast wieder mal kein Geld? Warum soll ich mitkommen? Bei wem bist du denn gerade untergebracht?« Ich streiche über meinen Bart und seufze. Liams Leben ist verkorkst und egal, was ich in der Vergangenheit versucht habe, er lässt sich nicht auf den richtigen Weg bringen. Seinen Highschool-Abschluss hat er mehr oder weniger nur deshalb bestanden, weil meine Eltern die private Schule mit riesigen Summen an Fördergeldern unterstützt haben. Niemals würde ein *Reed* seinen Schulabschluss nicht schaffen, dafür haben meine Eltern gesorgt. Doch danach wurde es nicht besser. Er hat weder studiert noch angefangen, zu arbeiten. Liam hat es immer ausgenutzt, dass unsere Eltern reich sind. Er hat sich blind darauf verlassen und wollte – wie er es ausdrückt – immer im Moment leben. Feiern, schöne Frauen, Geld ausgeben, trinken. Irgendwann drehten meine Eltern den Geldhahn zu. Und er hat einfach nicht mehr die Kurve bekommen. Der Kontakt zu unseren Eltern ist abgebrochen, ich war der Einzige, der ihn auffangen konnte. Doch er ließ sich nicht helfen, nicht dazu bringen, etwas aus seinem Leben zu machen. Und jetzt, mit vierundzwanzig, ist es kein Stück besser. Er pennt bei irgendwelchen Leuten, bis die ihn rausschmeißen, weil sein Geld ausgeht und er nichts dazu steuern kann.

»O man, Cal, du redest schon wie unsere verdammten Erzeuger, diese schwerreichen Spinner. Ich bin gerade bei einem Kumpel, den ich vom Feiern kenne. Ich kann hier noch ein paar Nächte pennen, also alles easy, okay? Und ich will einfach nur einen chilligen Abend mit meinem großen Bruder verbringen, was ist schon dabei?«

Ich hole tief Luft. Die Wut in meinem Körper staut sich auf und ich muss mich zusammenreißen, um nicht durchzudrehen. Für Liam ist immer alles so einfach, obwohl sein Leben ein Scherbenhaufen ist. Manchmal frage ich mich, ob er das überhaupt noch mitbekommt. Dabei kann er verdammt noch mal dankbar sein, dass er mich noch an seiner Seite hat. Nach allem, was damals geschehen ist ... mit Leah ... hätte ich auch zu den Leuten gehören können, die ihn für immer aus ihrem Leben verbannen.

Erinnerungen an damals, an sie, dringen zu mir vor und sorgen für eine Übelkeit, die meine Kehle hochsteigt. Ich presse meine Fingernägel in die Handflächen und versuche, ruhig zu atmen. Ich kann einfach nicht aufhören, meinem Bruder und erst recht mir die Schuld für die ganze Scheiße in die Schuhe zu schieben. Es geht nicht.

»Verdammt, Liam, solltest du nicht mal eine Pause vom ganzen Trinken machen?«, bringe ich gepresst hervor, ernte aber nur ein hämisches Lachen.

»O man, Cal, sei kein Spießer. Wir besaufen uns doch nicht, einfach nur ein, zwei Bier und ein bisschen tanzen. Alles klar?«

Dass es nicht bei ein, zwei Bier bleiben wird, versteht sich von selbst. Am liebsten würde ich auflegen und mein Handy aus dem Fenster schmeißen, aber ich weiß, dass das keine Option ist. Wenn ich nicht mit ihm feiern gehe, dann tut es einer von seinen sogenannten Freunden. Und dass der Abend dann noch viel schlimmer enden wird, ist klar. »Okay.« Ich seufze ergeben und schließe die Augen.

»O man, Cal, ich wusste doch, dass ich mich auf dich verlassen kann.«

Liam jubelt in den Hörer, während ich versuche,

die alten Erinnerungen und schmerzhaften Gefühle zu verdrängen. Ja, er kann sich immer auf mich verlassen. Das weiß er. Selbst nachdem dieses Vertrauen dafür gesorgt hat, dass meine erste große Liebe gestorben ist. Shit, ich glaube, ich muss mich heute ernsthaft betrinken, um ihr Gesicht aus meinem Kopf zu verdrängen.

KAPITEL 10
Hazel

Ich kann nicht schlafen und weiß nicht, woran das liegt. Die letzten Tage habe ich nur mit Arbeiten, mit Willow facetimen und mit Ethan im Vorgarten sitzen verbracht. Ich bin noch nicht lange in Greeneville, aber es ist schön und ruhig hier und ich glaube, ich lebe mich langsam ein. Da mich die Arbeit tagsüber so sehr eingespannt hat, habe ich noch nicht allzu viel von der Gegend mitbekommen. Das soll sich aber am Freitag ändern, denn dann bin ich mit Ethan und Alexander verabredet. Es wird das erste Mal sein, dass ich Ethans Ehemann treffe, und ich freue mich schon riesig, denn Ethan ist mir in der kurzen Zeit bereits ans Herz gewachsen.

Meinen mysteriösen Nachbarn habe ich dafür die letzten Tage kaum gesehen. Und wenn, dann haben wir uns bloß ignoriert. Einerseits bin ich froh darüber, denn er ist supernervig und anstrengend, andererseits muss ich immer wieder daran denken, wie sehr mein

Herz geschlagen hat, als er mein Handgelenk umfasst hat und wir uns so nahe standen.

Darüber muss ich jetzt schon wieder nachdenken, mitten in der Nacht, während ich unentwegt den Deckenventilator anstarre, wie er sich dreht und dreht. Nach einer Weile schüttle ich den Gedanken ab und gebe es auf, nur rumzuliegen und nicht zur Ruhe zu kommen.

Ich stehe vom Bett auf und betrachte Archie, wie er seelenruhig in seinem Körbchen gleich neben meinem Bett döst. Wenigstens einer von uns bekommt seinen wohlverdienten Schlaf.

Ich gehe die Treppe hinunter in die Küche, um mir einen Lavendeltee zuzubereiten, denn Lavendel hilft ja bekanntlich beim Entspannen. Mit der heißen Tasse in der Hand und meinem geliebten weißen Waffelpiqué-Bademantel um den Körper, trete ich durch die Haustür nach draußen in die kühle Nacht. Normalerweise machen es Ethan und ich uns hier vorn auf den zwei Stühlen gemütlich, um den neuesten Klatsch und Tratsch auszutauschen und über Gott und die Welt zu plaudern. Jetzt genieße ich die Stille der Nacht, nippe an meinem Tee und versuche, zur Ruhe zu finden.

Lange bleibt mir nicht, den Sternenhimmel zu begutachten, denn ich höre, wie ein Auto in die *River Lane* einbiegt. Wenige Sekunden später fährt ein Taxi an mir vorbei und hält vor dem lavendelfarbenen Haus neben meinem. Ein Mann steigt aus, der mehr schlecht als recht versucht, einigermaßen gerade zur Haustür zu laufen.

Ich presse meine Augen zusammen und erkenne,

dass es Caleb ist. In seiner schwarzen, glänzenden Lederjacke ist er unschwer zu erkennen. Glücklicherweise habe ich das Licht vor der Haustür nicht eingeschaltet, sodass er nicht sehen kann, dass ich hier mit meiner Tasse Tee sitze und ihn beobachte.

Ich sehe, wie er an der Haustür ankommt und in seiner Jackentasche kramt. Er sagt etwas, was ich nicht verstehe, aber es klingt nicht gerade freundlich. Neugierig beobachte ich, wie er erst seine ganze Jacke abtastet, dann seine Hosentaschen.

»Mist!«, höre ich Caleb dann deutlich bis hierhin sagen und frage mich, ob er die ganze Nachbarschaft wecken möchte.

Da er nicht ins Haus tritt und unschlüssig davor stehen bleibt, gehe ich davon aus, dass Caleb seinen Haustürschlüssel entweder drinnen vergessen oder woanders verloren hat. Die schadenfrohe Seite in mir grinst in die Tasse Tee hinein, meine andere weiche, viel zu empathische Seite bekommt ein schlechtes Gewissen. Soll ich jetzt einfach wieder reingehen und so tun, als hätte ich nichts mitbekommen? Andererseits ist es recht kühl draußen. Aber Caleb ist ein Arsch und wir zwei verstehen uns nicht gut. Deshalb muss ich doch eigentlich kein schlechtes Gewissen haben, oder?

Ich ringe mit mir selbst und sehe, dass er auf den Stufen vor der Veranda Platz nimmt. Das Taxi ist längst davongefahren und da er betrunken rüberkam, bezweifle ich, dass Caleb jetzt noch mit seinem Motorrad dahin fahren kann, wo auch immer er herkam, um nach seinem Schlüssel zu suchen.

Ich trinke schnell meinen Lavendeltee aus und entschließe mich dann dazu, wieder ins Haus zu gehen. Immerhin muss ich morgen früh arbeiten. Ich habe Kundentermine und dafür muss ich ausgeruht sein. Caleb und ich haben keinen guten Draht zueinander, die letzten Tage haben wir uns ignoriert und das hat uns beiden sehr gutgetan. Also sollte ich es wohl besser dabei belassen. Und immerhin kann ich nicht einmal genau wissen, warum er nicht ins Haus geht.

So leise wie möglich versuche ich, vom Stuhl aufzustehen, doch als ich ihn nach hinten schiebe, gibt er ein krächzendes Geräusch von sich, als er über den Boden schabt. Ich verharre in meiner gekrümmten Position, bete, dass er es nicht gehört hat. Doch in der Sekunde dreht sich sein Kopf in meine Richtung und ich bin aufgeflogen.

»Gray?«, höre ich Caleb nach mir rufen. Verflucht noch mal, was hat er denn immer mit meinem Nachnamen?

»Oh, ja, hi«, hüstele ich, richte mich auf und trete von dem dunklen Eingangsbereich in den Vorgarten, der von den Laternen angeleuchtet wird. Tja, das Schicksal hat wohl für mich entschieden und es für unhöflich empfunden, meinem Nachbarn nicht auszuhelfen.

Caleb richtet sich von den Stufen auf und läuft zu mir herüber. Dabei schwankt er immer wieder leicht ein Stück von links nach rechts. Auweia, wo hat er sich rumgetrieben, dass er so betrunken ist?

»Was machst du hier draußen?«, fragt er, nachdem er an meinem Vorgarten angekommen ist.

»Oh, ich konnte nicht schlafen.« Ich zeige ihm

meine Teetasse und er nickt. Das dämmrige Licht sorgt dafür, dass Schatten auf seinem Gesicht liegen. Ich betrachte ihn, sein leicht zerzaustes Haar, die Augen, die von hier aus müde aussehen. Er wirkt nicht mehr ganz so grob und wie ein Bad Boy wie am helllichten Tag. »Und wo kommst du her?«

Er geht sich durch die Haare, fixiert mich und tritt einen Schritt näher an mich heran. »Ich war feiern. Und habe meinen gottverdammten Schlüssel irgendwo verloren, vermutlich im Club.«

»Oh, Mist«, antworte ich. Einige Sekunden lang schauen wir uns einfach nur in die Augen, während uns die Stille der Nacht umgibt. In der Ferne erklingt das Heulen einer Eule.

Ich weiß nicht, ob ich mir einen Ruck geben und Caleb fragen soll, ob er die Nacht bei mir verbringen will ... selbstverständlich auf der Couch. Gleichzeitig steht unsere Verbindung nicht gerade unter einem guten Stern. Aber gerade ist er etwas ... netter als sonst. Vielleicht liegt es an seinem Alkoholpegel.

»Ich gehe dann mal zurück zu meiner Veranda. Mache es mir bequem für die Nacht.« Er zwinkert mir zu und mein Herz beginnt, zu rasen. Rückwärts läuft er den Weg aus meinem Vorgarten zum Fußgängerweg zurück, ohne mich dabei aus den Augen zu lassen.

»Hey«, ertönt dann meine Stimme und überrascht mich selbst. »Wenn du willst, kannst du ... bei mir schlafen. Ich habe eine freie Couch, wenn du einen Schlafplatz brauchst.«

Stille. Herzklopfen. Der Sternenhimmel über uns.

Warum-habe-ich-das-gesagt-Gedanken in meinem Kopf.

Caleb legt seinen Kopf schräg und grinst. Dieses teuflische Grinsen, das er immer an den Tag legt. »Du würdest mir echt einen Schlafplatz anbieten?«

»Na, das habe ich gerade getan«, antworte ich und verschränke die Arme vor der Brust.

»Du kannst auch gleich sagen, dass du mich in deinem Bett haben willst«, meint er dann und läuft selbstbewusst auf mich zu, jedoch schwankt er dabei immer noch ein wenig zur Seite.

Ich reiße die Augenbrauen hoch und gehe einen Schritt nach hinten. »Weißt du, ich kann das Angebot auch ganz schnell wieder zurücknehmen.«

Na, da haben wir ihn doch wieder. Den arroganten und nervigen Caleb, auf den ich auch gut verzichten kann. Meine Güte!

Mit wenigen Schritten ist er bei mir angekommen, schaut zu mir herunter und ich verschränke die Arme enger vor der Brust. »Keine Sorge, Gray. Das war bloß ein Scherz. Wir zwei werden nicht mehr im Bett landen. Wir können uns doch auf Teufel komm raus nicht ausstehen.«

Ich habe keine Ahnung, ob diese Worte ernst gemeint sind oder Ironie dahintersteckt. Ich verdrehe jedenfalls die Augen, drehe ihm den Rücken zu und gehe ins Haus. Im Türrahmen bleibe ich stehen. »Kommst du jetzt oder bleibst du in meinem Vorgarten stehen? Ich weiß ja nicht, wie es bei dir aussieht, aber es gibt Leute, die morgen früh arbeiten müssen.«

Meine Stimmung ist angespannt und als Caleb mit

dem breitesten Grinsen auf seinen Lippen in mein Haus tritt, bereue ich augenblicklich, ihn reingelassen zu haben.

Neugierig sieht er sich mit seinen glasigen Augen um und fast bin ich gewillt, etwas zu sagen, erinnere mich aber dann daran, dass ich genauso erst letztens in seinem Haus gestanden habe. Also beiße ich mir auf die Zunge und deute auf die Couch im Wohnzimmer.

»Mach es dir auf der Couch bequem.« Ich gehe zur Kommode, auf der der Fernseher steht und zücke eine cremefarbene Wolldecke hervor. »Hier, bitte schön.«

Caleb greift langsam danach und schmeißt die Decke dann auf die Couch. »Danke, Gray.«

»Kannst du mal aufhören, mich die ganze Zeit mit meinem Nachnamen anzusprechen?«, bitte ich ihn und verdrehe wieder die Augen.

»Sorry, kommt nicht wieder vor.« Er lacht und ich weiß genau, dass er es bei der nächsten Gelegenheit wieder tun wird.

»Ich gehe dann mal schlafen.« Ich will zur Treppe laufen, doch Caleb scheint andere Pläne zu haben.

»Hey, du willst jetzt schon gehen? Ich bin echt noch nicht müde.«

»Ja, und? Ich muss dringend schlafen. Außerdem sagen deine Augenringe was anderes.« Am Treppenabsatz bleibe ich stehen und schaue ihn an.

Er zieht seine Lederjacke aus, schmeißt sie neben die Couch und steht jetzt bloß noch in einem engen, schwarzen T-Shirt vor mir. »Sei doch nicht immer so«, meint er und ich kneife die Augen zusammen.

»Wie bin ich denn?« Ich trete einen Schritt nach vorn.

»Na, so schlecht gelaunt, wenn du mich siehst. Als sei ich der schlimmste Mensch, der dir je begegnet ist.«

Ich lache und gehe auf ihn zu. Wieso habe ich das Gefühl, dass er betrunken so viel ehrlicher spricht? Kurz vor ihm bleibe ich stehen, schaue zu ihm hoch und funkle ihn an. Mit dem Zeigefinger drücke ich gegen seinen Oberkörper, der sich hart anfühlt und Erinnerungen an unsere gemeinsame Nacht in mir hervorruft. »Vielleicht, weil du unmöglich bist! Du provozierst mich die ganze Zeit.«

Er lacht. Seine weißen Zähne blitzen mich an und verdammt, wäre ich eine andere Frau und würde er mich nicht andauernd zur Weißglut treiben, würde ich es verdammt sexy finden. Die Art und Weise, wie sich leichte Grübchen um seine Mundwinkel bilden. Wie er sich dann über den dunklen Dreitagebart streicht und mich einfach nicht aus den Augen lässt. »Du kannst deine alten Vorurteile mir gegenüber einfach nicht loslassen, habe ich recht, Gray? Egal, wie viel Zeit vergeht.«

Ich balle die Hände zu Fäusten. »Ganz ehrlich, Caleb? Geh einfach. Bitte geh und lass mich in Ruhe.«

Ich rechne damit, dass er lacht, doch er kneift die Augen zusammen und seine Stimmung wandelt sich auf einmal. »Wenn hier jemand unmöglich ist, dann bist das du. Vielleicht sollten wir doch dein letztes Angebot aufgreifen und uns einfach ignorieren. Verdammt noch mal.« Mit den Worten schüttelt er genervt den Kopf und geht in Richtung Haustür.

Was ist denn auf einmal los? Caleb macht mich wirklich verrückt. Und anstatt dass mein Herz einen Freudensprung macht, weil ich ihn jetzt los bin, klopft es verräterisch und meine Gedanken rasen, flehen mich an, ihn nicht gehen zu lassen. Als er den Türknauf in der Hand hält, schreite ich auf ihn zu. »Ja, verdammt. Dann geh. Ich bitte dich. Geh einfach, wir ignorieren uns ab sofort und sprechen kein Wort mehr miteinander. Ich habe es satt, andauernd mit dir zu diskutieren.« Meine Stimme bebt, als die Worte meinen Mund verlassen und meine Gedanken etwas ganz anderes schreien. Aber darüber will ich im Augenblick nicht nachdenken.

Ich stehe direkt hinter ihm, als er innehält, sich ruckartig umdreht und sein Blick mich mit voller Intensität trifft. Ich halte den Atem an, als er auf mich zukommt. Meine Beine tragen mich ein paar Schritte nach hinten, bis ich an der Wand ankomme. Calebs Hände greifen nach meinen Handgelenken, pressen sie an die Wand, sodass ich mich nicht mehr regen kann. Sein Gesicht ist meinem so nahe, dass ich seinen warmen Atem auf mir spüre. Er riecht nach Alkohol, doch es stört mich nicht. Mein Körper fühlt sich an, als stehe er in Flammen. Calebs Atem geht genauso schnell wie meiner, sein Gesicht nähert sich meinem. Die Situation könnte so bedrohlich wirken, doch im Gegenteil: Irgendetwas geht von ihm aus, das mich nicht dazu verleitet, ihn von mir wegzudrücken.

»Du treibst mich in den Wahnsinn«, sagt er. Sein Blick wandert zu meinen Lippen, die ich mit meiner Zunge befeuchte. Meine Kehle fühlt sich staubtrocken an. »Dein vorlauter Mund, deine Stimmungsschwankungen, einfach alles.« Seine Stimme klingt so rau, dass mir ein angenehmer Schauer über den Rücken läuft.

»Du treibst mich genauso in den Wahnsinn«, antworte ich und bin zu kaum mehr als einem Flüstern imstande. Ich schaue zu ihm hoch, fixiere seine Lippen. Wir sind uns so nahe, dass ich mich nur auf die Zehenspitzen stellen müsste, um ...

Die Intensität der Situation wird mir bewusst und mit einem Mal läuten alle Alarmglocken in meinem Kopf. Während Caleb damit beschäftigt ist, mich zu betrachten, nutze ich meine Chance und reiße mich aus seinen Händen los. Mit aufgerissenen Augen sieht er mich an.

»Gute Nacht, Caleb. Ich muss morgen arbeiten«, sage ich, warte nicht ab, was er noch zu sagen hat, und stürme die Treppe zu meinem Schlafzimmer hinauf. Dabei versuche ich, das verräterische Pochen zwischen meinen Beinen zu ignorieren.

Ich brauche Ewigkeiten, um in dieser Nacht einzuschlafen, denn Caleb und mich trennt bloß eine Etage voneinander. Und während mein Körper so aufgeladen ist, ruft sich mein Kopf alles in Erinnerung, was mich so sehr an ihm stört.

KAPITEL 11

Caleb

Ich glaube, ich habe in dieser Nacht so gut wie gar nicht geschlafen. Das liegt zum einen daran, dass mein Kopf von all dem Alkohol dröhnt, den Liam und ich zu uns genommen haben. Viel zu lange waren wir feiern, obwohl ich mir geschworen hatte, nur ein, zwei Bier zu trinken und es nicht bis zur Grenze zu treiben. Als es irgendwann mitten in der Nacht war, ist Liam mit irgendeiner Schwarzhaarigen ins nächste Schlafzimmer verschwunden – und ich bin auf Hazels Couch gelandet. Na ja, das ist wohl der andere Grund, weswegen ich keinen Schlaf gefunden habe. Und es ist nicht so, als wäre ich nicht todmüde. Meine Augen brennen, als das grelle Sonnenlicht durch die hellen Vorhänge scheint. Aber wie soll ich schlafen, wenn Hazel nur ein Stockwerk über mir in ihrem Bett liegt? Und die Anspannung zwischen uns beiden immer größer wird? Gestern Abend war die Luft zum Schneiden, die Stimmung hat sich immer weiter hochgeschaukelt, aber ich würde lügen, würde ich behaupten, dass sie nicht auch ... sexueller Natur war ... oder ist. Gleichzeitig kann ich mich nicht daran erinnern, dass mir eine Frau jemals dermaßen mit ihrer großen Klappe, den ewigen Vorwürfen und Sprüchen auf die Nerven gegangen ist.

Na ja, und nicht nur Hazel war dafür verantwortlich, dass ich in dieser Nacht entweder gar nicht oder schlecht geschlafen habe, denn wieder einmal wurde ich von Albträumen geplagt. Seit dem ... Unfall damals suchen sie mich heim. Mal ist Ruhe, tagelang, wochenlang, und ich glaube, ich habe es endlich hinter mich gebracht, endlich verarbeitet. Aber sobald ich Zeit mit meinem Bruder verbracht habe, tauchen sie wieder auf. Schleichen sich nachts zu mir und sorgen dafür, dass ich mit Schweißausbrüchen und Herzrasen aufstehe.

Ich reibe mir über die todmüden Augen, sicherlich deuten meine Augenringe davon, wie es mir in der Nacht ergangen ist, da höre ich Schritte über mir. Ich habe keine Ahnung, wie viel Uhr es ist, denn mein Handyakku ist leer. Füße tapsen umher, eine Tür öffnet sich und wird wieder geschlossen. Dann das Rauschen von Wasser. Hazel duscht. Und ich spüre, wie es in meiner Hose enger wird.

Fuck, denke ich mir. Es ist Morgen, ich bin geil und habe keinen Schlüssel, um in mein Haus zu kommen. Nicht einmal mein Handy ist aufgeladen, um Liam zu erreichen. Und mein Motorradschlüssel ist auch im Haus.

Die Vorstellung, dass die Frau, die mich so sehr in den Wahnsinn treibt – positiv und negativ gesehen –

gerade nackt über mir ist und sich einseift ... verdammt ... sorgt nicht gerade dafür, dass mein bestes Stück sich beruhigt. Ich versuche, mir in Erinnerung zu rufen, wie unfassbar unausstehlich sie sein kann, und schaffe es, mich ein wenig zu sammeln. Schließlich soll sie nicht herunterkommen und mich mit einer Beule in meiner Hose erwischen. Das wär's ja noch.

Ich gehe in das Gästebad, bin erstaunt darüber, dass ich gar nicht so matschig aussehe, wie ich mich fühle, und bin noch erstaunter, als ich mehrere eingepackte Zahnbürsten im Schränkchen finde.

Vielleicht hat sie ja öfter Übernachtungsgäste hier.

Und selbst wenn.

Es interessiert mich nicht.

Dankbar putze ich mir die Zähne, um den Alkoholgeschmack aus meinem Mund zu bekommen, wasche mir das Gesicht mit kaltem Wasser und fühle mich schon um einiges klarer, als ich das Bad verlasse. Zu meiner Überraschung steht Hazel in der Küche. Ich gehe auf sie zu und lehne meinen Körper an die Kücheninsel. »Morgen, Gray«, begrüße ich sie mit meinem charmantesten Lächeln, was sie nur halbherzig erwidert. »Danke noch mal, dass ich hier schlafen durfte.«

»Kein Thema.« Sie ist kurz angebunden, was mich ein wenig verwirrt. Ihre Haare hat sie zu einem unordentlichen Knoten gebunden und sie steckt in Radlerhose und einem T-Shirt, was genug von ihrem Hinterteil zum Besten gibt. Ich komme nicht drumherum, darauf zu starren, als sie mir den Rücken zuwendet und im oberen Regal nach Kaffeepads greift.

Sie wendet sich mir wieder zu und bekommt mit, dass ich sie abgecheckt habe. Schnell richte ich meinen Blick wieder auf ihre Augen. Eine Emotion flackert in ihnen auf. Ist sie genervt? Turnt es sie an? Reden wir wieder normal miteinander? Hassen wir uns? Dieses ganze Durcheinander ist einfach anstrengend. Normalerweise mache ich so etwas mit Frauen nicht mit. Entweder wir vögeln oder eben nicht. Und Hazel und ich tun das ganz sicher nicht, also ... was mache ich dann noch hier? Ich habe ein Buch, das zu Ende geschrieben werden muss.

»Willst du auch einen Kaffee?«, fragt Hazel und schaut mich aus großen, haselnussbraunen Augen an.

»Schon gut, danke, ich würde mir nur eben ein Ladekabel leihen, wenn das in Ordnung ist. Damit ich den Club anrufen kann, in dem ich gestern war. Vielleicht ist mein Schlüssel dort irgendwo abgeben worden.«

Hazel reicht mir ein Ladekabel, schaut mich mit festem Blick an und dann sprudelt es nur so aus ihr heraus: »Hattest du letzte Nacht einen ... Albtraum? Ich habe gehört, wie du im Schlaf geredet hast. Und als ich runterging, um nach dir zu sehen, hast du dich hin- und hergewälzt. Ich wollte dich nicht aufwecken, ich wusste nicht, ob du das willst.«

Ich schlucke und lege das Ladekabel auf der Kücheninsel ab. Das hat mir gerade noch gefehlt. Hazel, wie sie mich in meinen schlimmsten Momenten beobachtet. Und ich bekomme davon nichts mit, weil meine Dämonen gerade dabei sind, mich heimzusuchen. Ich reiße meinen Blick von ihr los, spüre, wie nicht nur meine Wut, sondern auch das Schamgefühl in mir wächst. Und bei Gott, sie ist die letzte Person, die mich je so sehen sollte.

»Hey, ist alles in Ordnung?«, schiebt sie noch hinterher. Zwischen ihren Augenbrauen hat sich eine sorgenvolle Falte gebildet.

Ich presse die Lippen zu einer schmalen Linie zusammen und knirsche mit den Zähnen. »Hazel, kannst du noch aufdringlicher sein? Ich habe bloß schlecht geschlafen, das kann doch jedem mal passieren. Und verdammt noch mal, warum tust du jetzt auf Samariter? Ich habe bloß eine Nacht aus Not hier geschlafen, denk jetzt nicht, dass wir zwei Freunde sind oder sonst was.«

Erst blinzelt sie mich sprachlos an, dann wandelt sich ihre Miene, doch ich habe kein Interesse daran, mir ihren Wutausbruch anzuhören.

Ich drücke mich von der Kücheninsel ab und verlasse mit schnellen Schritten das Haus. Die Haustür knallt mit Wucht hinter mir zu und Mr Jones vom Haus nebenan schaut mich verwundert an. Er grüßt, doch ich ignoriere ihn. Verdammter Spießer mit seiner verdammten Familie bestehend aus einer typischen Vorstadt-Hausfrau und drei nervigen Kindern, die den ganzen Vorgarten und die Straße mit ihren Spielzeugen verwüsten.

Vermutlich mache ich gerade einen Aufstand, der keineswegs notwendig wäre, trotzdem kocht mein Blut. Ich stapfe den Bürgersteig entlang, laufe blindlings umher, da ich weder einen Haustürschlüssel noch ein aufgeladenes Handy habe. Das habe ich nun davon, dass ich erst Zeit mit meinem verkorksten Bruder verbringe und dann in Hazels Haus lande. Ich biege von der *River Lane* ab und habe die Hände zu Fäusten geballt. Wann werde ich diese Albträume jemals los sein? Wann werden meine Dämonen und diese nagenden Schuldgefühle mich in Ruhe lassen? Und wieso in aller Welt muss Hazel mich in meinem verwundbarsten Moment sehen und dann auch noch so aufdringlich und nett sein?

Nach einem kleinen Fußmarsch taucht rechts vor mir ein Café auf, auf das ich dankbar zusteuere. Meine Wut habe ich wieder etwas im Griff.

Hinter der Theke lächelt mir die süße Barista zu, mit der ich schon seit einer Weile flirte und die mich in ihrem Bett haben will. Sie leiht mir ihr Ladekabel und bringt mir einen schwarzen Kaffee, auf dessen Pappbecher sie ein Herz gemalt hat. Verdammte Frauen. Sie sind viel zu romantisch für einen verfluchten Kerl wie mich. Wenn sie wüssten, was für eine Scheiße in meiner Vergangenheit abging, würden sie sich von mir fernhalten.

KAPITEL 12

Hazel

»Und dann ist er einfach so abgedüst? Ist schon ein bisschen merkwürdig, das Verhalten. Und ihr zwei seid euch auch nicht … nähergekommen?« Ethan wackelt mit seinen Augenbrauen, während ich mir noch etwas Salat auf meinen Teller mache.

»Nein, sind wir nicht. Ich weiß nicht, was ich über sein Verhalten denken soll. Ich glaube, ich bin ihm einfach zu nahegetreten, indem ich das Thema angesprochen habe.«

»Also ich fand diesen Typen schon immer merkwürdig. Er hat so eine düstere Ausstrahlung und keiner weiß wirklich etwas über ihn. Das ist doch irgendwie komisch, oder nicht?« Alexander zuckt mit den Schultern, nachdem er das gesagt hat, und Ethan und ich schauen uns an.

Heute bin ich bei meinen Lieblingsnachbarn zum Abendessen eingeladen. Alexander, ein gut aussehender Kerl, der ein Stück kleiner ist als Ethan, dafür aber eine umso stärkere Ausstrahlung hat, hat sich an dem Abend extra freigenommen. Normalerweise hat er auch an seinen Abenden viel zu tun, wie mir Ethan erzählt hat. Doch heute sitzen wir alle beisammen, selbst Daisy, die süße Golden Retriever Dame, hat es sich neben uns in ihrem Körbchen bequem gemacht.

Alexander schaut mich aus seinen meeresblauen Augen an und es ist schwer, zu leugnen, dass die beiden nebeneinander wie das bestaussehende Paar wirken, das ich je gesehen habe. Mit seiner gebräunten Haut, dem leichten Bartschatten, den vielen einzelnen Tattoos auf seinem Arm und dem schicken Outfit, bestehend aus dunkelblauem Polohemd und Stoffhose, wirkt er fast ein wenig einschüchternd. Alexander streicht seine braunen Haare zurecht, die ordentlich nach hinten gegelt sind, und wartet auf meine Antwort.

»Hm, ja, so viel weiß ich auch nicht über ihn«, gestehe ich. Tatsächlich ist es komisch, wie wenig ich über Caleb weiß, dafür, dass wir schon so oft miteinander gestritten und diskutiert haben. Als was arbeitet er? Wie verbringt er seinen Tag? Was sind seine Hobbys? Ich habe keinen blassen Schimmer. Aber es sollte mich auch nicht interessieren. Doch eine leise Stimme in mir ruft, dass das eine Lüge ist.

Ethan lehnt sich an Alexander, der gleich neben ihm sitzt. »Ach man, Hazel, ich wünschte, wir würden einen anständigen Mann für dich finden. Dann könnten wir Gruppendates haben. Das würde so viel Spaß machen.«

Ich verdrehe die Augen, Ethan lacht bloß. »Ich

brauche auf Teufel komm raus keinen Mann an meiner Seite. Schließlich habe ich doch Archie.«

Jetzt ist Ethan derjenige, der die Augen verdreht.

Alexander mischt sich ein. »Bevor du dir irgendeinen Idioten ans Bein bindest, lässt du dir lieber einfach Zeit und wartest, bis der Richtige kommt.«

Ich nicke ihm dankbar zu.

Ethan seufzt theatralisch. »Sollen wir uns dann wenigstens mal fürs Sommerfest fertig machen? Euer anti-romantisches Gerede will ich mir nicht weiter anhören.«

»Anti-romantisch?« Alexander schaut ihn mit gerunzelter Stirn an. »Du hast wirklich einen Knall, Eth.«

»Deswegen liebst du mich ja auch, Alex«, erwidert dieser, dann geben die beiden sich einen festen Kuss auf die Lippen.

Erst beobachte ich sie dabei, doch dann wende ich schnell den Blick von dem intimen Moment ab. Die beiden sind wirklich unglaublich süß zusammen und ergänzen sich perfekt. Und ja, ich würde lügen, würde ich behaupten, dass das als Single supereinfach zu ertragen ist. Selbst wenn ich kein Problem damit habe, dass ich nur Archie und mich habe. Alexander hat recht – ich will nicht einfach irgendeinen Mann an meiner Seite haben, um nicht allein zu sein. Denn ... ich komme bestens allein zurecht. Und bevor ich mir wieder einen fremdgehenden Typen angle, warte ich lieber ab.

Eine Stunde später befinden wir drei uns auf dem jährlichen Sommerfest, das den Beginn der neuen Jahreszeit ankündigt. Das Fest findet im *Hardin Park* statt, der in der Nähe der *River Lane* liegt. Der fünfundfünfzig Hektar große Park bietet ein Freibad, Picknickplätze, Pavillons, Spielplätze, einen Angelteich, Ballspielplätze und noch weitere Sportfelder.

Tatsächlich bin ich zum ersten Mal hier und muss mir eingestehen, dass ich noch nicht so viel von meiner Umgebung erkundet habe, wie ich es gern hätte. Irgendwie war die Zeit immer zu knapp. Unter der Woche habe ich bis abends gearbeitet, verbrachte den Feierabend mit Netflix und einem Glas Wein, an den Wochenenden war ich froh, bloß einkaufen zu gehen und mit Willow zu facetimen. Ab und an gesellte sich auch noch Ethan zu mir oder ich mich zu ihm. Wir gingen gemeinsam mit Daisy in der ruhigen Nachbarschaft spazieren oder saßen auf seiner Veranda oder in meinem Vorgarten.

Es ist noch hell draußen und es wird noch ein bisschen dauern, ehe es dunkel wird. Mein schulterfreies, luftiges Sommerkleid weht mir um die Beine und ich bin dankbar für die frische Brise, denn so ist es angenehm warm. Ich erkenne Lichterketten an den vielen Ständen, die sich entlang des Weges reihen, und freue mich schon darauf, all die leuchtenden Lichter zu sehen, sobald die Dämmerung beginnt.

Wir laufen den Weg entlang und Hunderte verschiedene Düfte strömen in meine Nase: Angefangen bei süßen Waffeln bis hin zu köstlich riechenden Pilzpfannen wird hier alles verkauft, wonach man sich sehnen kann.

»Das Sommerfest ist wirklich ein Highlight hier in Greeneville«, erklärt Ethan mir, als wir gerade an einem Crêpe-Stand stehen und Alexander uns jeweils einen Crêpe mit Nutella holt.

Ich bestehe darauf, selbst zu zahlen, doch Alexander winkt ab und ignoriert jeden meiner weiteren Versuche, seine Aufmerksamkeit auf mich zu ziehen.

»Keine Chance«, meint Ethan. »Alex ist ein wahrer Gentleman. Auch wenn er schwul ist, würde er eine Frau trotzdem nicht bezahlen lassen.« Wir fangen an, zu kichern, und ich nehme dankend den heißen Crêpe entgegen.

Wir laufen weiter den Weg entlang. Ethan und Alexander grüßen immer wieder Menschen, die uns mit strahlenden Gesichtern passieren. Und wieder fällt mir auf, dass ich mich noch nicht allzu sehr in der Stadt eingelebt habe, aber ich bin ja noch nicht so lange hier. Ethan, so freundlich und extrovertiert, wie er ist, stellt mich allen Einwohnern vor, die wir treffen.

»Die Menschen sind alle so freundlich hier«, merke ich an, nachdem mich vermutlich die hundertste Person fest in den Arm genommen und mich zu sich nach Hause eingeladen hat.

»Ja, so ist das Kleinstadtleben«, sagt Alexander und greift nach Ethans Hand. Schnell wende ich meinen Blick ab. »Die Menschen hier sind sehr hilfsbereit und offen. Ganz anders, als man es in den Großstädten gewohnt ist.«

Wir setzen uns auf eine Bank und die beiden erzählen mir mehr aus ihrem Leben. Wie sie sich auf einer Party in Los Angeles kennengelernt haben, wie sie Daisy das erste Mal als Welpen im Tierheim gesehen haben, klein und ängstlich, weil sie auf der Straße gefunden wurde, und wie sich die beiden augenblicklich in sie verliebt haben. Gebannt und mit einem breiten Grinsen im Gesicht höre ich ihnen zu, als sie mir peinliche Geschichten aus ihrem Leben erzählen und bin dankbar, als Ethan Alexander unterbricht, als dieser mich auffordert, meine peinlichen Storys zu offenbaren.

»Das ist doch nicht etwa Caleb, unser mysteriöser Nachbar?«, fragt Ethan und zieht eine Augenbraue hoch.

Wir anderen folgen seinem Blick. Tatsächlich – vor der kleinen Bühne, die auf der Wiese aufgebaut ist und auf der gerade eine Countryband schöne Klänge spielt – erspähe ich eine mir leider nur zu bekannte Lederjacke. Ich schlucke, als ich sehe, dass seine Hand mit der einer Frau verschränkt ist.

»O ja, das ist er. Krass, den haben wir doch noch nie auf irgendwelchen Veranstaltungen hier in der Stadt gesehen«, merkt Alexander skeptisch an.

Ich spüre, dass Ethans Blick auf mir ruht. Er legt seinen Arm auf meiner Schulter ab, beugt sich zu mir herunter und flüstert mir ins Ohr: »Sie sieht nicht so heiß aus wie du.«

Mehrfach blinzelnd reiße ich meinen Blick von Caleb los und drehe mich zu Ethan. Bitte was? »Hä, wovon sprichst du?«, frage ich ihn mit gerunzelter Stirn.

Ethan lächelt. Er stupst Alexander an, der auch lächelt. Verdammt noch mal, haben die zwei ein Geheimnis vor mir? »Du hast mich schon verstanden, Hazel. Du siehst besser aus als seine Begleitung.«

»Ja, und?« Nervös verschränke ich meine Hände vor der Brust. Wieso grinsen die zwei sich so an, als wüssten sie mehr als ich? Wahrscheinlich reden sie zu Hause auch über Calebs und meine ... Geschichte.

Wie sich das anhört.

»Caleb interessiert mich nicht im Geringsten. Er ist ein Arsch«, sage ich und hoffe, dass die beiden das Thema fallen lassen.

»Ist er auch, keine Frage. Aber ich sehe trotzdem, wie du ihn ansiehst.« Ethan, der Idiot, hört einfach nicht auf, mich grinsend anzustarren.

Und mir wird verdammt warm, durch all die unerwünschte Aufmerksamkeit!

»Wie sehe ich ihn denn an?«, frage ich schnippischer als beabsichtigt. Wieso triggert mich dieses Caleb-Thema augenblicklich so?

»Komm schon, Eth. Lass uns den Abend genießen und von etwas anderem sprechen.«

Dankbar sehe ich Alexander an und bin froh, dass sie das Thema endlich ruhen lassen.

»Na gut, du hast recht. Komm, Hazel, wir müssen dir unbedingt noch den Eisstand zeigen, dort gibt es das beste Schokoeis in ganz Tennessee!« Ethan greift nach Alexanders Hand, die beiden stehen auf, dann hält er mir seinen Arm hin, damit ich mich bei ihm unterhake.

Zu dritt schlendern wir weiter den Weg entlang, doch ich schaffe es nicht, meinen Blick von Caleb und der Brünette abzuwenden, die an seiner Seite steht. Oder besser gesagt ... *klebt*. Sie kann ihre Pfoten nicht von ihm lassen und streicht mit ihrer freien Hand über seine trainierten Oberarme. Aus irgendeinem Grund nervt es mich, die zwei zu sehen.

Immer wieder blicke ich zu ihnen herüber, bis Ethan mich irgendwann von der Seite anstupst, während wir unser Eis essen und beobachten, wie es dämmert. »Jetzt weiß ich, wer die Lady an seiner Seite ist. Das ist Emmy. Sie arbeitet als Barista in einem Café, gleich bei uns um die Ecke«, sagt er aus dem Nichts heraus, während Alexander sich mit einer älteren, freundlich aussehenden Dame unterhält.

Ich zucke bloß mit den Schultern. »Mir ist egal, wer das ist.«

Ethan zieht beide Augenbrauen nach oben. »Dann hör auf, ihn die ganze Zeit anzustarren.«

»Ich starre ihn doch gar nicht an«, verteidige ich mich.

»Hm, wenn du meinst.« Er zwinkert mir zu und lehnt sich an Alexanders Schulter.

Dieser verabschiedet sich von der Frau, zückt sein vibrierendes Handy und schüttelt den Kopf. »So ein Mist, Jeff hat mir gerade geschrieben, dass es wohl ein Problem mit unseren Servern gibt. Ich muss dringend rüber zur Firma fahren.«

Ethan verdreht die Augen, ohne dass Alexander es

mitbekommt. Dieser gibt ihm einen schnellen Kuss auf den Mund. »Sorry, ihr beide, aber ich muss los.«

»Hey, ich komme mit. Wir haben uns schon die ganze Woche so wenig gesehen«, meint Ethan dann und wendet sich mit schuldbewusstem Blick an mich. »Sorry, Hazel, aber du weißt ja …«

Ich nicke und lächle ihm wissend zu. Die beiden verabschieden sich von mir und ich winke, als sie das Fest verlassen. Ja, ich weiß ganz genau, auf was Ethan anspielt. Ihm gefällt es nicht, dass sein Mann so viel arbeitet und andauernd unterwegs ist. Deshalb kann ich es nachvollziehen, dass er seinen Freitagabend mit ihm verbringen will – wenn es nicht auf dem Sommerfest ist, dann wenigstens in seinem Unternehmen.

Ich entschließe mich dazu, noch ein wenig allein auf dem Fest umherzulaufen und die Abendstunden zu genießen. Mittlerweile ist es dunkel geworden, die Sterne erstrahlen über dem Park und die Countrymusik verhilft mir dazu, mit einem Lächeln auf den Lippen alles zu genießen.

Ich will mir gerade an einem Stand ein Glas Wein holen, da spüre ich eine Berührung an meinem unteren Rücken.

»Da hat wohl jemand die gleiche Idee wie ich.« Calebs tiefe Stimme geht mir durch den ganzen Körper.

Langsam drehe ich mich um und sehe in sein markantes Gesicht. Ich kneife die Augen zusammen und antworte nicht auf seine Aussage. Das letzte Mal, als wir uns gesehen haben, ist er Hals über Kopf aus meinem Haus verschwunden, weil ich ihn auf ein sensibles Thema angesprochen habe. Das scheint er in diesem Augenblick wohl vergessen zu haben.

»Du bist heute nicht sonderlich gesprächig, oder?«, setzt er hinten dran.

»Das Gleiche kann ich über dich sagen, Caleb. Oder erinnerst du dich nicht mehr an den Morgen in meiner Küche?« Meine Stimme klingt schnippisch, doch das ist mir egal.

Caleb versteift sich, seine Augen schauen mich kühl an. »Es gibt Dinge, die dich einfach nichts angehen«, meint er dann.

»O man, da reden wir ein Wort miteinander und schon artet es wieder in einer Diskussion aus.« Die Lust auf Wein ist mir vergangen. Zumindest auf dem Sommerfest. Lieber gehe ich nach Hause und mache es mir mit Archie auf der Couch gemütlich. Da habe ich wenigstens keinen nervigen Nachbarn um mich herum, der mich jedes Mal verrückt macht. Wieso habe ich ihn vorhin noch mal die ganze Zeit angestarrt?

Ich löse mich aus der Schlange und stapfe den Weg entlang, der mich zum Ausgang führt, als ich eine schwere Hand auf meiner nackten Schulter spüre. Augenblicklich fühlt sich die Stelle heiß an. Caleb.

Ich reiße mich von seiner Berührung los und drehe mich zu ihm um. »Was willst du von mir?«, rufe ich, bemerke aber dann, dass uns die Leute neugierig beobachten. Na super, das hat mir ja gerade noch gefehlt. Eine Szene auf dem Sommerfest, wo jeder ist. Als neue Einwohnerin mit dem Nachbarn, den niemand kennt, mache ich bestimmt einen hervorragenden und sympathischen Eindruck.

»Ich will mit dir reden.«

Ich lache und frage mich, worüber wir zwei uns jemals unterhalten sollten. Können wir uns nicht einfach aus dem Weg gehen? Wieso treffen wir immer wieder aufeinander?

Tja, seinem Nachbarn lässt es sich nur schwer aus dem Weg gehen, verhöhnt mich meine innere Stimme, auf die ich gut verzichten kann.

Ich beschleunige meinen Schritt, doch ich merke, dass Caleb immer noch hinter mir ist. Am Ausgang des Parks biege ich links auf den *Crescent Drive* ab. Glücklicherweise tummeln sich hier nicht mehr so viele Menschen wie im Park.

»Hör auf, mir hinterherzulaufen.« Ich bleibe stehen und Caleb rennt fast in mich hinein. »Willst du nicht lieber zurück zu deiner hübschen Begleitung gehen?«

Er lacht. Ein teuflisches Grinsen umspielt sein makelloses Gesicht. »Bist du etwa eifersüchtig?«

»Kannst du irgendwann auch einfach mal nicht nervig sein? Oder gibt es dich nur so?«

»Als ich dich gevögelt habe, war ich, glaube ich, nicht so verdammt nervig für dich, oder?«

Zum hundertsten Mal in Anwesenheit dieses unmöglichen Typens bleibt mir der Mund offenstehen. Ich hole aus, will ihm gerade eine Backpfeife verpassen, die er verdient hat. Doch seine Reaktionsgeschwindigkeit ist schneller als meine.

Innerhalb einer halben Sekunde umfasst er mein Handgelenk und drückt es nach unten. »Du solltest dir überlegen, was du da tust«, bringt er zwischen zusammengepressten Zähnen hervor.

Ich versuche, mein Handgelenk von ihm loszureißen, doch sein Druck ist zu stark. Wieso war ich schon so oft in genau dieser Situation mit ihm? Es ist ja fast so, als wollten wir uns um jeden Preis voneinander fernhalten, aber wir werden wie zwei Magnete immer wieder voneinander angezogen.

»Du hättest niemals nach Greeneville kommen sollen«, sagt er und lässt mein Handgelenk los.

»Wieso? Siehst du deine One-Night-Stands nicht gern wieder?« Mein Atem geht viel zu schnell, mein Herzschlag passt sich dem Tempo an. Wie landen wir immer wieder hier? Es ist ein Katz-und-Maus-Spiel. Wir provozieren uns gegenseitig, bis irgendwann der große Knall kommt.

Caleb schüttelt den Kopf und ich komme nicht drumherum, festzustellen, wie attraktiv er aussieht, wenn er sich mit seiner Hand über den Dreitagebart streicht.

Bevor er etwas sagen kann, ergreife ich das Wort. »Ich gehe jetzt nach Hause, Caleb. Und ich bitte dich, mich verdammt noch mal in Ruhe zu lassen. Ich habe keine Lust mehr auf dieses ewige Gezanke. Und jetzt sieh zu, dass du deine Begleitung nicht länger warten lässt.«

Er schnaubt, schaut mir noch einmal tief in die Augen und sorgt dafür, dass mir ein Schauer über den Rücken läuft. »Du machst mich echt wahnsinnig.« Mit den Worten lässt er mich stehen und verschwindet im Park, aus dem fröhliche Stimmen, lautes Gerede und Musik ertönt.

Ich bleibe stehen, unfähig, mich zu bewegen, und frage mich, wie ich seine Worte deuten soll. Denn mir geht es genauso. Und ich weiß nicht, was ich davon halten soll.

KAPITEL 13

Caleb

Ich stürme in den Park hinein, will einfach so viel Abstand wie möglich zwischen uns aufbauen. Doch irgendetwas hält mich davon ab, lässt mich innehalten und … *fuck!* … sorgt dafür, dass ich umkehre. Ja, verdammt, ich renne zurück zu Hazel, die nach wie vor auf dem gleichen Fleck steht, ein wenig verloren, ein wenig durcheinander. Sie hat mir den Rücken zugekehrt und bemerkt nicht, dass ich auf sie zulaufe. Und bei Gott, ich habe keinen blassen Schimmer, was ich hier gerade tue. Eigentlich bin ich für den Abend mit Emmy verabredet, die sich irgendwo auf dem Sommerfest tummelt und darauf wartet, dass ich zu ihr zurückkehre. Aber das tue ich nicht. Ich mache vor Hazel halt, greife nach ihrer Schulter und drehe sie zu mir um.

»Was zur …?«, setzt sie mit dieser typischen Falte zwischen ihren Augenbrauen, die eine Mischung aus Verwirrung und Ärger widerspiegelt, an.

Ich presse meine Lippen auf ihre, so fest, wie ich es

vor einem Jahr getan habe, genauso hungrig, wie ich damals war.

Sie ist überrumpelt. Für eine Sekunde drückt sie ihre zarten Hände gegen meinen Oberkörper, als wolle sie mich von sich stoßen, dann schlingt sie die Arme um meinen Hals und zieht mich noch näher an sich heran. Ich spüre die Hitze, die von ihrem Körper ausgeht, und sie vermutlich meine. Mir ist so warm, mein Atem geht viel zu schnell und meine Zunge bahnt sich den Weg in ihren Mund. Der Kuss wird schneller, ihre Hände krallen sich in meine Schultern, während meine Finger ihre Taille in Besitz nehmen. Wir denken nicht nach. Alles, was in der Vergangenheit geschehen ist, was noch vor wenigen Minuten für Aufruhr gesorgt hat, ist jetzt nicht mehr von Bedeutung. Ich will einfach nur ihre Lippen auf meinen spüren, ihre weiche Haut berühren, sie nicht gehen lassen. Die Folgen, die sich dadurch auftun, brauche ich jetzt gar nicht zu überdenken. Dafür habe ich morgen genug Zeit ...

Hazel scheint das ein bisschen anders zu sehen, denn sie löst ihren Mund von meinem, bleibt jedoch dicht an mich gepresst und macht keine Anstalten, ihre Hände von meinem Körper zu lösen.

»Was tun wir hier?« Ihre Stimme klingt genauso atemlos wie meine. Sie flüstert, als wolle sie nicht, dass jemand etwas mitbekommt. Dabei muss jeder im Umkreis gesehen haben, wie wir miteinander rumgemacht haben. Aber das ist mir egal. Ich gebe ohnehin nicht viel auf die Meinung der Stadtbewohner.

»Wir denken nicht nach, wir diskutieren nicht, wir

tun einfach das, was unsere Körper von uns verlangen«, antworte ich, fixiere ihre haselnussbraunen Augen und streiche eine lose Haarsträhne hinter ihr Ohr.

Hazels Blick wird weicher und sie schmiegt ihr Gesicht an meine Handfläche. Eine Sekunde lang bin ich völlig aus dem Konzept, denn diese Geste fühlt sich so intim, so vertraut an, dass es mich beinahe aus der Bahn wirft. Und ich will nicht zu viel nachdenken. Nicht heute. Nicht mehr. Gleichzeitig will ich nichts tun, was sie nicht auch möchte. Und mit meinem Kuss habe ich sie ziemlich überrumpelt, auch wenn sie ihn mit Leidenschaft erwidert hat. »Aber wenn du möchtest, gehe ich jetzt sofort. Und lasse dich in Ruhe. Ein für alle Mal.«

Ihre Augen werden größer, sie schüttelt den Kopf und ein Stein fällt von meinem Herzen. Allein die Vorstellung, meine Hände von ihr zu lassen, ist schon zu viel.

»Nicht nachdenken klingt gut«, meint sie dann und lächelt. »Eine Nacht einfach sorgenfrei sein.«

Ich nicke, verbinde unsere Lippen wieder miteinander und löse mich dann ganz langsam von ihr. Heute werden wir das tun, wonach uns wirklich ist. Wonach uns vielleicht schon die ganze Zeit war. Keine Streitereien mehr, keine Vorwürfe. Was danach ist, ist jetzt nicht von Belang. Ihre zarte Hand in meiner laufen wir zur *River Lane*, die bloß wenige Minuten zu Fuß entfernt ist.

Wir entschließen uns dazu, in mein Haus zu gehen, beziehungsweise ich steuere automatisch darauf zu und ziehe sie hinter mir her. Es ist still auf der Straße und in den meisten Häusern brennt kein Licht. Die Nachbarn sind vermutlich immer noch auf dem Sommerfest. Ich kann es gar nicht erwarten, endlich allein mit Hazel zu sein.

Kaum sind wir im Inneren, drücke ich die Tür mit meinem Rücken zu, ziehe Hazel an mich heran und unsere Lippen finden wie von selbst zueinander. Meine Fingerspitzen streichen über ihre weiche Haut, von ihrem Hals herunter bis zu den freigelegten Schultern, immer tiefer, bis ich an ihrem Dekolleté angekommen bin. Hazel stöhnt leise in meinen Mund, als meine Hände über die Kurven ihrer Brust streifen und sie langsam kneten. Mit einer Hand erkunde ich ihren Körper, die andere lege ich an ihr Gesicht und betrachte sie, als sie sich von mir löst. Gott, sie ist so schön. Das war sie schon die ganze Zeit über, aber mit all den Konflikten, die zwischen uns herrschten und es vielleicht immer noch tun, habe ich es verdrängt. Sie ist so natürlich und sinnlich, braucht kaum Make-up, um zu strahlen. Ich streiche über ihr kupferfarbenes Haar, das durch das Licht schimmert.

»Du bist so schön«, wispere ich und beiße mir dann auf die Zunge. Fuck, werde ich jetzt zu einem verdammten Romantiker, oder was? Die Worte sind einfach so aus mir herausgerutscht, ohne dass ich darüber nachgedacht habe.

Hazel wirkt überrascht, auf ihren Wangen breitet sich eine zarte Röte aus. Sie stellt sich auf ihre Zehenspitzen, beugt sich nach vorn und wispert in mein Ohr: »Küss mich. Überall.«

Ihre Hände umschlingen meinen Hals, ich beuge mich zu ihr herunter und küsse sie mit solch einer Hingabe, dass wir ein paar Schritte ins Innere des Hauses taumeln. Die Stimmung schwankt so schnell von zärtlich, zu romantisch, zu erotisch, dass meine Hose sich mittlerweile ziemlich eng anfühlt. Ich will sie spüren, überall, und ich will ihr das geben, was sie will.

Hazel kommt mit dem Rücken an der Wand neben dem Treppenhaus an. Nach wie vor lösen sich unsere Lippen nicht voneinander, der Kuss wird immer schneller und ich habe das Gefühl, durchzudrehen. Ihre Finger liegen auf meiner Brust, streichen darüber, bis sie an meinem Hosenbund angekommen sind. Ich keuche, als ich ihre Hand zwischen meinen Beinen spüre. Meine Lippen lösen sich von ihren und ich widme mich ihrer Halsbeuge, verteile feuchte Küsse und sauge an ihrer Haut, bis ihr Kopf nach vorn gegen meine Brust sackt und ich höre, wie sie leise stöhnt.

»Willst du mehr?«, frage ich, meine Stimme klingt heiser.

Sie nickt, zu mehr ist sie nicht fähig, aber es reicht mir als Antwort. Ich schnappe mir ihren leichten Körper, sie schlingt die Beine um meinen Oberkörper und ich trage sie die Treppe hoch. Ich lasse sie erst wieder herunter, als wir in meinem Schlafzimmer stehen. Hier stehen bloß ein riesiges Bett und mein Kleiderschrank. Ich brauche nicht viele Sachen und ich mag es nicht, wenn alles vollgestellt ist.

Hazel hat keine Zeit, sich umzublicken, denn ich

lasse sie auf die Matratze sinken und beuge mich dann gleich über ihren Körper. Gierig nehme ich ihren Anblick auf, betrachte ihren wunderschönen Körper und sehe, wie sich ihre Haare wie ein Heiligenschein auf der Matratze ausbreiten, als sie ihren Dutt öffnet. Für einen Moment hat es mir die Sprache verschlagen, doch sie erinnert mich schnell daran, warum wir eigentlich hier sind.

»Hör auf, mich anzustarren, und komm endlich her«, fordert sie mit selbstbewusster Stimme. »Zieh mir mein Kleid aus.«

Das lasse ich mir nicht zweimal sagen. Hastig ziehe ich an ihrem Kleid, werfe es neben das Bett auf den Boden und spüre, wie meine Hose enger wird, als ich sehe, dass sie bloß schwarze Spitzenunterwäsche trägt. Verdammt, sie ist kein Engel, sie ist der Teufel höchstpersönlich.

Sie beißt auf ihren Zeigefinger, öffnet ihre Beine und streicht sanft über ihr Dekolleté. »Gefällt dir, was du siehst?«, fragt sie mich dann und ich glaube im ersten Moment, mich verhört zu haben. Hazel hat mich in ihren Bann gezogen und ich bin nicht mehr fähig, an etwas anderes zu denken.

Ich nicke, beuge mich nach unten und verteile Küsse auf ihrem Bauch, ihren Brüsten, ihrem Hals und schließlich auf ihren weichen Lippen. Genießerisch hat sie die Augen geschlossen und gibt hin und wieder ein leises Stöhnen von sich, das mich nur noch weiter anheizt.

Ich will endlich ihre Haut auf meiner spüren, also löse ich mich von ihr, steige aus meinen Klamotten und werfe sie zu ihrem Kleid auf den Boden. Hazel hat sich auf ihren Ellenbogen abgestützt und beobachtet mich. Als ich auch aus meiner Boxershorts steige, weiten sich ihre Augen. Sie öffnet ihren BH und ich lecke mir langsam über die Lippen, kann meinen Blick nicht mehr von ihr lösen.

Als ihre Finger nach dem dünnen Stoff ihres Slips greifen, stoppe ich sie. »Lass mich das machen«, bitte ich sie, knie mich auf den Boden vor sie und greife selbst nach dem Stoff. Langsam ziehe ich ihn ihre Oberschenkel herunter und halte dabei den Blickkontakt zu ihr. Ihre Lippen teilen sich, als mein Mund zarte Küsse auf ihren Oberschenkeln verteilt. Der Slip gesellt sich zu unseren anderen Kleidungsstücken auf den Boden. Und dann bin ich nur noch auf ihren nackten Körper fokussiert. Meine Lippen bahnen sich ihren Weg weiter nach oben, meine Hände kneten ihre Brüste, die so perfekt in sie hineinpassen, als wären sie für mich gemacht.

Ihr Kopf sinkt nach hinten, sobald meine Lippen zwischen ihren Beinen angekommen sind. Langsam beginne ich, mich mit meiner Zunge ihrer empfindlichsten Stelle zu widmen, bis ich immer schneller werde und sie anfängt, zu wimmern. Ihre Augen sind fest zugepresst, meine Hände kneten weiterhin ihre Brüste, und ich merke, wie mich das Ganze hier wahnsinnig anmacht. Ihre Beine fangen an, zu zittern, und ich presse sie mit meinen Armen auseinander, höre nicht auf, es ihr zu besorgen, bis sie Sekunden später kommt und meinen Namen ruft.

Ihr Kopf fällt auf die Matratze. Sie sieht so friedlich und glücklich aus, dass es etwas mit mir macht. Ich kann es nicht beschreiben. Aber es tut gut, sie so zu sehen.

An meinem Handrücken wische ich meinen feuchten Mund ab, auch wenn ich ihren Geschmack nicht so schnell loswerden möchte. Sie macht süchtig und ich frage mich, wie nach unserer letzten gemeinsamen Nacht alles so kommen konnte, wie es gekommen ist.

Ich stehe auf und beuge mich wieder zu ihr hinunter. Ihr Atem geht langsamer, ihr Blick ist etwas verschleiert. Doch als sie mich ansieht, erkenne ich immer noch den Hunger in ihren Augen.

Sehr gut, Baby. Die Nacht ist noch jung und glaub nicht, dass ich dich so schnell wieder gehen lasse.

KAPITEL 14

Hazel

Niemals hätte ich gedacht, dass Caleb und ich wieder hier landen würden. Nur wir zwei, Haut an Haut, sein tiefes Stöhnen, während ich es ihm mit meinen Lippen besorge. Jetzt bin ich diejenige, die auf den Knien ist, und würde ich nur eine Sekunde länger über das Ganze hier nachdenken, würde mir vermutlich in den Sinn kommen, dass es keine gute Idee ist. Ich meine, wir haben uns nur in den Haaren gehabt, seit ich in Greeneville bin. Und wir können uns doch nicht einmal ausstehen! Trotzdem bin ich jetzt an diesem Punkt gelandet und fühle mich unglaublich … gut dabei.

Meine Hand wandert zwischen meine Beine und ich merke, wie feucht ich bin. Ich kann gar nicht genug von all dem bekommen und will, dass diese Nacht niemals endet. Denn wenn sie es tut, müssen wir wieder nachdenken. Und wer weiß, wie ich dann zu dieser Geschichte hier stehe.

Caleb kommt in meinem Mund, ich wische mir

meine feuchten Lippen mit dem Handrücken sauber und steige dann zurück zu ihm auf die Matratze. Augenblicklich beugt er sich über mich, vereint unsere Lippen miteinander und küsst mich so leidenschaftlich, dass mir die Luft wegbleibt.

»Ich kriege einfach nicht genug«, wispere ich und frage mich, wann sich der Schalter umgelegt hat, dass wir so ehrlich über unsere Gefühle miteinander reden.

Caleb streicht durch meine Haare, dann grinst er mich mit diesem teuflisch anziehenden Grinsen an, was mich sonst immer zur Weißglut getrieben hat, jetzt aber nur dafür sorgt, dass ich weiter schmelze. »Wir sind noch lange nicht fertig, Gray.«

Seine Augen funkeln und für einen Augenblick fühle ich mich so, als könne ich darin versinken. Nichts um uns herum ist noch von Bedeutung. Nur dieser Moment zählt, wir miteinander, ineinander, Haut an Haut, unsere Herzen schlagen im gleichen Takt. All der Ärger und die Wut der letzten Wochen sind verpufft und ich kann gar nicht glauben, dass wir uns vor Kurzem noch so in den Haaren hatten. Aber vielleicht war es ja genau das, was uns letztendlich hierhin geführt hat. Ich in seinem Bett, er über mir, mit hungrigem Blick und weichen Lippen, die nur darauf warten, von mir geküsst zu werden. Ich schließe meine Hände um seinen Nacken und ziehe ihn wieder zu mir herunter. Unsere Lippen landen aufeinander, unsere Zungen vereinen sich und es ist so einfach, sich fallen zu lassen.

Zwischen meinen Beinen pocht es, mir ist heiß und

als würde Caleb das spüren, wandern seine Finger nach unten zwischen meine Beine.

»Ich merke, du bist schon wieder bereit«, erklingt es an meinem Ohr. Sanft knabbert er an meinem Ohrläppchen, während er zwei Finger in mich schiebt.

»O Gott«, stöhne ich, kralle mich an seinem Rücken fest und verteile Kratzspuren darauf, als seine Finger sich weiter im Rhythmus bewegen und mich zum nächsten Höhepunkt treiben wollen. »Ich will dich spüren. In mir«, wispere ich, denn zu mehr bin ich nicht fähig, und ich bin kurz davor, wieder zu kommen. Aber ich will ihm noch näher sein. So nahe wie möglich. Bis wir eins sind und nichts mehr zwischen uns passt.

»O Baby, das gebe ich dir gern.« Seine Stimme klingt noch rauer als sonst und das ist unfassbar sexy. Keinen Moment später spüre ich, wie er in mich eindringt.

Ich kneife meine Augen zu, kralle mich an ihm fest und fühle mich ihm so verbunden. Erst in diesem Augenblick wird mir bewusst, wie sehr ich dieses Gefühl vermisst habe, das ich das letzte Mal vor einem Jahr mit ihm empfunden habe.

»Öffne. Deine. Augen«, bringt er abgehackt hervor. Mit Mühe öffne ich meine flatternden Lider, versuche, seinem intensiven Blick standzuhalten, während er sich tief in mir bewegt, in einem Rhythmus, der so perfekt ist, dass es nicht lange dauern wird, bis er mich wieder über die Schwelle trägt.

Er beugt sich nach unten, verteilt Küsse auf meinem Schlüsselbein, saugt an der Haut unter meinem Ohr. Ich ziehe seinen Kopf zu mir, will ihn schmecken, seine Lippen auf meinen spüren. Mein Körper spannt sich an und ich merke, dass ich gleich komme. Ich stöhne, gehe durch seine Haare, ziehe daran, versuche, irgendwie Halt zu finden, bevor ich falle. Caleb knurrt, stößt immer fester und tiefer, dann kommen wir fast zeitgleich. Das tiefe Stöhnen, das er von sich gibt, lässt mich innerlich wie ein Feuerwerk explodieren und sorgt dafür, dass ich mir einbilde, kleine Sterne zu sehen.

Nach Atem ringend lässt Caleb sich auf meinem Körper nieder und obwohl er verdammt schwer ist, sage ich nichts. Irgendwie ist es schön, sein Gewicht auf mir zu spüren, seinen Duft, eine Mischung aus Holz und Schweiß, einzuatmen und mich ... lebendig zu fühlen.

»Wie kann es sein, dass wir uns erst so anziehend fanden und miteinander im Bett gelandet sind, uns dann auf den Tod nicht ausstehen konnten und jedes Mal diskutiert haben, wenn wir uns gesehen haben, nur um jetzt wieder im Bett zu landen?«, frage ich und muss unwillkürlich grinsen.

Caleb rutscht von mir herunter, dreht sich auf die Seite und stützt seinen Kopf auf der Handfläche ab. Ich liege immer noch auf dem Rücken und drehe meinen Kopf in seine Richtung. Jetzt grinst er ebenfalls. »Keine Ahnung. Aber ganz ehrlich, ich will jetzt auch nicht darüber nachdenken.«

Ich nicke, denn er hat recht. Es würde bloß den Moment zerstören und gerade fühlt sich einfach alles ... gut an. Ich strecke die Hand aus, um durch seine

Haare zu streichen, die ziemlich zerzaust sind. Er umgreift mein Handgelenk, zieht es zu seinen Lippen und verteilt Küsse auf meinem Handrücken.

Mir wird warm und ich spüre ein sanftes Kribbeln in meiner Magengegend. Es ist schön, hier mit ihm zu liegen. Ihn einfach zu betrachten. Er ist so perfekt, seine blauen Augen so tiefgründig, die Lippen so weich und sein Dreitagebart so verdammt sexy.

»Ich gehe mal ins Bad«, verkünde ich und richte mich auf. »Um mich frisch zu machen. Und ... damit ich mich dann losmachen kann.« Ich habe bis zu diesem Zeitpunkt nicht darüber nachgedacht, aber jetzt frage ich mich, ob er erwartet, dass ich sofort wieder gehe. Schließlich haben wir einfach nur miteinander geschlafen, oder? Und vermutlich will er, dass ich jetzt wieder rübergehe.

Caleb richtet sich ebenfalls auf und runzelt die Stirn. »Hey, wieso willst du schon gehen?«, fragt er und ich halte in meiner Bewegung inne. »Also, ich meine, wenn du noch bleiben willst, kannst du das gern. Aber wenn du gehen willst, ist das auch in Ordnung.«

Die Stimmung schwankt von erotisch zu unsicher. Auf einmal wissen wir beide nicht, wie wir mit der Situation umgehen sollen. Mit uns.

»Wenn du das willst, kann ich noch bleiben«, erwidere ich.

»Das würde mir gefallen.« Caleb leckt über seine Unterlippe, lächelt mich an und das Kribbeln intensiviert sich. Verdammt noch mal, was passiert hier gerade?

»Ich gehe mich dann mal im Bad frisch machen.« Ich versuche, aus der Situation zu fliehen, denn ich brauche fünf Minuten, um wieder runterzukommen.

»Alles klar. Du kannst dir gern einfach ein Handtuch nehmen und dich an meinem Duschgel bedienen, wenn du willst. Fühl dich wie zu Hause.«

Dankbar nicke ich ihm zu, dann spute ich mich, um ins Bad zu gehen, was gleich nebenan liegt. Während ich splitterfasernackt durch den Raum laufe, spüre ich seinen Blick auf mir. Und ich muss sagen, seine Aufmerksamkeit gefällt mir.

Ich habe Calebs Angebot angenommen und bin unter die Dusche gesprungen. Einerseits, um mich nach dem Sex wieder sauber zu fühlen, andererseits, um ein wenig Zeit für mich zu haben. Ja, ich wollte das alles hier. Sehr sogar. Doch je mehr ich darüber nachdenke, desto mehr frage ich mich, was das Ganze jetzt mit uns macht. Und wie wir zueinanderstehen.

Frisch geduscht und in ein Handtuch gewickelt gehe ich zurück ins Schlafzimmer. Caleb liegt nicht mehr auf dem Bett, dafür liegt auf der Matratze nun ein graues T-Shirt von ihm.

»Falls du etwas Frisches zum Anziehen brauchst, kannst du das gern überziehen«, ertönt es hinter mir und Caleb steht im Türrahmen. Er ist wieder angezogen, was mich fast ein wenig traurig macht, aber in der grauen Jogginghose und dem engen, schwarzen T-Shirt sieht er trotzdem zum Anbeißen aus. Noch nie habe ich ihn so casual in Sportklamotten gesehen und irgendwie lässt es ihn noch attraktiver wirken.

»Danke«, antworte ich lächelnd, wende ihm den Rücken zu und lasse das Handtuch auf den Boden fallen.

Als ich nach dem T-Shirt greifen will, was mir fast bis zu den Knien reicht, spüre ich seinen Atem auf meinem Hals. Er hat sich hinter mich gestellt, während ich splitterfasernackt hier stehe.

»Du bist wahnsinnig sexy«, haucht er in mein Ohr und ich lege den Kopf zur Seite. Er küsst mich meinen Hals entlang, seine Hände wandern über meine Brüste und immer tiefer. Als er fast an meiner unteren Mitte angekommen ist, die schon wieder verdächtig pocht, greife ich nach seinen Händen. »Dann hätte ich gar nicht duschen gehen müssen«, sage ich kichernd und drehe mich zu ihm um, diesmal mit dem Shirt vor meine Brust gepresst.

Caleb lacht und legt den Kopf schief. »Ich habe auch nicht von dir verlangt, duschen zu gehen. Die Nacht ist schließlich noch jung. Und vielleicht wollte ich ja mit unter die Dusche kommen.«

Ich weiß nicht, was er mit mir macht. Aber seine Augen, die über meinen Körper wandern, sorgen dafür, dass meine Haut glüht, und seine Worte bringen mich innerlich zum Schmelzen. Schnell ziehe ich das T-Shirt über meinen Kopf, denn ich weiß nicht, wie lange ich seinem Charme noch standhalten kann, bevor wir wieder im Bett landen.

»Die Nacht ist noch jung und ich will sie nutzen, um mehr über dich zu erfahren«, antworte ich. Sanft streichen meine Hände über seine Brust und Caleb schaut zu mir herunter.

»Was willst du wissen?«, fragt er.

»Alles.« Ich stelle mich auf meine Zehenspitzen, schlinge die Hände um seinen Hals und ziehe ihn zu mir, um ihn zu küssen. Eine kleine Ewigkeit lang bleiben wir so stehen. Alles verschwimmt um uns herum. Dann löse ich mich von ihm und stelle mich auf meine Füße.

»Komm mit.« Caleb greift nach meiner Hand und verschränkt unsere Finger miteinander. Seine Haut fühlt sich warm und weich an und ich muss grinsen. Ich beiße mir auf die Zunge, aber es ändert nichts daran.

Wir laufen die Treppe hinunter und ich erwarte, dass wir uns ins Wohnzimmer setzen, doch wir laufen daran vorbei. Stattdessen führt Caleb mich zur Terrassentür, die in den Garten führt und bereits offensteht. Wir treten raus in die Nacht, ein kühler Wind umweht meine nackten Unterschenkel, die Sterne funkeln leuchtend hell am Himmel.

»Ist dir kalt?«, fragt Caleb und ich schüttle den Kopf. Es ist zwar frischer als am Tag, aber ich liebe diese Temperatur. Mit dem Kopf deutet er auf zwei Stühle, die um einen kleinen Holztisch gestellt sind. Auf dem Tisch befinden sich eine Flasche Weißwein und zwei Gläser. In der Mitte prangt eine dicke Kerze. Mein Lächeln festigt sich, wird noch breiter und ich bin hoffnungslos verloren in dem Kampf, nicht noch mehr Bauchkribbeln zu spüren.

»Bist du etwa ein kleiner Romantiker?«, frage ich und nehme auf dem Stuhl ihm gegenüber Platz.

Caleb zuckt bloß mit den Schultern, erwidert nichts auf meine Frage, aber als er auf den Boden schaut, sehe ich, dass er lächelt. Er schüttet uns beiden Wein ein, wir stoßen an und trinken. Es ist fast ganz still hier draußen, als gäbe es nur uns, die Sterne und den Mond über uns und eine Eule, die in der Ferne zu hören ist.

»Du bist mir echt ein Rätsel, Caleb«, sage ich und stelle mein Glas auf dem Tisch ab.

Caleb lässt sich auf den Stuhl zurücksinken. »Wieso?« Er grinst.

»Weil ich nichts über dich weiß. Und die Nachbarn auch nicht.« Ich grinse zurück.

»Ist das so?«, fragt er und zieht eine Augenbraue in die Höhe. »Hier wird viel getratscht, habe ich recht? Typisch Kleinstadtleben.«

Ich atme tief durch. »Ja, das wird es wirklich. Das bin ich aus der Großstadt gar nicht gewohnt. Hier kennt jeder jeden. In St. Louis bin ich andauernd auf neue Leute getroffen und es war einfach, in der Masse unterzugehen. Einerseits ist das schön, um all dem schlechten Gerede zu entkommen, was vielleicht aufkommen könnte, andererseits kann man sich schnell einsam fühlen.«

Caleb nickt. »Ich kenne das Gefühl. Ich bin in San Francisco groß geworden. Eine traumhafte Stadt. Jetzt würde mich aber nichts mehr dorthin ziehen können.« Sein Kiefer zuckt, er wendet den Blick von mir ab und nimmt einen großen Schluck vom Wein, als wünschte er sich, er hätte das gerade nicht gesagt.

»Wieso?«, versuche ich, vorsichtig nachzufragen. Ich will ihm nicht auf die Pelle rücken, aber ich habe das Gefühl, diese Nacht ist meine Chance, um endlich mehr über ihn und das Mysterium, das ihn umgibt, zu erfahren.

Caleb stellt das Weinglas ab, fährt sich mit beiden Händen durch die Haare und seufzt. »Weil mich alles in dieser verfluchten Stadt an meine verkorkste Familie und die schlimmste Zeit in meinem Leben erinnert.«

Mein Herz zieht sich zusammen, als ich sehe, wie sich seine Mimik wandelt. Seine Lippen werden zu einer schmalen Linie, sein Blick wird ... trauriger? Er kann mir nicht mehr in die Augen schauen und starrt auf den Boden, während er spricht. »Weißt du, ich hatte eine echt abenteuerreiche Kindheit. Meine Eltern sind stinkreich und haben meinem Bruder und mir alles ermöglicht. Wir haben unsere Ferien in ganz Europa verbracht, hatten Privatlehrer und durften jede Sportart und jedes Instrument spielen, was wir wollten.«

Ich sauge jedes seiner Worte auf und blinzle, als er mir erzählt, dass er einen Bruder hat. Wie der wohl ist? Ich bekomme neue Puzzleteile, die mich dieses Rätsel, was ihn umgibt, weiter lösen lassen. Weitere Fragen gesellen sich zu den vielen, die ich ohnehin schon an ihn habe. Doch anstatt ihn zu unterbrechen und meine unzähligen Fragen heraussprudeln zu lassen, gedulde ich mich und nicke ihm zu, als Zeichen, dass er weitersprechen kann.

»Das war der schöne Teil. Man könnte meinen, ich habe kein Recht, um mich zu beklagen. Man könnte meinen, ich sei undankbar und wisse nicht, wertzuschätzen, was meine Eltern mir ermöglicht haben oder ermöglicht hätten können. Denn natürlich gibt es Kinder, die ohne all das auskommen und sich ihren eigenen Weg durchs Leben bahnen müssen.« Er seufzt, streicht durch seinen Bart und schaut mir nach wie vor nicht in die Augen. Sein Blick wandert nach oben, gen Himmel. In mir wächst der Drang, zu ihm zu gehen und ihn in den Arm zu nehmen, während er mir von seinem Leben erzählt. Doch ich reiße mich zusammen und ignoriere das Gefühlswirrwarr in meinem Körper.

»Meine Eltern haben immer viel von meinem Bruder und mir gefordert. Wir mussten Bestleistungen bringen und nicht weniger als das. Wir wurden bestraft, sobald wir nur den Durchschnitt erbracht haben. Sie meinten, wir würden ein schlechtes Licht auf den Namen *Reed* werfen.« Er schnaubt und schüttelt den Kopf. »Sie haben nicht einmal gemerkt – tun es bis heute vermutlich nicht – wie sehr sie unsere Seelen mit ihrem Verhalten geschädigt haben. Wir waren Kinder, Teenies, und wir hatten keine Eltern, die uns Liebe gezeigt haben. Andauernd gab es Streit, denn je älter wir wurden, desto mehr haben wir das getan, wonach uns der Kopf stand. Meine Eltern ... ach, ich kann sie nicht einmal als diese bezeichnen ... sehen es als eine Schande an, dass ich Autor geworden bin. Schließlich hatte ich die Möglichkeit, die besten Colleges des Landes zu besuchen. Für sie bin ich bloß ein Schandfleck. Genauso wie mein Bruder.« Sein Kopf sinkt nach unten, er spielt mit seinen Fingern. So offen und verwundbar habe ich ihn noch nie erlebt und ich habe Angst, die falschen Worte zu wählen.

Ich lenke unser Gespräch auf das Thema, das mich schon seit Längerem interessiert. »Du bist Autor?« Ich frage mich schon eine Weile, womit Caleb sein Geld verdient. In seinem schwarzen Aufzug und mit dem Motorrad hätte ich ihn niemals als ... Autor eingestuft. Aber bislang konnte ich ihm auch nur vor den Kopf schauen. Doch in dieser Nacht hat er angefangen, sich mir gegenüber zu öffnen, mir seine tiefgründige Seite gezeigt. Vielleicht ist das Schreiben genau das, was er braucht, ein Ventil, das ihn frei sein lässt.

»Ja. Ich schreibe schon, seit ich klein bin. Meine Eltern hat es nie wirklich interessiert. Das Schreiben und Bücher wurden irgendwann eine Zuflucht für mich, ich konnte mich in den Seiten verlieren und hinter den Wörtern verstecken. Vor meiner Realität. Und dort konnte ich einfach ... ich selbst sein.«

Es ist berührend, zu hören, wie er über seine Leidenschaft spricht. Wie er mich hinter die Fassade blicken lässt. »Darf ich mal etwas von dir lesen?«, frage ich und Caleb grinst mich an.

»Na klar. Wenn Thriller dein Ding sind.«

»O Gott, schreibst du Bücher, bei denen man nachts Angst hat, umgebracht zu werden?« Ich kichere.

»So blutig nun auch wieder nicht, aber ich bin ja gleich nebenan, wenn du Angst hast.« Er zwinkert mir zu und ich beiße mir auf die Unterlippe. Die Stimmung lockert sich, nachdem es vorher um ein so ernstes Thema ging.

»Wie viele Bücher hast du schon veröffentlicht?«, frage ich nach.

Caleb schließt die Augen und denkt nach. »Sechs Stück in den letzten Jahren. Anfang nächsten Jahres kommt mein siebtes Buch raus.«

Ich reiße die Augen auf. »Wow, das ist echt toll. Dass du so eine Leidenschaft hast und darin aufblühen kannst. Und es zu deinem Job machen konntest.«

Er nickt. »Jap. Ich bin auch echt dankbar dafür und kann gut vom Schreiben leben. Meine letzten beiden Bücher haben es sogar auf die New York Times Bestseller-Liste geschafft.« Er wendet den Blick ab, ganz so als sei er ein wenig ... verlegen. Und das ist wahnsinnig süß. Ich habe ihn noch nie so erlebt.

»Glückwunsch! Das muss ein wahnsinniges Gefühl sein. Gleich morgen muss ich mir dann wohl ein eigenes Bild machen und mit dem Lesen starten.«

»Ich habe immer ein paar Exemplare zu Hause, ich kann dir gern eins geben.« Caleb schaut wieder zu mir hoch und ich muss lächeln. Es ist einfach schön, hier mit ihm zu sitzen, in der kühlen Nacht, in der er sich mir so öffnet.

»Das wäre toll.« Ich verliere mich für einen Moment in seinen blauen Augen. »Was macht dein Bruder eigentlich?«, hake ich dann nach, ganz in diesem Moment gefangen, der so zwanglos und locker ist. Dass ich die falsche Frage gestellt habe, realisiere ich jedoch in der gleichen Sekunde.

Die Emotionen in seinem Blick wandeln sich und was ich sehe, schockiert mich. Eine Mischung aus Hass, Wut, Enttäuschung und ... Schmerz?

»Mein Bruder ist komplett von der Bahn abgekommen. Mehr gibt es dazu nicht zu sagen. Ich konnte ihm nicht helfen, schaffe es heute noch nicht. Die Narbe …« Mit seinem Finger streicht er über die Stelle über seiner Augenbraue. Ich presse meine Lippen aufeinander. »Du wolltest damals wissen, woher ich sie habe. Mein Bruder hat mit den falschen Leuten abgehangen und ich wollte ihn da raus holen. Das war ihre Antwort darauf.« Ich atme meine unbewusst angestaute Luft aus, doch Caleb ist noch nicht fertig. »Meine Eltern haben meinen Bruder verstoßen und wollen keinen Kontakt mehr haben. Genauso wenig suchen sie den zu mir, aber bei Gott, ich bin ausgezogen, sobald ich konnte, und bin gegangen. Für immer. Nichts zieht mich mehr nach San Francisco.«

Mein Herz schlägt unregelmäßig in meiner Brust. Das alles, was er mir in dieser Nacht erzählt hat, sorgt dafür, dass ich ihn jetzt aus einem ganz anderen Blickwinkel betrachte. Kein Wunder, dass keiner der Nachbarn wirklich etwas über ihn weiß. Er ist ein Rätsel für sie alle, weil er verdammt hohe Schutzmauern um sich herum aufgebaut hat. Er will niemanden zu nahe an sich heranlassen und in diesem Augenblick wird mir bewusst, was es bedeutet, dass er mir all das hier heute Nacht offenbart hat. Ich schlucke und halte seinem Blick stand. »Das tut mir alles so leid«, wispere ich und glaube, den Schmerz zu spüren, der in seinen Augen liegt.

Caleb schüttelt den Kopf und lacht. Ein gehässiges Lachen, was mich innehalten lässt. »Das braucht dir nicht leidzutun. Mitleid ist das Letzte, was ich haben will. Meine Eltern sind nicht allein daran schuld, dass ich ein verdammtes Wrack bin und nicht weiß, wie ich alles loslassen soll, was mir aufgebürdet wurde. Ohne meinen Willen.« Er presst seinen Kiefer aufeinander.

Ich weiß nicht, was ich sagen soll. Aber ich spüre, dass er mir das Wichtigste seiner Geschichte noch gar nicht offenbart hat. Und ich frage mich, ob ich es überhaupt hören will. »Wie meinst du das?«, frage ich vorsichtig, spüre, wie mich ein Kälteschauer überfällt und durch meinen Körper zuckt.

Er öffnet seinen Mund, dann schließt er ihn wieder. Es wirkt so, als wäre er kurz davor, mir sein ganzes Herz auszuschütten, dann scheint er sich eines Besseren zu besinnen und stoppt sich. Mit einem Mal wandelt sich sein Gesichtsausdruck und er lächelt mir zu. Mir wird fast schwindelig von dem schnellen Wechsel. »Möchtest du noch etwas Wein trinken?«, fragt er und gießt mir dann nach, ohne auf meine Antwort zu warten.

Ich nicke und versuche, auszublenden, dass er meine Frage umgangen hat. Es scheint einen Grund zu geben und ich möchte ihn nicht drängen, mir alles aus seinem Leben zu offenbaren. Schließlich hätte ich gerade genauso wenig Lust, von meinem fremdgehenden Ex-Freund zu berichten und meine komplette Vergangenheit auf dem Tisch auszubreiten. Ohnehin muss ich erst einmal damit klarkommen, wie nahe wir uns in dieser Nacht gekommen sind ... nicht nur körperlich, sondern auch seelisch.

KAPITEL 15

Caleb

Würde sie die ganze Wahrheit über meine Vergangenheit wissen, würde ich sie vermutlich verschrecken. Wie kann ich ihr jemals meine Dämonen offenbaren? Ich will nicht, dass sie in den Sog gezogen wird, in dem ich seit Jahren stecke. Ich habe aufgehört, zu zählen, denn ich habe mich damit abgefunden, dass es immer so sein wird. Die Schuldgefühle werden niemals aufhören, mich zu zerfressen. Ich kann nur versuchen, sie zu ignorieren, und hoffen, dass sie einfach von selbst weggehen. Auch wenn ich das stark bezweifle.

Hazels Blick ist sorgenvoll, das erkenne ich an ihrer gerunzelten Stirn und der Art und Weise, wie sie mich aus ihren haselnussbraunen Augen anblickt. Ich stelle mir vor, wie ich aufstehe, zu ihr herüber gehe und mit meinem Finger die sorgenvollen Falten von ihrer Stirn streiche. Ich will nicht, dass sie sich schlecht fühlt, wenn sie in meiner Umgebung ist. Und gleichzeitig ist dieser Gedanke ein Witz, denn in den letzten Wochen haben wir nur miteinander diskutiert und unsere gegenseitige Präsenz gehasst. Irgendein fucking Schalter in meinem Kopf muss sich umgelegt haben, dass ich jetzt *nicht* den Drang habe, sie wieder vor die Tür zu setzen wie die letzten Male. Oder vielleicht gestehe ich mir nun einfach ein, dass wir einander anziehen, ob wir es wollen oder nicht. Das spielt keine Rolle.

»Jetzt bist du dran. Erzähl mir mehr über dich«, lenke ich das Gespräch nun auf sie, um von meiner traurigen Vergangenheit loszukommen. Wir sind nicht hier, um Trübsal zu blasen, trotzdem habe ich mich ihr schon viel zu weit geöffnet und viele happy Storys habe ich aus meiner Vergangenheit leider nicht auf Lager.

»Was möchtest du wissen?«, fragt sie.

Ich lege den Kopf schief und lächle ihr zu. »Alles«, wiederhole ich ihre Aussage von vorhin. Und ja, es stimmt. Ich will alles über diese Frau erfahren, die gerade vor mir sitzt. Ich will wissen, was sie bewegt, woran sie Freude empfindet, was sie zum Weinen bringt und wie es ihr in Greeneville gefällt. Und vielleicht würde ich auch gern erfahren, was wir hier gerade tun. In dieser Nacht, in der wir unser Gehirn ausschalten und nur unseren Empfindungen folgen. Als gäbe es keinen Morgen mehr. Denn im Dunkeln lässt es sich einfacher leben, einfacher sein Herz öffnen und das tun, was man wirklich tun will.

»Hm, okay«, setzt sie an, lehnt sich auf dem Stuhl zurück und grinst mich an. Und vielleicht kribbelt mein Bauch ein wenig dabei, wenn ich sie so ansehe. Aber nur vielleicht.

»Die Geschichte meines elendigen Ex-Freundes werde ich jetzt aber nicht noch mal ausgraben, okay?«

Ich lache und nicke ihr zu. Ich habe ohnehin kein Interesse daran, mehr über einen idiotischen Mann zu erfahren, der sich eine Zukunft mit dieser Frau verbaut hat, weil er seinen Schwanz nicht in seiner Hose lassen konnte. So etwas werde ich nie begreifen können.

»Ich habe einen süßen Kater namens Archie, der mit mir hier lebt. Den hast du noch gar nicht kennengelernt, oder?«

»Nein«, antworte ich.

»Dann wird es aber höchste Zeit.« Sie zwinkert mir zu und mein Herz setzt eine verdammte Sekunde lang aus. »Ich komme aus St. Louis, bin also ein richtiges Großstadtkind, aber finde immer mehr Gefallen daran, in einer kleineren Stadt zu leben. Irgendwie ist alles ... ruhiger hier. Entspannter. Freier.«

»Hast du schon viel von der Gegend gesehen?«, frage ich.

Sie schüttelt den Kopf. »Tatsächlich nicht. Die meiste Zeit habe ich mit Arbeiten verbracht und bin noch nicht richtig dazu gekommen.«

»Als was arbeitest du eigentlich?«, hake ich nach. Mir wird bewusst, wie viele Lücken es noch in meinem Bild von ihr gibt. Und wie viel Freude es mir bereitet, diese nach und nach zu füllen.

»Als Finanzberaterin bei einer Versicherung.« Sie erzählt mir von ihrem Job und ich höre ihr gebannt zu, egal, wie wenig mich Zahlen und so ein Kram interessieren. Trotzdem hänge ich an ihren Lippen und sauge jedes Wort auf, das sie ausspricht.

»Ich fotografiere auch total gern. Aber bislang habe ich meine Spiegelreflexkamera noch nicht aus der Umzugskiste geholt.«

Ich ziehe beide Augenbrauen hoch. »Echt nicht? Wieso?«

Sie zuckt mit den Schultern. »Na, das Ding mit der Zeit wieder.«

»Die Natur hier in der Umgebung ist atemberaubend«, erkläre ich ihr. »Wenn du willst, zeige ich dir ein paar Orte, an denen du wahnsinnig tolle Fotos machen kannst.«

Sie nickt. Das Lächeln auf ihrem Gesicht wird breiter und steckt mich an, ebenfalls zu grinsen. Haben wir uns gerade auf ein Date verabredet, oder ...?

Wir plaudern noch eine Weile und ich erfahre, dass sie traurig ist, dass sie ihre Großmutter, in deren Haus sie nun wohnt, nicht öfter gesehen hat. Dass sie Angst vor dem Tod hat und was danach kommt und dass sie versucht, aus allem das Beste zu machen. Und dass sie immer erst die Milch und dann die Cornflakes einschüttet. Wir geraten in eine hitzige Diskussion, die nicht allzu ernst zu nehmen ist, und lachen so viel, sodass wir Bauchschmerzen bekommen.

Irgendwann richtet sie sich auf. »Ich sollte mich langsam losmachen. Ich habe keinen blassen Schimmer, wie viel Uhr es ist, aber ich sollte nach Archie sehen. Und vermutlich mal Schlaf finden.«

Ich nicke ihr zu, auch wenn ich es schade finde, dass sie geht.

Sie geht ins Schlafzimmer, um ihre Sachen aufzusammeln, trägt aber immer noch mein T-Shirt, als sie wieder herunterkommt. »Das leihe ich mir aus.«

Etwas daran, dass sie mein Oberteil trägt, löst ein Gefühl in mir aus. Ich beiße mir auf die Lippe und komme nicht drumherum, festzustellen, wie scharf sie darin aussieht. »Selbstverständlich. Es steht dir auch verdammt gut«, antworte ich, dann gehen wir zur Tür und ich frage mich, ob sich ihre Wangen wirklich rot verfärben oder ob ich mir das bloß einbilde.

Unschlüssig bleibe ich im Türrahmen stehen, während sie mich von der Veranda aus anblickt. Mein Blick wandert zu ihren Lippen herunter, die mich förmlich anbeten, sie zu küssen.

»Gute Nacht, Caleb«, sagt Hazel und ich sehe, dass ihre Augen ebenfalls auf meinen Mund gerichtet sind.

Langsam trete ich einen Schritt nach vorn, schlinge die Arme um ihre Taille, um sie näher an mich zu ziehen. »Gute Nacht, Hazel«, flüstere ich, dann drücke ich einen sanften Kuss auf ihre Lippen, der innerhalb weniger Sekunden stürmischer wird. Ich spüre ihre Finger in meinen Haaren, streiche von ihrer Taille zu ihrem Po herunter und kneife hinein.

»Ich sollte jetzt besser gehen«, sagt sie, als sie sich von mir löst. Sie lächelt dabei und das macht etwas mit mir. Als sie sich zum Gehen wendet, spüre ich, dass jetzt der Moment ist, in dem ich sie fragen muss. Fragen muss, wie es jetzt weitergeht. Ich will nicht, dass wir am Morgen aufstehen und alles wieder so ist wie vorher. Dass wir nicht wissen, wie wir mit all dem hier umgehen.

»Hazel?«, rufe ich.

Augenblicklich bleibt sie stehen und wendet sich mir wieder zu. »Ja?« Ihre Stimme klingt atemlos.

»Hast du ... Lust, dass ich dir morgen ein wenig die Gegend zeige? Ich meine, es ist Samstag. Da hast du doch bestimmt frei, oder?« Verdammt, warum stammle ich so herum beim Reden? Ich erkenne mich selbst nicht wieder. Was hat diese Nacht bloß mit mir gemacht?

Sie nickt schnell. Als wäre das die leichteste Entscheidung, die sie je treffen musste. »Sehr gern«, sagt sie dann. Und in dem Moment fühle ich mich so leicht und glücklich wie schon lange nicht mehr.

Als ich am nächsten Morgen aufwache, bin ich übermüdet. Hazel war bis spät in die Nacht bei mir, wir haben nicht einmal mitbekommen, wie schnell die Zeit vergangen ist. Und als sie gegangen ist, konnte ich mich nicht einfach schlafen legen und so tun, als sei es ein ganz normaler Tag gewesen. Stattdessen flogen tausend Gedanken durch meinen Kopf. Angefangen damit, dass ich ihr stückweise von meiner Vergangenheit erzählt habe, bis hin zu ihrer wahnsinnig heißen Figur und wie wir es miteinander getrieben haben.

Ich gehe in die Küche, mache mir einen schwarzen Kaffee und nippe daran, während ich den Blick auf die *River Lane* gerichtet habe. An Samstagen sind die

Nachbarn immer früh wach, obwohl es Wochenende ist. Das soll mal einer verstehen. Als würde Weihnachten oder sonst ein Feiertag vor der Tür stehen, sind sie vermutlich schon seit Stunden in ihren Vorgärten, zupfen Unkraut, mähen den Rasen und tun weiß Gott was noch. Ich denke daran, dass Hazel meinte, dass ich für alle ein großes Mysterium sei. Ja, das stimmt wohl. Und das ist auch besser so. Die Menschen in den Kleinstädten haben es an sich, dass sie einem ihre ganze Lebensgeschichte vor die Füße legen und alles preisgeben – und im Gegenzug erwarten, dass man das Gleiche tut. Doch ich bin das komplette Gegenteil davon. Meine Dämonen werden sie nicht kennenlernen.

Zum ersten Mal seit gestern Abend schaue ich auf mein Handy und sehe, dass ich unzählige verpasste Anrufe und Nachrichten von Emmy habe. Fuck. Es war nicht gerade Gentleman-like, sie gestern auf dem Sommerfest stehen zu lassen, aber wie konnte ich auch damit rechnen, dass es zwischen Hazel und mir auf einmal so abgehen würde?

Ich hadere mit mir und überlege, was ich ihr schreiben soll. Auf keinen Fall werde ich bei ihr anrufen, denn ich gehe davon aus, dass sie stinkwütend ist. Das geht zumindest aus ihren Nachrichten hervor. Ich nehme einen großen Schluck von meinem Kaffee und tippe dann eine Nachricht an sie ein, in der ich ihr mitteile, dass gestern Abend ein Notfall dazwischengekommen ist. Sie wird darüber hinwegkommen.

Ich gehe ins Wohnzimmer und schaue aus dem Fenster, das zu Hazels Grundstück zeigt. Was sie wohl gerade macht? Ich will ihr eine Nachricht schreiben und sie fragen, wann ich sie heute abholen darf, da wird mir bewusst, dass ich nicht einmal ihre Nummer habe. Also spute ich mich ins Badezimmer, dusche, mache mir die Haare, sprühe mich mit Parfüm ein und ziehe mich an. All black, wie die meiste Zeit, also mit dunkler Jeans, T-Shirt und meiner heiß geliebten Lederjacke laufe ich gut gelaunt pfeifend zu ihrem Haus herüber.

Gerade will ich in ihren Vorgarten biegen, da sehe ich, dass ich von der anderen Straßenseite aus beobachtet werde. Der Nachbar – *heißt er Ethan?* – mit dem Hazel immer abhängt, sitzt auf seiner Veranda, neben ihm ruht ein Golden Retriever, und beobachtet mich. Mir entgeht das Lächeln auf seinem Gesicht nicht, obwohl uns eine Straße voneinander trennt. Schnell wende ich meinen Blick ab und klopfe an Hazels Haustür. Es ist später Vormittag, vermutlich ist sie zu Hause.

Der Anblick, der sich mir dann bietet, ist ... unfassbar süß. Und scharf. Fuck.

»Hallo?«, erklingt die verschlafene Stimme von Hazel, als sie die Haustür öffnet und nicht zu realisieren scheint, wer vor ihr steht.

»Guten Morgen«, grüße ich sie zurück und muss schmunzeln, als ich bemerke, dass sie ihren Kater auf dem Arm hält, der mich neugierig betrachtet. Die kupferfarbenen Haare trägt sie zu einem hohen verwuschelten Dutt, ihre Beine stecken in einer hautengen Leggings, obenrum trägt sie ein enges schwarzes Top. Und sie trägt keinen BH. Sie öffnet mir die Tür und trägt keinen BH. Das löst unfassbar schnell etwas in meiner Hose aus, aber ich werde auch ein klein wenig wütend, wenn ich bedenke, dass sie nicht wusste, wer vor der Tür steht. Jeder andere Mensch hätte jetzt hier stehen können und ihre Oberweite angegafft.

»Caleb?« Erst jetzt erkennt sie, dass ich es bin, reißt ihre Augen auf und setzt ihren Kater auf dem Boden ab. Er miaut mich einmal an, dann stürmt er ins Haus. »Was machst du denn hier?« Sie schaut an sich herunter und verschränkt die Arme vor der Brust, wie um sich notdürftig zu bedecken. Dabei ist ihr wohl nicht klar, dass es ihre Oberweite nur umso mehr betont.

Mir macht das nichts aus.

Ich reiße meinen Blick widerwillig davon los und schaue in ihre aufgerissenen Augen. »Weißt du nicht mehr? Wir wollten einen Ausflug unternehmen.« Ich zwinkere ihr zu.

»Oh, ach ja. Sorry, ich habe lange geschlafen. Ich wusste gar nicht mehr, dass wir eine Zeit ausgemacht haben.«

»Das haben wir nicht, aber da ich deine Nummer nicht habe, dachte ich, ich schaue einfach mal vorbei.«

Sie lächelt. Ich grinse zurück. Dann schaut sie wieder an sich herunter. »O man, ich brauche dann aber noch ein kleines bisschen, um mich fertig zu machen. Wie viel Zeit gibst du mir? Und wo fahren wir überhaupt hin?«

»Fünf Minuten und das ist eine Überraschung.«

»Fünf Minuten?« Sie geht nach drinnen, zieht eine Augenbraue in die Höhe und ich folge ihr. »Das ist nicht sehr viel Zeit, ich wollte noch schnell duschen gehen.«

»Stimmt. Wenn ich mit unter die Dusche steige, wird es wohl länger als fünf Minuten dauern ...« Ich befeuchte meine Lippen und sie weiß ganz genau, wie ich das meine. Eigentlich ist es mehr ein Spaß, aber ich wäre natürlich auch nicht abgeneigt, wenn sie mich dazu kommen lassen würde ...

Hazel lacht und schüttelt dabei den Kopf. »Das kannst du dir abschminken. Wenn wir heute noch aus dem Haus wollen, bleibst du schön hier unten.« Dann steigt sie die Treppe hinauf und lässt mich unten zurück, wo ich die Doppeldeutigkeit ihrer Worte überdenke und nicht aufhören kann, wie ein Vollidiot vor mich hinzugrinsen. »Archie leistet dir Gesellschaft«, ruft sie mir noch von oben zu, dann höre ich, wie eine Tür auf- und zugeht.

Ihr Kater läuft langsam auf mich zu, als sei er noch ein wenig skeptisch mir gegenüber. Aber als ich in die Küche gehe und in einer Schublade Leckerlis finde, braucht es nicht lange, bis er gar nicht mehr von mir weg will.

Nach fünfzehn Minuten taucht Hazel wieder unten am Treppenabsatz auf. Ich klopfe mit dem Zeigefinger auf meine imaginäre Uhr am Handgelenk und sie verdreht die Augen. »Du wolltest ja nicht mit duschen kommen. Also musste ich mich selbst drum kümmern.«

Lässig läuft sie Richtung Esszimmer, um ihre Tasche zu holen, während ich meine Augen aufreiße und ihr hinterher starre. Meint sie das gerade so, wie ich es verstehe …? Allein bei der Vorstellung, wie sie in der Dusche ist und … fühlt sich meine Hose immer enger an. Ich beiße mir auf die Zunge und frage mich, wie ich den Tag mit ihr überstehen soll, wenn die Stimmung bereits jetzt so sexuell aufgeladen ist.

»Das war ein Spaß«, sagt sie dann und kommt auf mich zu. Und dann zwinkert sie. Verdammt! Das Blut rauscht in meinen Ohren und ich muss mich zusammenreißen, um nicht gleich auf sie loszustürmen und sie über den Esstisch zu beugen.

Fuck! Denk an etwas anderes, Caleb!

»Hat es dir die Sprache verschlagen? Bin ich überhaupt richtig angezogen für das, was wir heute vorhaben?«

Ich schaue an ihr herunter und nicke. Sie trägt eine Mom-Jeans und ein schwarzes Top, ihre Haare hat sie zu einem tiefen Dutt gebunden.

»Du bist ganz schön frech heute«, meine ich dann. »Zieh Sportschuhe an, schnapp deine Kamera und wir können los.«

Grinsend schnappt sie sich ein schwarzes Paar Laufschuhe und steckt ihre Spiegelreflexkamera in die Tasche. Ich schlinge den Arm um ihre Hüfte und ziehe sie mit mir nach draußen. Dort begrüßt uns bereits die warme Sonne, vermutlich werden es heute wieder über zwanzig Grad, aber ich habe einen Rucksack mit Snacks und genügend Wasser gepackt. Wir steuern auf mein Motorrad zu und ich reiche ihr einen Helm.

»Bereit?«, frage ich sie.

»Jederzeit«, höre ich ihre gut gelaunte Stimme, die sich sogleich einen Weg in mein Herz bahnt und mich zum Lächeln bringt. Sie setzt sich hinter mich und ich biege auf die Straße. Ihre Hände krallen sich an meinem Oberkörper fest und noch nie hat es sich so gut angefühlt, mit einer Frau auf meinem Motorrad zu fahren, wie mit ihr.

KAPITEL 16

Hazel

Während ich hinten auf Calebs Motorrad sitze und mich fest an ihn schmiege, bekomme ich so gut wie nichts von meiner Umgebung mit. Fast wünsche ich mir, dass die Fahrt gar nicht mehr aufhört. Ich will einfach nur hier sitzen bleiben, den Fahrtwind spüren, mich an ihn klammern und seinen holzigen Duft einatmen. Mein Kopf ist an seinen Rücken angelehnt und fast schon widerwillig steige ich nach gerade einmal zwanzig Minuten Fahrt von seinem Motorrad herunter. Erst jetzt sehe ich, wo wir uns befinden.

»Wir sind knapp vor der Grenze zu North Carolina«, erklärt Caleb mir und stellt sein Motorrad ab. So ganz in schwarz gekleidet mit Lederjacke, Helm unterm Arm und an sein Motorrad gelehnt, sieht er einfach ... göttlich aus. Seine Haare sind leicht zerzaust, Strähnen fallen ihm in die Stirn. Ein schräges Grinsen ziert sein Gesicht und mein Herz flattert wie verrückt in meiner Brust.

»Gehen wir etwa wandern?«, frage ich ihn, drehe mich um meine eigene Achse und nehme die grüne Natur auf. Überall um uns herum stehen hohe, verschiedene Bäume und andere grüne Pflanzen. Vögel zwitschern, die Sonne strahlt und ich freue mich auf alles, was vor uns liegt.

»In der Tat. Ich zeige dir einen meiner Lieblingsorte hier in der Umgebung.«

Mir kribbelt es jetzt schon in den Fingern, meine Spiegelreflexkamera aus der Tasche zu holen und loszuknipsen. Also hole ich sie heraus und hänge sie mir dank des Bands daran, um den Hals.

»Bleib stehen«, fordere ich Caleb auf, als er sich von seinem Motorrad entfernen will. Bevor er das tut, zücke ich meine Kamera und knipse ein Foto von ihm, so wie er dort steht. Denn diesen Anblick will ich so schnell nicht vergessen.

Caleb grinst, kommt auf mich zu und nimmt die Kamera aus meinen Händen. Dann verschränkt er unsere Finger miteinander und kommt mir immer näher. Mein Herz pocht, mein Blut rauscht und ich kann meinen Blick nicht von ihm abwenden, als er sich zu mir herunterbeugt. Unsere Nasenspitzen berühren sich beinahe, so dicht ist er vor mir. Sein warmer Atem streift meine Haut und ich schnappe nach Luft. Beinahe berühren sich unsere Lippen ... dann gibt er mir einen Kuss auf die Wange, so sanft und zärtlich, dass ich die Augen schließen muss.

»Ich hoffe, du hast heute einen schönen Tag und hast genug Motive für deine Kamera.« Er löst sich von mir, nur um sogleich nach meiner Hand zu greifen und die Finger mit seinen zu verschränken.

»Da bin ich mir ziemlich sicher.«

Hand in Hand laufen wir los, gehen auf den Pfad zu, der sich gleich vor uns auftut. Ich kann mich gar nicht satt sehen an all dem Grün, dass sich um uns herum zeigt.

»Wir befinden uns in den *Bald Mountains*, im Nordosten Tennessees. Hier gibt es die schönsten Bachlandschaften der gesamten Region«, erklärt Caleb mir, während wir den vorgegebenen Weg entlang spazieren. »Der Wanderweg, auf dem wir uns befinden, heißt *Margarette Falls Trail*. Das Ziel unserer Wanderung werde ich dir noch nicht verraten, das wird eine Überraschung.«

Neugierig schaue ich zu ihm hoch. »Du kennst dich wirklich gut aus hier. Ich hätte gar nicht gedacht, dass du ein Wandertyp bist. Du steckst wirklich voller Überraschungen.«

Caleb lacht – und das geht mir unter die Haut. »Nein? Was dachtest du denn, was ich den ganzen Tag lang mache?«

»Hm, keine Ahnung. Du siehst halt wie der typische Bad Boy aus. Wandern kommt mir da nicht als Erstes in den Sinn.«

Caleb bleibt stehen und zieht mich zu sich. Er ist meinen Lippen ganz nahe, als er flüstert: »Ach nein? Was kommt dir denn in den Sinn?«

Mein Bauch kribbelt und es pocht zwischen meinen Beinen. Wie kann er so schnell so eine Wirkung auf meinen Körper haben? Wie von selbst schlinge ich meine Arme um seinen Hals, ziehe ihn noch näher an mich heran, bis sich unsere Lippen endlich berühren. Im Gegensatz zur letzten Nacht ist der Kuss langsam, fast schon zaghaft, dafür nicht weniger bedeutsam. Ich liebe es, ihn zu spüren, zu schmecken, und kann mich fast nicht mehr von ihm lösen.

Als wir es doch tun, lächelt Caleb mich an und gibt mir noch einen Kuss auf die Nasenspitze. »Verdammt noch mal, wie sind wir eigentlich hier gelandet?« Er deutet zwischen uns hin und her und ich kichere.

»Keine Ahnung, ehrlich gesagt. Aber es ist schön.«

Er nickt und das macht mich noch glücklicher.

Wir laufen weiter und Caleb erzählt mir, dass er gern und oft wandern geht, wenn er Ruhe braucht oder eine Schreibblockade hat. Ich liebe es, ihm zuzuhören, besonders wenn er über seine Passion, das Schreiben, spricht. Gleichzeitig muss ich immer wieder daran denken, was er mir letzte Nacht über seine Familie erzählt hat. Über den Druck, den seine Eltern auf seinen Bruder und ihn ausgeübt haben. Dass sie enttäuscht waren, dass er ›bloß‹ Autor geworden ist. Dabei ist es so toll, wenn ein Mensch eine Leidenschaft hat und diese verfolgt – komme, was wolle. Immer wieder schweifen meine Gedanken auch zu seinem Bruder ab. Wo lebt er? Wie sieht er aus? Wie ist das Verhältnis der beiden? Ich hatte letzte Nacht das Gefühl, dass es noch viel gibt, von dem Caleb mir nicht erzählt hat, aber ich möchte ihn auch nicht drängen, mir alles offenzulegen. Ich finde es einfach schön, dass wir uns jetzt so nahestehen und irgendwie alles einfacher … anders ist als noch vor wenigen Tagen. Einfach unglaublich.

Hin und wieder begegnen uns andere Wanderer, die uns nett grüßen. Ich liebe es, in der Natur zu sein, und bleibe immer wieder stehen, um Fotos zu knipsen. Von den hohen, grünen Bäumen, Vögeln oder Caleb, auch wenn er es gar nicht mitbekommt. Ich muss schmunzeln, denn mit seinem dunklen Outfit und der Lederjacke, die er mittlerweile im Arm hält, weil es zu warm geworden ist, passt er so gar nicht zu den typischen Wanderern, die uns entgegenkommen. Aber ich liebe es, dass er einfach er selbst ist.

Wir laufen seit über einer Stunde und mein Gesicht fühlt sich hitzig an. Ab und an bleiben wir für eine kurze Pause stehen und Caleb reicht mir eine der Wasserflaschen, die er für uns eingepackt hat.

O man, wie süß kann man bitte sein, frage ich mich, als ich in seinem Rucksack lauter Snacks wie Sandwiches oder Nussriegel entdecke.

Manchmal müssen wir kleinere Bäche überqueren und auf den Steinen balancieren und jedes Mal hilft Caleb mir herüber und reicht mir seine Hände, damit ich nicht falle. Ich weiß jetzt schon, dass dieser Ausflug nicht dafür sorgen wird, dass ich ihn weniger leiden kann ...

Wir passieren kleinere Wasserfälle und ich komme gar nicht mit dem Knipsen hinterher. Caleb beobachtet mich dabei mit einem Lächeln auf den Lippen, das dafür sorgt, dass ich ihn noch dringender küssen will.

Der Weg biegt nach rechts ab und schon von Weitem hat man das Rauschen gehört, doch jetzt sehe ich das Ziel unserer Wanderung: ein zweiteiliger Wasserfall.

»Das ist *Bailey Falls*«, verkündet Caleb und deutet mit seinen Händen auf den wunderschönen Wasserfall, der sich vor uns auftut. Das Wasser strömt in einen Bach, der davor liegt.

Wir balancieren über die nassen Steine, um dem Wasserfall näher zu kommen. Mir ist warm, ich bin verschwitzt, aber der Weg hierhin hat sich gelohnt. Bevor ich meine Kamera nehme, um unzählige Erinnerungsfotos zu schießen, eile ich auf Caleb zu, schlinge meine Arme um seinen Oberkörper und stelle mich auf die Zehenspitzen, um ihn fest zu küssen. Ich bin so von diesem Moment gefangen, von der unfassbaren Natur um uns herum und davon, dass Caleb mich hierhin, an seinen Lieblingsort, geführt hat, dass ich gar nicht mehr nachdenke. Als wir uns voneinander lösen, haben wir beide die Augen aufgerissen.

»Ähm, sorry, ich wollte dich nicht überrumpeln …«, stammele ich und frage mich, was mit mir los ist. Doch anstatt zu antworten, geht Caleb einen Schritt auf mich zu, packt mich und drückt mich dicht an sich, während seine Lippen meine liebkosen und seine Zunge sich ihren Weg in meinen Mund bahnt. Leise stöhne ich in seinen Mund hinein. Ich kann einfach nicht anders und bin froh, dass nur wenige Menschen hier sind und den Wasserfall erkunden.

Völlig durcheinander im Kopf lösen wir uns schließlich voneinander. Mein schneller Herzschlag bringt mich vermutlich noch um, aber was soll ich machen? Caleb zeigt mir immer wieder neue Seiten von sich und ich bekomme einfach nicht genug von dem Mysterium, das ihn umgibt.

»Gefällt es dir?«, fragt er und streicht sich durch die Haare.

»Es ist einfach unglaublich hier«, antworte ich, löse mich von ihm und drehe mich um meine eigene Achse. »An so einem schönen Ort war ich noch nie. Du hast wahrscheinlich schon viele solcher Orte gesehen, oder?«

Caleb kratzt sich am Kopf. »Ich bin schon viel in der Welt rumgekommen. Meine Eltern haben uns mehrmals im Jahr in die verschiedensten Länder auf der Erde mitgenommen. Aber das hier ist trotzdem einer meiner Lieblingsorte. Weil er so ruhig und versteckt ist.«

Ich nicke und wünschte, ich könnte in seinen Kopf hineinsehen und all die Orte sehen, die er schon erkundet hat.

»Bist du schon viel rumgekommen?«, fügt er hinzu.

Jetzt schüttle ich den Kopf. »Nein, leider nicht. Meine Eltern wollten nie weit reisen. Sie meinten immer, dass es im eigenen Land genug zu sehen gibt. Also haben wir von Maine bis Kalifornien so gut wie alle Staaten besucht, aber ich bin noch nie raus aus den USA gekommen.«

Caleb tritt auf mich zu, die Augen weit aufgerissen. »Wirklich nicht? Das ist schade, also echt. Es gibt so viele wahnsinnig tolle Orte auf der Welt, dagegen sind die Vereinigten Staaten nichts. Wo würdest du denn am liebsten mal hinreisen?«

Ich schaue ihn an, lege den Kopf schief und

schließe für einen Moment die Augen. In meinen Gedanken sehe ich, wie ich an der Seine entlanglaufe, der Eiffelturm ragt leuchtend vor mir auf, darüber zieht sich der hell funkelnde Sternenhimmel. Und ich bin nicht allein. Als ich auf meine Hände blicke, sehe ich, dass diese mit einer anderen Hand verschränkt sind ...
»Nach Paris.«

Caleb legt seine Hände auf meine Taille und zieht mich enger an sich heran. »Paris ist eine meiner Lieblingsstädte. Einfach ein Traum. Man muss die Stadt unbedingt einmal erlebt haben. Wer weiß, vielleicht sind wir zwei irgendwann mal dort.« Er drückt mir einen Kuss auf den Scheitel und beinahe bin ich damit überfordert, wie romantisch er sein kann. Ich liebe es, diese Seite von ihm zu entdecken, gleichzeitig ist sie das komplette Gegenteil von dem, was er mir in den letzten Wochen präsentiert hat. Vielleicht habe ich aber auch einfach nur Angst, wie es in der nächsten Zeit weitergehen wird. Und ob er irgendwann wieder seine andere Seite zeigt.

»Das wäre schön«, antworte ich, lege meinen Kopf auf seiner Brust ab und versuche, alle unwillkommenen Gedanken aus meinem Kopf zu vertreiben. Einfach nur das Hier und Jetzt zu genießen.

Eine ganze Weile stehen wir so da, beobachten den beeindruckenden Wasserfall vor uns, lauschen dem Rauschen, das das Wasser von sich gibt, und geben uns dem Moment hin.

Irgendwann beschließen wir, zurückzugehen. Ich habe kein Zeitgefühl mehr, aber Zeit spielt auch gar keine Rolle. Das Einzige, was ich spüre, ist, wie Caleb unentwegt meine Hand fest in seiner hält, wie seine Finger sich fester um meine klammern, wenn er mir hilft, über die nassen Steine in den Bächen zu balancieren.

Auf dem Rückweg reden wir nicht mehr so viel wie auf dem Hinweg. Wir genießen einfach die Ruhe, die uns jetzt umgibt und die Anwesenheit des jeweils anderen. Ich komme mir fast wie in einem kitschigen Traum vor. Ich meine, wie oft muss ich noch darüber nachdenken, dass sich das Blatt einfach gewendet hat? Caleb und ich lagen uns in den letzten Wochen so sehr in den Haaren. Er ist optisch der typische Bad Boy und hat auch innerlich einen mysteriösen Kern, nichtsdestotrotz zeigt er mir jetzt den Romantiker und küsst mich, wann er nur kann, lässt meine Hand nicht mehr los und wirkt wie ausgewechselt. Ich will mich nicht beschweren, aber trotzdem tauchen immer wieder negative Gedanken in meinem Kopf auf. Ich merke, dass ich dringend mit Willow telefonieren muss. Es ist schon viel zu lange her, dass wir uns gesprochen haben. Ich ahne bereits, dass Ethan hiervon Wind bekommen hat und sofort alle Details hören will, aber ich muss erst einmal mit meiner besten Freundin über alles sprechen. Auch aus dem Grund, da sie so weit entfernt ist und einen ganz anderen Blickwinkel auf diese Situation hier hat als Ethan.

Als wir mit dem Motorrad wieder vor Calebs Garage ankommen, merke ich, dass meine Traumblase jäh zerplatzt ist und wir zurück in der Realität sind. Gerade erst hat er seinen Helm ausgezogen, guckt auf sein Handy und ich sehe, wie sich sein Gesichtsausdruck versteift. Seine Lippen sind zu einer schmalen Linie geformt, die Augen zusammengekniffen. Er stopft das Handy zurück in seine Hosentasche und nimmt mir den Helm ab, ohne mich anzusehen.

»Danke für …«, setze ich an, doch ich werde sogleich von ihm unterbrochen.

»Hey, ich muss los. Bis dann.« Ohne mich eines letzten Blickes zu würdigen, läuft er an mir vorbei, zieht das Handy wieder aus seiner Hosentasche und hält es an sein Ohr, als er sein Haus betritt und die Tür mit einem Knall zufallen lässt.

Ich bleibe einen Moment stehen und schlucke.

Äh … was?

Irgendwie war mir klar, dass wir nicht ewig in dieser Traumblase bleiben konnten. Ich meine, was habe ich mir denn gedacht? Das aus uns beiden jetzt ein Paar wird? Wir haben ein zweites Mal miteinander geschlafen und er hat einen Ausflug mit mir unternommen. Das muss ja nichts heißen. Trotzdem macht sich ein bedrückendes Gefühl in meiner Brust breit, was sich gar nicht gut anfühlt.

Ich hole tief Luft, will mich zum Gehen wenden, als ich Mrs Jones auf dem Bürgersteig sehe, die auf dem Weg zu ihrem Haus gleich neben meinem ist. Dort lebt sie mit ihrem Mann und den gemeinsamen Kindern und führt nach außen hin eine Bilderbuch-Familie. Sie grüßt mich freundlich, ich grüße zurück, winke ihr zu und bete, dass sie das mit Caleb gerade nicht mitbekommen hat. Aber ich bin mir ziemlich sicher, dass in Greeneville jeder alles mitbekommt.

»Warte mal – was? Hazel? Was habe ich bitte schön alles verpasst? Wovon hast du mir nicht gleich berichtet?« Willows Stimme quietscht in meinem Ohr und ich muss das Handy ein kleines Stück davon weghalten.

»Ja, mehr gibt es dazu nicht zu sagen. Erst haben Caleb und ich uns die ganze Zeit über gestritten und mehr oder weniger versucht, uns zu ignorieren, und sind dann nur noch mehr aneinandergeraten. Bis wir dann ... zum zweiten Mal im Bett gelandet sind.« Ich presse die Handfläche gegen meine Stirn und laufe in der Küche auf und ab.

Archie sitzt neben der Kücheninsel und beobachtet mich bei meinem Gefühlschaos. Ich greife in der Schublade nach Leckerlis und lege sie neben ihn, damit er mich nicht weiterhin so anstarrt. Katzen haben immer etwas ... Verurteilendes an sich, wenn sie einem tief in die Seele blicken.

»O man, es war aber auch klar, dass ihr zwei noch mal in der Kiste landet.«

»Was? Nein! Wieso?« Meine Stimme klingt viel zu hoch.

»Na, weil er einfach superheiß ist. So ein richtiger Bad Boy.«

»Und genau das ist er jetzt auf einmal nicht mehr! Na ja, bis vorhin noch.«

Willow seufzt. »Hazel, ich verstehe nur noch Bahnhof. Du musst mir schon *alles* erzählen.«

Ich hole tief Luft und wünschte, meine beste Freundin wäre hier in Greeneville. Andererseits bin ich froh, dass sie mir gerade nicht ins Gesicht schauen kann, denn dann würde sie mir womöglich all meine Emotionen schnurstracks ablesen können.

»Na schön.« Ich versuche, meine Gedanken zu sammeln, die gerade kreuz und quer verteilt liegen. Und dann berichte ich ihr davon, wie Caleb und ich uns auf dem Sommerfest begegnet sind. Wie die Luft zwischen uns so dick war, dass man sie wortwörtlich schneiden konnte, alles aber dann umgeschwankt ist und wir zwei im Bett gelandet sind. Ich erzähle ihr von der Nacht, in der er sich mir offenbart hat, lasse aber die Details über seine Familie aus, da ich glaube, dass er nicht wollen würde, dass ich sie weitererzähle.

Willow quiekt aufgeregt, als ich von unserem Wanderausflug erzähle, und quiekt noch lauter, als sie hört, wie wir uns geküsst haben und Händchen haltend durch den Wald liefen. Am Ende bin ich ganz außer Atem, mein Herz rast, meine Handflächen fühlen sich schwitzig an und ich muss wie eine rot angelaufene Tomate aussehen. Also ja, ich bin froh, dass Willow mir gerade nicht gegenübersteht.

»O. Mein. Gott«, spuckt sie beinahe aus.

»*O mein Gott* was?«

»Na, o mein Gott eben. Der kann ja auch ein richtiger Romantiker sein! Und das ist ja so was von klar, dass ihr miteinander vögeln müsst, nachdem die Luft zwischen euch beiden so elektrisierend war, nach all euren Streitigkeiten und so. Und wie geht es jetzt weiter?«

Na, genau deswegen rufe ich ja bei dir an, meine Liebe …

»Hm, keine Ahnung. Wir sind mit dem Motorrad zurückgefahren und als wir hier waren, hat er sein Handy gecheckt und war auf einmal wie ausgewechselt. Seine Miene hat sich komplett verändert, er hat sich nur schnell verabschiedet und weg war er. Ich stand dann noch eine Weile blöd rum und wusste nicht, was eigentlich gerade passiert ist.«

»Vielleicht ging ihm das Ganze einfach zu schnell«, versucht Willow, eine Theorie aufzustellen. »Oder er hat einfach eine wichtige Nachricht von einem Kumpel oder Familienmitglied bekommen. Ich würde mir da jetzt nicht so einen Kopf drum machen. Genieß es doch einfach und mach das Beste draus.«

Das ist nicht unbedingt der Ratschlag, den ich mir erhofft habe, aber andererseits – was wollte ich denn hören? Ich seufze und stimme ihr zu. Was anderes bleibt mir wohl nicht übrig.

KAPITEL 17

Caleb

Natürlich muss mein Bruder dazwischenfunken, sobald einmal etwas in meinem Leben gut läuft. Als scheint er ein Gespür für die unpassendsten Momente zu haben, bombardiert er mich mit Nachrichten, in denen er mich fragt, ob ich mit ihm feiern gehen will. Als gäbe es nichts anderes oder Wichtigeres im Leben als Alkohol, Partys und halb nackte Frauen.

Im Leben meines Bruders leider nicht.

Doch ich bin nicht wie er und ich wollte auch niemals so wie er sein.

Nichtsdestotrotz bin ich augenblicklich getriggert, als ich seinen Namen auf dem Bildschirm sehe. Es kommt wie von selbst, dieses Schuldgefühl, das immer dann auftaucht, wenn mein Bruder im Spiel ist. Das Schuldgefühl, dass ich *sie* damals im Stich gelassen habe. Und dass ich nicht dafür sorgen konnte, dass mein Bruder wieder auf die richtige Bahn gerät. Dabei war ich selbst viel zu jung damals.

Stunden sind vergangen, seit Hazel und ich von unserem Wanderausflug zurückgekehrt sind. Es ist bereits Abend und es fängt schon an, zu dämmern. Ich laufe wie ein Tiger im Käfig in meinem Wohnzimmer auf und ab. Überlege die ganze Zeit, was ich tun soll und was nicht. Ich weiß, dass mein Bruder wieder über die Stränge schlagen wird, wenn er feiern geht. Aber es ist nicht das erste Mal. Er weiß nicht, wo seine Grenzen liegen, und ich kann nicht jedes Mal anwesend sein, um ihn daran zu erinnern und ihn aufzufangen. Mein Herz drängt mich, zu Hazel zu gehen, mit ihr zu reden, ihr klarzumachen, dass mein plötzlicher Abflug nichts mit ihr zu tun hat oder damit, dass ich von ihr wegkommen will. Im Gegenteil – ich denke schon den ganzen fucking Tag an sie und die Art und Weise, wie ihr Lachen klingt, wie sie mich angestrahlt hat, als sie den Wasserfall erblickt hat, und wie sie auf mich zugerannt kam, um mich daraufhin zu küssen. Das Ganze spielt sich wie ein Endlosfilm in meinem Kopf ab und ganz ehrlich, ich will nicht, dass er aufhört.

Auch wenn sich das schlechte Gewissen wieder in mir festgenagt hat, droht, mich mit sich zu ziehen, entscheide ich mich dagegen und für Hazel. Ich muss zu ihr. Hoffentlich ist sie zu Hause und lässt mit sich reden. Ich kann meinen Bruder nicht jedes Mal dazwischen grätschen lassen, wenn ich endlich wieder einen Lichtblick in meinem Leben gefunden habe.

Ich ignoriere alle weiteren Nachrichten, die Liam mir schreibt, als ich ihm kurz und knapp fürs Feierngehen absage. Und das schlechte Gewissen drängt sich immer weiter in den Hintergrund, als ich nach draußen trete, mich die kühle Abendluft empfängt und ich zu Hazels Haus gehe.

In der unteren Etage brennen Lichter, die Vorhänge sind jedoch zugezogen. Ich sehe Umrisse von Schatten dahinter und kann nicht anders, als zu lächeln. Verdammt, was stellt diese Frau bloß nach so kurzer Zeit mit mir an?

Ich kratze mich an der Schläfe, hadere noch einen Augenblick mit mir, dann setze ich selbstbewusst einen Fuß vor den anderen. Es macht keinen Sinn, jetzt noch einmal alles zu überdenken – damit habe ich bereits die letzten Stunden verbracht. Ich will es einfach hinter mich bringen und mich nicht länger wie ein kleiner, schüchterner Junge fühlen. Verdammt noch mal.

Ich stehe vor ihrer Haustür, klopfe und trete dann einen Schritt zurück. Die Hände habe ich lässig in die Hosentaschen gesteckt, mein Herz hingegen schlägt nicht so lässig in meiner Brust. Man könnte meinen, ich kippe jede Sekunde um, so sehr hämmert es in meinem Brustkorb. Ich frage mich, wann ich mich das letzte Mal so gefühlt habe, und wünschte, ich hätte nie darüber nachgedacht. Denn das letzte Mal habe ich als junger Erwachsener so für eine Frau empfunden und jetzt ist sie tot.

Die Tür öffnet sich, ich werde aus meinen düsteren Erinnerungen gerissen und Hazel steht vor mir. Mit verwundert aufgerissenen Augen, noch schöner, als sie es vorhin schon war. Mit verwuscheltem, hohen Dutt, Haarsträhnen umrahmen ihr zartes Gesicht. Sie trägt einen grauen Jogginganzug und scheint absolut nicht damit gerechnet zu haben, dass ich vor der Tür stehe. Im Hintergrund höre ich Archie miauen und der Fernseher läuft.

»Caleb?« Sie stellt sich in den Türrahmen und schließt die Tür hinter ihrem Rücken, damit ihr Kater nicht das Weite sucht und drinnen bleibt. »Was machst du denn hier?« Ihre Arme sind jetzt vor der Brust verschränkt. Mittlerweile habe ich gelernt, sie zu lesen, und erkenne, dass es ihr Schutzmechanismus ist. Ich bin vorhin einfach gegangen und habe sie stehen lassen und ich kann es ihr kaum übel nehmen, dass sie jetzt so angespannt reagiert.

Da sind wir wohl wieder an unserem letzten Punkt angelangt.

Hoffentlich nicht, bete ich innerlich.

»Ich wollte mit dir reden.« Vorsichtig trete ich einen Schritt nach vorn, um unsere Distanz zu verringern. »Ich wollte vorhin nicht einfach abdüsen, ohne mich richtig zu verabschieden. Es kam bloß etwas dazwischen, das mich ein wenig ... abgelenkt hat.«

Sie zieht eine Augenbraue in die Höhe und scheint immer noch skeptisch zu sein. »Und das wäre?«

Ich schlucke. Wäre ich nicht ich, würde ich offen und ehrlich mit ihr reden. Aber meine Familienprobleme will ich ihr nicht offenbaren, also muss ich wohl oder übel lügen. »Mein Agent hat mir geschrieben. Der Release meines neuen Thrillers soll wohl verschoben werden. Ich sollte ihn dringend anrufen und war ein wenig vor den Kopf gestoßen, als ich die Nachricht gelesen habe. Es tut mir leid. Ehrlich.«

Hazels Blick wird weicher und mein Herzschlag normalisiert sich allmählich. Sehr gut.

»Oh, okay, das tut mir leid. Ich hoffe, ihr konntet das klären, sodass es für dich auch in Ordnung ist.«

Es ist nicht gerade das beste Gefühl, sie anzulügen, aber es fühlt sich deutlich besser an, als ihr von meinem Bruder zu erzählen. »Ja, ja. Es ist alles geklärt.« Ich streiche über meinen Bart. »Also, wie gesagt, es hatte nichts mit dir zu tun. Ich will nicht, dass du das denkst. Unser Tag war wirklich ... wunderschön. Ich habe schon lange nicht mehr so viel Spaß gehabt«, offenbare ich ihr und diesmal lüge ich nicht. Es entspricht der Wahrheit. An Hazels Seite habe ich mich frei und ungezwungen gefühlt. Als wäre nichts anderes mehr von Bedeutung.

»Das fand ich auch«, stimmt sie mir zu und endlich lächelt sie mich wieder an. »Wenn du möchtest, kannst du auch gern reinkommen.«

Ich schiebe die Hand hinter meinen Kopf. »Oh, das wäre cool, aber ich will dich nicht stören, falls du beschäftigt bist.«

Sie lacht und ich fühle mich ein wenig leichter. Schwerelos. »Das tust du nicht. Ich habe nur auf der Couch gechillt und mit Archie *The Kardashians* geguckt.«

Jetzt bin ich derjenige, der lacht. »Was? Das guckst du? Das passt so gar nicht zu meinem Bild von dir.«

Hazel beißt sich auf die Unterlippe und zuckt mit den Achseln. »Das ist meine guilty Pleasure. Psst, das darfst du keinem verraten«, mahnt sie mich und hält sich den Zeigefinger vor die Lippen.

»Hey, von mir erfährt niemand ein Sterbenswörtchen.« Unschuldig hebe ich die Hände und bringe Hazel damit noch mehr zum Kichern. Ihre Augen funkeln und Gott, ich könnte sie ewig anstarren. Wenn ihr Lachen so ehrlich und pur ist, ihre haselnussbraunen Augen diesen Glanz haben und sie so frei und unbeschwert ist. Einfach ganz sie selbst.

Hazel öffnet die Tür und bedeutet mir, reinzukommen.

»Wenn du willst, können wir die Serie auch weiterschauen. Ich habe zwar keine Ahnung, um was es da geht, aber ist bestimmt spannend.« Ich folge ihr in die Küche, wo sie gerade aus dem Kühlschrank Getränke herausstellt. Bier, Wein, Wasser. Ich deute auf die Weinflasche und sie bringt zwei Gläser.

»O Gott, nein, ich schaue bestimmt nicht *The Kardashians* mit dir. Das darf nur Archie mit mir gucken. Sollen wir einen Thriller gucken? Ich meine, als Thriller-Autor schaust du bestimmt auch solche Filme.«

Ich greife nach der Weinflasche und gemeinsam treten wir ins Wohnzimmer. »Jap, alles mit Thriller ist genau meins. Ich kenne ein paar gute Filme. Schaust du gern so was in der Richtung?«

Sie zuckt mit den Schultern. »Na ja, ich bin eigentlich eher ein Angsthase. Nur mit Archie im Haus schaue ich mir lieber lustige oder romantische Filme an, sonst bin ich die ganze Nacht wach und denke bei jedem Geräusch, dass der Killer im Haus ist.«

Ich lache und mache es mir neben ihr auf der Eckcouch gemütlich. Hazel gießt uns beiden Weißwein ein und reicht mir mein Glas.

»Heute Nacht bin ich ja da, um dich zu beschützen. Und sonst bin ich ja gleich im Haus nebenan.«

»Das klingt gut. Dann komme ich jetzt immer bei dir klingeln, wenn ich nachts Angst haben sollte.«

»Du kannst immer gern vorbeikommen.«

Wir sitzen direkt nebeneinander, Hazel sitzt mit schräg gelegten Beinen auf der Couch, unsere Oberschenkel berühren sich. Tief schauen wir uns in die Augen, als wir mit unseren Gläsern anstoßen.

»Also, welcher Film soll es sein, Thriller-Experte?«, will Hazel wissen und stellt ihr Glas auf dem Couchtisch ab.

»Wie wäre es mit einem Klassiker?«, schlage ich vor.

Hazel zuckt bloß mit den Schultern und lächelt mich neugierig an. »Ich bin für alles offen.«

Ich auch ...

»*Das Schweigen der Lämmer* kennst du sicherlich schon«, überlege ich laut und gehe in meinem Kopf alle Thriller-Klassiker durch, die ich kenne und die wir schauen könnten.

»Ähm, nein, den habe ich noch nie geguckt.«

Ich werde aus meinen Gedanken gerissen und wende mein Gesicht ruckartig in ihre Richtung. »Bitte was?«, frage ich fassungslos. »Du kennst *Das Schweigen der Lämmer* nicht?«

Hazel verzieht ihr Gesicht. »Nein, sorry. Gehört das zur Allgemeinbildung dazu?«

Ich schlage theatralisch meine Hände vors Gesicht. »O ja, den müssen wir auf jeden Fall schauen. Ich kann's gar nicht glauben, dass du den nicht kennst. Hannibal Lecter? Sagt dir gar nichts?« Hazel schüttelt ihren Kopf und ich seufze. »Ich merke schon, wir haben einiges an Arbeit vor uns. Ich will gar nicht wissen, welche Filme du noch alle nicht kennst.«

Gespielt empört stemmt sie die Hände in die Hüften. »Na, so ein Hinterwäldler bin ich nun auch nicht. Die wichtigsten Filme, die man gesehen haben sollte, kenne ich. Außerdem glaube ich, dass es viel wichtiger ist, zum Beispiel die *Harry-Potter*-Filme zu kennen als *Das Schweigen der Lämmer*.«

Für einen Moment herrscht Stille. Ich kratze mich unschuldig am Kopf.

Hazel stößt einen kleinen, entsetzten Schrei aus. »Nein. Das glaube ich jetzt nicht. Caleb! Du verarschst mich doch. Du kennst die *Harry-Potter*-Filme nicht, habe ich recht?« Ergeben nicke ich und ernte einen mehr als entsetzten Blick von Hazel. »O Gott, *Harry Potter* gehört *wirklich* zur Allgemeinbildung. Also gut, wir wollen ja nicht, dass du weiterhin ein Muggel bleibst, also werden wir erst *Das Schweigen der Lämmer* schauen und danach *Harry Potter*.« Zufrieden lächelt sie mir zu und ich nicke, habe keinen blassen Schimmer, was ein ›Muggel‹ sein soll.

»Zu meiner Verteidigung, meine Eltern sind viel mit uns gereist, als wir jung waren. Ich hatte nicht viel Zeit, mir ellenlange Filmreihen anzusehen.«

»Ja, ja, bleib mir bloß weg mit deinen Ausreden.« Sie zwinkert mir zu und ich liebe diese ausgelassene Stimmung zwischen uns beiden. Hazel steht auf, kramt eine Wolldecke aus einer Schublade unter dem Fernseher hervor und geht dann in die Küche, um uns Popcorn in der Mikrowelle zuzubereiten.

Zehn Minuten später sitzen wir beide nebeneinander auf der Couch, zugedeckt mit der Decke, obwohl es draußen bereits Sommer ist, eine Schüssel Popcorn zwischen uns. Mein Arm ruht auf Hazels Schulter, ich ziehe sie näher an mich heran. Als sie ihren Kopf auf meiner Schulter ablegt, ihr blumiger Duft in meine Nase zieht, fühlt sich alles in mir ganz warm an. Und es ist lange her, dass ich mich so gefühlt habe wie in diesem Augenblick. Ich will es nicht durch Denken zerstören, also konzentriere ich mich auf den Film, ihre ruhige Atmung und ihr weiches Haar, als ich mit meinen Fingern langsam über ihren Kopf streiche.

Der Abspann des Thrillers läuft und Hazel rührt sich nicht. Wir sitzen seit einer Ewigkeit in der gleichen Position, ihr Kopf liegt nach wie vor auf meiner Brust. Ich stelle fest, dass sie eingeschlafen ist. Vermutlich habe ich sie mit meinem Kraulen dazu gebracht. Grinsend frage ich mich, wie lange sie schon schläft und ob sie überhaupt etwas vom Film mitbekommen hat. Aber das ist mir egal. Ich traue mich fast nicht, mich zu rühren, um sie nicht aufzuwecken, aber mein Bein ist eingeschlafen und so langsam müsste ich mich mal bewegen. Vorsichtig hebe ich ihren Kopf an, in der gleichen Sekunde öffnet sie ihre Augen.

»Hm?«, macht sie und es klingt so verschlafen und süß, dass mein Lächeln noch breiter wird. Langsam richtet sie sich auf und blickt zu mir. »Habe ich geschlafen?«, fragt sie und reißt ihre Augen auf. »Sag bitte Nein. Hoffentlich habe ich nicht geschnarcht.«

»Du hast bloß gesabbert«, antworte ich, was dafür sorgt, dass sie von der Couch springt und mich geschockt ansieht. Augenblicklich färben sich ihre Wangen zartrosa.

»Was? O Gott, wie peinlich!«

»Keine Sorge, das war bloß Spaß.« Ich zwinkere ihr zu und sie atmet erleichtert auf.

»Du bist echt witzig«, sagt sie und ihre Stimme trieft voller Ironie.

»Und du hast vermutlich nichts vom Film mitbekommen.«

»Doch«, entgegnet sie. »Ich habe so gut wie alles mitbekommen.«

»Was ist denn als Letztes passiert?«, fordere ich sie heraus und sehe, wie sie ihre Augen zukneift, um nachzudenken.

»Hm … die Agentin hat Hannibal Lecter im Gefängnis besucht?«

Ich verdrehe die Augen und lache laut. »O man, das müssen wir wann anders noch mal wiederholen. Aber du bist echt süß, wenn du schläfst.«

Hazel verdreht die Augen und legt den Kopf schief. »Ja, ja, das sagst du jetzt nur so.«

»Nein, das meine ich ehrlich.«

Sie kommt auf mich zu und als sie vor mir steht, greife ich nach ihren Händen und ziehe sie zurück zu mir auf die Couch. Ihr Oberkörper landet auf mir und sie quiekt erschrocken. Unsere Gesichter sind sich so nahe, dass sich unsere Nasenspitzen berühren. Unser beider Atmung geht schnell, unsere Augen sind ineinander vertieft.

»Und was machen wir jetzt?«, fragt Hazel mit heiser klingender Stimme und großen Augen.

Meine eine Hand streicht über ihren Rücken, bis sie den Ansatz ihres Pos erreicht. Die andere greift in ihr Haar und streicht es hinter ihre Ohren. »Was immer du willst«, flüstere ich.

Innerhalb einer Sekunde spüre ich ihre warmen Lippen auf meinen, so fest, als wäre sie eine Durstige, die zum ersten Mal eine Wasserquelle findet. Es ist ein gieriger Kuss, unsere Zungen finden schnell den gleichen Rhythmus, ihre kleinen Hände krallen sich an meinen Schultern fest. Ich knete ihren Po, entlocke ihr einen hohen Seufzer, greife in ihr Haar und drücke sie noch enger an mich. Ich will, dass nichts mehr zwischen uns passt. Ich brauche sie so nahe an mir wie nur möglich.

KAPITEL 18

Hazel

Die nächsten Tage fühlen sich an wie ein ... Traum. Ich lebe mich immer mehr in Greeneville ein, freue mich, jeden Morgen aufzustehen, mich an die Arbeit zu machen, meinen Nachbarn zu begegnen, wenn ich die Post reinhole und mit ihnen ein kleines Pläuschchen zu halten. Ich telefoniere oft mit Willow und halte sie auf dem Laufenden und es ist schön, hin und wieder Zeit mit Ethan und Alexander zu verbringen. Und na ja, vielleicht spielt bei meiner guten Laune eine ganz große Rolle, dass ich die meiste Zeit mit Caleb verbringe. Aber nur vielleicht.

Na gut, er ist der Hauptgrund.

Es ist fast schon eine Selbstverständlichkeit, dass Caleb nach Feierabend bei mir oder ich bei ihm vorbeischaue. Dann kochen wir zusammen, arbeiten die Filmliste ab, die wir gegenseitig für den jeweils anderen erstellt haben, oder ich helfe ihm dabei, über Schreibblockaden hinwegzukommen und Plot-Lücken zu füllen. Meistens enden die Abende damit, dass wir in seinem oder meinem Bett landen und ich am frühen Morgen völlig übermüdet aufstehe, zu meinem Haus herüber renne und mich für die Arbeit fertig machen muss. Aber das alles fühlt sich ... gut an. Gut und richtig. Auch wenn Ethan das Ganze noch ein wenig skeptisch sieht.

Mit unseren Kaffeebechern in der Hand sitzen wir auf seiner Veranda, beobachten die Nachbarn wie zwei typische Charaktere aus *Desperate Housewives* und unterhalten uns über unser Leben. Wobei Ethan eher versucht, alle Details über Caleb und mich aus mir herauszuquetschen.

»Ich weiß nicht, irgendwie habe ich immer so ein komisches Gefühl bei ihm«, offenbart Ethan mir zum wiederholten Mal.

Ich verdrehe bloß die Augen und nippe an meinem heißen Getränk.

Ethan ertappt mich bei meiner Reaktion und zieht die Stirn kraus. »Du brauchst gar nicht so zu gucken. Als dein bester Freund aus der Nachbarschaft will ich dich und dein zerbrechliches Herz doch bloß beschützen.«

»Ich habe kein zerbrechliches Herz!«, entgegne ich entrüstet und frage mich, wieso er mich als zu sensibel wahrnimmt.

Ethan lächelt zaghaft und presst dann die Lippen aufeinander. »Du verstehst mich falsch. Ich mache mir bloß Sorgen um dich. Du bist so ein guter Mensch, so eine tolle Frau und wäre ich hetero, würde ich so was von mit dir schlafen wollen ...«

Ich reiße die Augen auf und gebe ihm einen Klaps auf den Arm.

»Was?«, fährt Ethan grinsend fort. »Aber eigentlich bin ich ein Profi im Menschenlesen, außer bei Caleb. Ich kann diesen Mann einfach nicht einschätzen. Er hat so eine ... geheimnisvolle Aura. Wären wir in einem Film, wäre das ja sexy und aufregend, aber das ist nun mal das echte Leben. Ich komme mir schon fast vor wie Edward, der jedermanns Gedanken lesen kann bis auf die von Bella aka Caleb.« Gespielt geschockt hält er die Hand vor seinen Mund und bringt mich damit zum Lachen.

»Ja, ja, Ethan, ist klar. Ich glaube auch, dass Caleb deine Bella ist. Vielleicht gehört ihr ja eigentlich zusammen. Und ich bin bloß Jacob, der sich dazwischendrängt.«

Jetzt stimmt auch Ethan in mein Lachen ein und wir kriegen uns kaum noch ein, sodass ein paar Nachbarn, die in ihren Vorgärten arbeiten, zu uns herüber sehen.

»Wir müssen unbedingt einen *Twilight*-Marathon machen«, schlägt Ethan vor, nachdem wir uns wieder beruhigt haben, und ich nicke eifrig. »Wobei Emmett der heißere Cullen ist. Findest du nicht?«

Ich bin froh, dass er über ein anderes Thema spricht und die Caleb-Sache wieder in den Hintergrund drängt, sodass wir kichernd über die Filme diskutieren.

Doch für den Rest des Tages habe ich seine Worte im Hinterkopf, egal, wie sehr ich versuche, ihnen nicht zu viel Bedeutung zuzumessen. Aber ich kenne Caleb doch besser als alle anderen, oder? Und bei mir öffnet er sich jeden Tag ein Stückchen mehr. Ich glaube, immer mehr in seine Seele blicken zu können. Es ist wie ein Puzzle, dass ich immer weiter zusammensetzen kann.

Das Wochenende ist angebrochen und das bedeutet, dass Caleb und ich noch mehr Zeit miteinander verbringen als ohnehin schon. Ich weiß nicht, wann ich das letzte Mal so viel Zeit mit der gleichen Person verbracht habe, ohne dass sie mich irgendwann genervt hat. Bei Caleb ist das nie der Fall. Und ihm scheint es ähnlich zu gehen, sonst würde er sich nicht am Freitagabend schon wieder mit mir treffen wollen.

»Darf ich dich ins Kino ausführen?«, fragt er, nachdem ich ihm die Tür geöffnet habe. Lässig lehnt er am Türrahmen, wieder einmal komplett in Schwarz und in Lederjacke gekleidet, die Hände in den Hosentaschen. Er mustert mich mit diesem charmanten schrägen Grinsen, an dem ich mich bislang noch nicht habe satt sehen können.

»Sehr gern. Ich schnappe mir nur kurz meine Handtasche, dann können wir los.« Gerade will ich mich umdrehen und nach drinnen gehen, da spüre ich seine warme Hand an meinem Unterarm. In einer fließenden Bewegung zieht er mich zu sich, sodass unsere Oberkörper dicht aneinandergepresst sind.

»Was machst du bloß mit mir, dass ich deine Anwesenheit so sehr vermisse, wenn ich dich mal einen Tag lang nicht sehe?«, wispert er in mein Ohr und bereitet mir einen Schauer, als ich seinen Atem auf meiner Haut spüre.

Ich bin unfähig, zu antworten, denn eine Sekunde später spüre ich seine heißen Lippen auf der sensiblen Stelle unter meinem Ohr. Langsam und sinnlich benetzt er meine Haut mit Küssen, arbeitet sich bis zu meinem Schulterblatt herunter und sorgt dafür, dass meine Lider flattern. Meine Hände krallen sich an seiner Lederjacke fest und ich frage mich, wie er innerhalb von Sekunden dafür sorgen kann, dass ich wie Wachs zerfließe. Er löst sich von mir, streicht mit seinem Daumen über meine Wange und ich presse mein Gesicht in seine Handfläche.

»Ich habe dich auch vermisst«, flüstere ich, verliere mich in seinen unendlich blauen Augen, die wie ein weiter Ozean sind, unergründlich und so faszinierend.

Widerwillig löse ich mich von ihm, schnappe mir meine Handtasche und eile nach draußen. Hand in Hand laufen wir zu seinem Motorrad und fahren zu dem kleinen Stadtkino.

Spät abends kehren wir nach Hause zurück. Wir haben eine Komödie gesehen und ich habe lange nicht mehr so viel gelacht wie in den letzten Stunden. Ich bin mir sicher, wenn Ethan Caleb kennenlernen würde, würden sich die beiden richtig gut verstehen. Auf den ersten Blick mag Caleb vielleicht verschlossen und geheimnisvoll rüberkommen, aber wenn er sich einem gegenüber einmal öffnet, ist er verdammt humorvoll und zuvorkommend. Ich wünschte, Ethan würde das auch sehen.

»Hast du Lust, dass wir uns in der nächsten Zeit mal mit unseren Nachbarn, Ethan und Alexander, treffen?«, versuche ich, ganz nebenbei zu fragen, als wir von seinem Motorrad steigen und in mein Haus hinein gehen.

Archie kommt wie immer gleich auf mich zugestürmt und will gekrault werden, dann sprintet er zu Caleb und reibt sich an seinem Bein.

Caleb bückt sich, um Archies Kopf zu streicheln. »Ich weiß nicht, ob die beiden Lust darauf hätten«, antwortet er.

»Wieso nicht?«

Caleb steht auf, zieht seine Lederjacke aus und hängt sie über den Stuhl am Esstisch. »Nun ja, ich habe nicht sonderlich viel mit unseren Nachbarn zu tun und ich bekomme Ethans abschätzige Blicke öfter zu sehen, als du dir vielleicht vorstellen kannst.«

Ich verschränke die Arme vor der Brust. »Das bildest du dir doch bestimmt nur ein«, sage ich, auch wenn ich weiß, dass er vermutlich recht hat. Ethan macht schließlich keinen Hehl daraus, dass er nicht allzu viel von Caleb – bis auf sein Aussehen – hält, obwohl er ihn nicht einmal kennt. Und ich weiß, dass er die Nachbarn immer gern im Blick hat, um alles mitzubekommen.

»Hazel, das bilde ich mir nicht bloß ein. Ich bin mir sicher, Ethan redet auch nicht gut über mich, wenn du bei ihm bist. Habe ich recht?«

Ich schlucke. Mir tut es leid, dass Caleb anscheinend mitbekommt, dass die Nachbarn ihm gegenüber skeptisch sind. Andererseits tut er ja auch nichts dafür, sich ihnen gegenüber offener zu zeigen. »Na ja, also, eigentlich hat er noch nie etwas gesagt ...«, stammele ich und merke anhand Calebs Gesichtsausdruck, dass er erkennt, dass ich lüge.

Er presst seinen Kiefer aufeinander und fixiert mich. Es ist spürbar, dass die Stimmung jeden Moment droht, zu kippen. Hätte ich das Thema doch nicht angesprochen. »Es ist so offensichtlich, dass du mich gerade anlügst. Die Nachbarn halten nichts von mir und ich habe auch kein Interesse, irgendwas daran zu ändern. Ich bin nicht hier, um beste Freunde mit meinen Nachbarn zu werden. Ich will einfach meine Ruhe haben. In der Vergangenheit habe ich mich oft genug für meine Familie verstellt und den gleichen Fehler werde ich nicht noch einmal begehen.« Seine Lippen sind zu einer schmalen Linie zusammengepresst.

»Es tut mir leid, lass uns das Thema einfach vergessen, oder? Ich will mich nicht mit dir streiten, nachdem wir so einen schönen Abend hatten.« Ich trete auf ihn zu.

Caleb will gerade den Mund öffnen und etwas erwidern und es ist ihm deutlich anzumerken, dass er genervt ist, aber ich lege meine Hände auf seine Brust, stelle mich auf die Zehenspitzen und presse meine Lippen auf seine, um ihn vom Reden abzuhalten.

»Konzentrieren wir uns doch einfach auf uns beide, hm?«, versuche ich, das Thema beiseitezuschieben.

Caleb wirkt skeptisch. Zwar schlingt er die Arme

um meine Taille, doch seine Stirn ist nach wie vor gerunzelt.

Bevor er sich jedoch weiter aufregt, lasse ich eine Hand auf seiner Brust ruhen, die andere streift über seinen harten Bauch, immer tiefer, bis ich an seinem Hosenbund angekommen bin. »Heute will ich mich nur noch auf dich konzentrieren«, sage ich langsam und streichle dabei mit meiner Hand über seinen Hosenbund, greife nach seinem Gürtel.

»Was hast du vor?«, fragt Caleb mit heiserer Stimme, obwohl es offensichtlich ist, wonach mir der Sinn steht.

Anstatt ihm zu antworten, zeige ich es ihm. Mit schnellen Bewegungen öffne ich seinen Gürtel, knöpfe seine Hose auf und lasse meine Hand in seinen Schritt wandern. Sein Kopf sinkt nach hinten, sobald er meine Berührung spürt. »Fühlt sich das gut an?«, frage ich und schaue ihn von unten mit meinem verführerischsten Wimpernaufschlag an.

Caleb nickt. Dann nimmt er meine Hand, zieht sie aus seiner Hose und hebt mich mit einem Ruck hoch.

»Hey!«, rufe ich erschrocken. Er trägt mich durchs Haus, bis wir im Wohnzimmer angekommen sind und zur Couch laufen. Dort legt er mich ab und beugt sich über mich. Ich schlinge meine Arme um seinen Hals, um ihn wieder zu mir herunterzuziehen. Wir küssen uns, leidenschaftlich, lang, ohne Pause. Als ich spüre, dass er lächelt, muss ich es auch tun. Jemanden zu küssen, während er lächelt, ist eines der schönsten Gefühle überhaupt. Ich löse mich von ihm.

»Was ist denn?«, frage ich und beiße mir auf die Unterlippe.

»Ich bin einfach glücklich«, antwortet er und bringt mein Herz damit nur umso mehr zum Überschwellen.

Wir schauen uns eine Weile lang einfach nur an, vielleicht aus Sorge, den Moment mit zu vielen Worten zu zerstören. Bevor ich wieder anfange, zu viel zu grübeln, drücke ich ihn nach oben und setze mich auf seinen Schoß. Augenblicklich sind unsere Lippen wieder miteinander vereint, ich spüre seine Zunge, wie sie in meinen Mund vordringt, und stöhne auf, als seine Hände sich ihren Weg unter mein Oberteil und meinen BH bahnen und meine Brüste umfassen. Jede Stelle, die er berührt, erhitzt sich wie ein Feuer und lässt mich nach mehr gieren.

Ich ziehe mein T-Shirt über den Kopf, lasse es auf den Boden fallen, ebenso wie meinen BH. Calebs Augen werden größer, als ich anfange, mich auf ihm zu bewegen. Er lässt sich auf die Couch zurückfallen und verschränkt die Arme hinter dem Kopf. Langsam steige ich von ihm, ziehe seine immer noch offene Hose herunter, bis ich sie ihm von den Knöcheln streifen kann. Ich befeuchte meine Lippen, als er nur noch in Boxershorts vor mir sitzt und sein T-Shirt ebenso über den Kopf streift. Mein Blick fällt auf seinen trainierten Oberkörper und als unsere Blicke aufeinandertreffen, habe ich das Gefühl, wie elektrisiert zu sein. Er löst ein Feuer in meinem Inneren aus, das sich nicht mehr löschen lässt. Ich weiß es. Noch nie hat mich jemand so sehr berührt, wie er es tut … ohne mich überhaupt anfassen zu müssen.

Ich knie zwischen seinen Beinen vor ihm, meine Finger wandern seine Oberschenkel hinauf, bis ich am Bund der Boxershorts angekommen bin. Quälend langsam streife ich mit dem Finger am Stoff entlang und sehe, wie Calebs Atem immer schneller geht. Es gefällt mir, diese Art von Kontrolle über ihn zu haben. Diese Emotionen in ihm auslösen zu können. Ich fühle mich gut und … begehrt.

Caleb wird ungeduldig. Er hält meine Spielchen wohl nicht länger aus und will sich die Boxershorts selbst ausziehen, doch ich schnappe nach seinen Händen und schiebe sie weg.

»Das lässt du schön mich machen«, wispere ich mit rauer Stimme und merke, dass mich das Ganze hier selbst ganz schön anmacht. Mein Slip fühlt sich mittlerweile feucht an, dabei haben wir noch gar nicht richtig begonnen.

Caleb ist nicht in der Lage, zu antworten. Stattdessen nickt er bloß, sein Mund steht leicht offen und er lässt den Kopf nach hinten gegen die Lehne sinken, sobald ich ihn von seinem Stoff befreit habe. Meine Lippen umschließen ihn, verwöhnen ihn und als ich meine Hände dazu nehme, gibt er ein tiefes Knurren von sich. Seine Hände krallen sich in meinen Haaren fest, schieben mich noch näher an ihn heran. Das treibt mich nur noch weiter an, doch bevor ich ihn zum Höhepunkt bringen kann, reißt er meinen Kopf nach oben und sieht mich geradewegs an. »Ich will in dir sein, wenn ich komme.«

Ich nicke, da nimmt er mich schon an den Armen hoch, bettet mich rücklings auf die weiche Couch, zieht mir die Jeans aus und spreizt meine Beine. Er greift nach seiner Hose, die auf dem Boden liegt, und holt ein Kondom hervor.

Als er kurze Zeit später in mich eindringt, schließen sich meine Augenlider. Meine Hände umfassen seine strammen, starken Schultern. Es fühlt sich so gut an, ich verliere mich komplett in dem, was er tut. Rhythmisch dringt er in mich ein, immer schneller, tiefer, bis ich irgendwann kurz vor der Schwelle stehe und es nicht mehr lange braucht, bis ich sie übertrete. Ich versuche, meine Augen offen zu halten, und als ich sehe, wie seine Stirn mit Schweiß bedeckt ist, er auf seine Unterlippe beißt und mich hungrig ansieht, lasse ich los und rufe stöhnend seinen Namen. Er kommt kurz nach mir, sein Atem geht genauso unruhig und schnell wie meiner. Ich fühle mich wie benebelt, wie in einem Trancezustand, gleichzeitig habe ich mich noch nie besser und schwereloser gefühlt als in diesem Augenblick. Anstatt sich auf mir abzulegen, stützt Caleb sich auf seinen Händen ab und sieht mich an. Immer noch ist er in mir und ich fühle mich ihm so nahe wie noch nie zuvor.

»Du bist wunderschön«, haucht er dann, streift mit seinem Finger über meine Wange, die sich warm anfühlt. Generell habe ich das Gefühl, die Temperatur im Raum ist um zehn Grad angestiegen.

Ich weiß nicht, warum mich sein Kompliment so verlegen macht, aber ich beiße mir auf die Lippe und wende den Blick von ihm ab. »Danke«, flüstere ich und merke, dass ich mich ihm nicht nur so nahe wie sonst nie fühle, sondern dass ich auch so verwundbar bin, wie ich es schon lange nicht mehr war. Ich habe kein Problem damit, mich Caleb offen und so wie ich wirklich bin zu zeigen. Nicht bloß meinen nackten Körper, sondern auch mein Inneres. Ohne Hülle, ohne Verkleidung, einfach ich, Hazel.

Langsam löst er sich aus mir und ein Gefühl der Leere entsteht, als er sich neben mich auf die Couch setzt.

Ich greife nach der Decke, die auf den Boden gefallen ist, und wickle meinen Körper darin ein. Ich liebe es, mit ihm zu schlafen, seine nackte Haut auf meiner zu spüren, die Wärme, die von ihm ausgeht. Doch danach fühle ich mich so verletzlich und nackt, dass ich mich lieber bedecke.

Caleb scheint mitzubekommen, dass meine Emotionen schwanken. Seine Hand legt sich auf mein Knie, das von der Decke bedeckt ist. »Ist alles in Ordnung?«, fragt er und geht sich mit der freien Hand durch die dunklen Haare, die zerzaust abstehen. Ich liebe es, meine Finger darin zu vergraben.

»Ja.« Ich nicke, versuche, ein überzeugendes Lächeln aufzusetzen. Denn es ist alles in Ordnung. Das ist es wirklich. Und genau das ist es, was mir auf einmal Sorgen bereitet. Auch wenn ich mich absolut nicht so fühlen möchte. Ich dachte, ich hätte mit meiner Vergangenheit abgeschlossen, aber sie hängt mir immer noch im Nacken.

»Ich sehe doch, dass dich etwas bedrückt. Habe ich etwas falsch gemacht?«, will er wissen und streichelt mit der Hand mein Knie. Seine Augen blicken mich sorgenvoll an, zwischen den Augenbrauen bildet sich eine steile Falte.

Wie kann er das Ganze hier noch perfekter machen, als es ohnehin schon ist? Wie kann dieser Mann so eine harte Schale haben, aber innen drin steckt dieser wundervolle, fürsorgliche, weiche Kern? Wenn die Nachbarn ihn richtig kennenlernen würden, würden sie schnell feststellen, was für ein toller Mann er eigentlich ist. Und wie er nichts mit diesem mysteriösen, unnahbaren Phantom gemeinsam hat, das sie ihm aufgezwungen haben.

»Ich weiß nicht, irgendwie ... ist alles momentan *so* gut. Und genau das ist es, was mir ... Angst macht.« Ich werfe ihm meine Emotionen zu Füßen, offenbare ihm mein Herz und vergrabe die Fingernägel in den Handinnenflächen, weil mich das so unfassbar nervös macht.

»Willst du mir erklären, was dir daran Angst macht?« Seine Stimme hat einen weichen Klang angenommen. Es ist einfach, mit ihm über tiefgründige Dinge zu sprechen, wenn er sich so zeigt wie jetzt gerade.

Die Worte fließen nur so aus mir heraus, ohne dass ich großartig nachdenken muss. »In meiner letzten Beziehung habe ich schlechte Erfahrungen gemacht, wie du weißt«, erkläre ich ihm. »Mein Ex hat mich belogen und hintergangen, obwohl ich alles für ihn getan habe. Alles für ihn getan hätte.«

Caleb ballt seine Hände zu Fäusten und ich merke ihm an, wie sehr er meinen Ex-Freund dafür verachtet.

»Und jetzt mit dir ... ist es so schön. Wir verbringen so viel Zeit miteinander, komplett zwanglos, genießen einfach unsere Zweisamkeit und alles ist so ... perfekt. Aber manchmal taucht diese kleine Stimme in meinem Hinterkopf auf und sagt mir, dass nicht immer alles gut sein kann. Irgendwann werde ich wieder verarscht und ich muss auf der Hut sein. Ich dachte, ich hätte mit der Vergangenheit abgeschlossen, aber ich spüre trotzdem ab und an diese Angst in mir, dass ich noch einmal so verletzt werde wie damals.« Unbemerkt haben sich meine Augen mit Tränen gefüllt. Langsam kullert eine meine Wange hinunter und ich wische sie schnell weg. Na super, jetzt sitze ich hier wie ein emotionales Wrack, nachdem wir heißen Sex hatten. Super Timing von mir. Aber im Augenblick kann ich meine Gefühle einfach nicht verdrängen.

Calebs Hand schnellt nach vorn und wischt die Feuchtigkeit von meiner Wange. Eine Weile ruhen seine Finger noch auf meiner Haut und ich spüre diese Wärme, die von ihnen ausgeht. Ich schließe kurz meine Lider, blicke dann direkt in seine endlos blauen Augen und verspüre den Drang, mich in ihnen zu verlieren.

»Hey«, sagt Caleb. »Ich weiß, wie es ist, wenn einen die Vergangenheit immer wieder einholt. Wenn es Tage gibt, an denen man glaubt, dass man mit seinen Dämonen abgeschlossen und sie endlich hinter sich gelassen hat. Es ist ein lähmendes Gefühl, wenn das Leben endlich wieder an Fahrt aufnimmt, doch einen die eigenen Stimmen im Kopf davon abhalten, jede Sekunde vollends auszukosten und einfach *glücklich* zu sein.« Er stoppt, atmet tief durch und in dem Moment verstehe ich, dass wir zwei uns viel ähnlicher sind, als wir vielleicht glauben.

Ich frage mich, an was er denkt, wenn er von seinen Dämonen spricht. Nach wie vor glaube ich nicht, dass er mir alles erzählt hat. Aber ich will ihn nicht drängen, seine Wunden aufzureißen, nur damit ich weiß, was in seinem Inneren vor sich geht. Wenn es an der Zeit ist, wird er sich mir offenbaren, so wie ich es gerade bei ihm tue.

»Aber du sollst wissen, dass ich niemals vorhabe, dich zu verletzen. Ich genieße die Zeit mit dir, denn wenn ich ehrlich bin, habe ich mich schon lange nicht mehr so ... frei gefühlt.« Er lächelt mich an und ich glaube, die Welt bleibt kurz stehen. Das sind die schönsten Worte, die ich in den letzten Jahren gehört habe. Und was sie noch schöner klingen lässt, ist der Fakt, dass es mir genauso wie ihm geht.

»Genau das Gleiche empfinde ich auch«, offenbare ich ihm, lasse sein Lächeln so nur noch größer werden. »Sorry, ich wollte die Stimmung mit meinen Gefühlsschwankungen nicht so negativ werden lassen.« Nervös kichere ich, doch Caleb winkt ab.

»Hazel, ich bin froh, dass du so ehrlich zu mir sein kannst. Und dass du mir sagst, was dir auf dem Herzen liegt. Ich sehe vielleicht von außen wie ein Bad Boy aus, aber ich habe nicht vor, dich bloß flachzulegen und keine tiefgründigen Gespräche mit dir zu führen.«

Irgendetwas an seiner Wortwahl bringt mich zum Lachen und Caleb stimmt mit ein. »Na ja, mir gefällt der Teil mit dem Flachlegen schon ziemlich gut«, meine ich grinsend und beuge mich zu ihm nach vorn, um ihm einen Kuss auf die Lippen zu geben.

Augenblicklich zieht er meinen Oberkörper an sich, sodass ich wieder auf seinem Schoß lande. Wir sind immer noch nackt, die Decke ist von meinem Körper heruntergerutscht. So dicht, Haut an Haut, spüre ich direkt, wie die Hitze in mir ansteigt. Wie kann es sein, dass die Stimmung zwischen uns beiden von heiß, zu melancholisch und wieder zu feurig überschlagen kann? Ich weiß es nicht. Vielleicht liegt es daran, dass wir so tiefgründig miteinander reden können, aber darüber will ich in diesem Moment nicht nachdenken. Ich will mich nur auf seine Berührungen konzentrieren, wie er über meinen Rücken streicht, meinen Po berührt und wie seine Lippen von meinem Mund zu meinem Hals herunter wandern.

»Ich kann einfach nicht genug von dir bekommen«, erklingt seine tiefe Stimme und sorgt für eine Gänsehaut auf meinen Armen.

Ich lege meine Hände auf seine Schultern, presse meine Lippen erneut auf seine und dringe mit meiner Zunge in seinen Mund ein. Der Kuss wird immer stürmischer, drängender, und ich verliere mich komplett in dem Augenblick.

Ich spüre, wie Caleb meine Hüften anhebt und dann erneut tief in mich eindringt. Ich schnappe nach Luft. Er presst seine Lippen auf meine und erstickt das Stöhnen, das ich von mir gebe, als er seine Hüften immer schneller bewegt. Es fühlt sich so gut an und ich zwinge mich, meine Augen offen zu halten. Die ganze Zeit über halten wir Blickkontakt, was das Ganze noch intimer macht. Seine Finger graben sich in meine Hüften, drücken mich enger an ihn heran, meine Hände klammern sich an seinen Schultern fest, um Halt zu finden. Dieses Mal geht alles schneller, ich stöhne lauter, verliere mich in seinen blauen Augen und der Art und Weise, wie er meinen Namen stöhnt. Es dauert nicht lange, bis wir fast gleichzeitig kommen, so schnell und intensiv, dass ich kleine Sternchen vor meinen Augen sehe. Erschöpft lasse ich meinen Kopf auf seine Brust sinken, versuche, meine Atmung zu beruhigen und wieder zur Ruhe zu finden.

Ich spüre, wie Caleb sanfte Küsse auf meiner Schulter verteilt und sich meine Augenlider immer schwerer anfühlen. Müdigkeit überkommt mich und ein Gefühl, das sich nicht so ganz beschreiben lässt. Es ist wie eine Mischung aus Nähe, Kribbeln und Ankommen. Und ich möchte nicht, dass es jemals wieder aufhört.

Wir verharren eine ganze Weile in dieser Position, als hätten wir Angst, den Moment zu zerstören, wenn sich einer von uns regt. Ich höre bloß seine Atmung, die allmählich ruhiger wird, drücke meinen Kopf fester an seine Brust und lausche seinem Herzschlag. Als ich mich irgendwann vorsichtig von ihm löse, sehe ich, dass seine Augen geschlossen sind. Vorsichtig decke ich ihn zu und schleiche ins Badezimmer, um mich frisch zu machen. Als ich in den Spiegel blicke, erkenne ich mich selbst fast nicht wieder. Meine Wangen sind rosig, meine Augen glänzen. Und ich fühle mich glücklich. So verdammt glücklich.

KAPITEL 19

Caleb

Ich verbringe das gesamte Restwochenende bei Hazel. Tatsächlich gehe ich nur zu mir, um Wechselklamotten und ein bisschen Kram zu holen, damit ich nicht noch einmal zurückmuss. Diese Frau hat es mir angetan und ich kann dieses Gefühl, das sie in mir auslöst, nicht beschreiben. Wir verbringen unsere gemeinsame Zeit mit viel Sex, Reden und misslungenem Essen, sodass wir uns meist etwas Leckeres bestellen. Es ist eine unbeschwerte Zeit, die mir zeigt, wie einfach und zwanglos das Leben sein kann. Es ist Jahre her, dass ich mich zuletzt einer Person *so* anvertraut habe, wie ich es bei Hazel tue. Doch selbst sie weiß nicht alles aus meinem Leben und meine Dämonen sollen mich noch schneller einholen, als mir lieb ist.

Mit dem breitesten Grinsen auf den Lippen schlendere ich Sonntagabend zurück zu meinem Haus. Wir müssen beide morgen wieder arbeiten und ich denke, dass es besser ist, wenn wir uns auch ein wenig

Freiraum lassen. Da wir Nachbarn sind, sehen wir uns ohnehin andauernd, und ich will nicht, dass sie denkt, dass wir uns zu sehr auf die Pelle rücken. Auch wenn ich das stark bezweifle.

Ich erkenne mich selbst kaum wieder, als ich munter pfeifend meinen Schlüssel aus der Hosentasche krame und die Haustür öffne. Ich lasse meinen Rucksack auf den Boden fallen, schleudere meine Sneaker in eine Ecke und gehe schnurstracks in die Küche, um mir ein Bier zu holen. Als ich das Licht anschalte, stoße ich einen kurzen erschrockenen Schrei aus und reiße die Augen auf.

»What the fuck?«, brülle ich meinen Bruder an, der an die Küchenzeile angelehnt steht und mich angrinst. Was zur Hölle …?

»Hey, Bruderherz«, zwitschert er fröhlich, als wäre es das Normalste der Welt, dass er in meiner Küche steht, obwohl er nicht einmal einen Schlüssel für meine Haustür hat.

Ich trete auf ihn zu, mein Puls beschleunigt sich. »Kannst du mir erklären, was du hier machst?«

Die Wut in meinem Körper wächst, mein Blut rauscht. Was bildet er sich ein?

Doch Liam ist die Ruhe selbst und greift nach der Bierdose neben ihm. Na super. Er ist nicht bloß hier eingebrochen, sondern hat sich auch noch an meinen Vorräten bedient.

»Ich wollte einfach Zeit mit meinem liebsten Familienmitglied verbringen.«

Seine Arroganz treibt mich in den Wahnsinn und ich verspüre den Drang, ihm den Hals umzudrehen.

Ich bin nicht blöd. Ich weiß ganz genau, dass er bloß hier ist, weil er Mist gebaut hat.

Ich lege die Stirn in Falten. »Raus mit der Sprache«, fordere ich ihn auf, endlich den wahren Grund für sein Auftauchen zu nennen.

»Na gut.« Liam stößt sich von der Küchenzeile ab und steckt die Hände in die Hosentaschen. »Mein Kumpel hat mich bei sich zu Hause rausgeschmissen.«

Ich verdrehe die Augen. Es ist nicht das erste Mal, dass so etwas vorgekommen ist. »Was hast du diesmal angestellt?«

Jetzt ist Liam derjenige, der die Stirn in Falten zieht. »Wieso denkst du gleich, dass ich Mist gebaut habe?«

Die Frage hättest du dir sparen können.

Ich presse meinen Kiefer aufeinander und zwinge mich, ruhig zu bleiben. »Entweder sagst du jetzt sofort, was Sache ist, oder ich schmeiße dich hier hochkant raus.«

Beschwichtigend hebt mein Bruder seine Hände. »Ja, ja, ich verstehe schon. Na schön ... ich war wohl etwas betrunken und habe ein wenig in seiner Wohnung randaliert. Ein paar Dinge sind dabei anscheinend zu Bruch gegangen. Keinen Plan. Er hat mich dann auf jeden Fall vor die Tür gesetzt. Und jetzt habe ich keine Unterkunft.«

Aha. Daher weht der Wind. Das hätte ich mir auch gleich denken können.

»Und jetzt willst du bei mir unterkommen?«, frage ich skeptisch. »Hast du keine anderen Freunde, die sich über deine Gesellschaft freuen würden?« Es tut mir fast ein wenig leid, wie grob ich mit ihm rede, aber irgendwann reißt auch bei mir der Geduldsfaden.

»Nein … die meisten habe ich schon um zu viele Gefallen gebeten und es gibt keinen, der mich jetzt spontan bei sich aufnehmen würde. Kann ich nicht ein paar Nächte bei dir bleiben, bis ich was anderes geklärt habe? Bitte.«

Ich seufze, schließe die Augen und reibe über meine Schläfen. Er weiß ganz genau, dass ich ihn nicht vor die Tür setzen würde. Es ist Abend, es wird dunkel und ich bin sein großer Bruder. Letzten Endes bin ich immer derjenige, der ihn irgendwie retten muss. Und das weiß er. Leider zu gut. »Ja. Verdammt noch mal. Okay. Aber nur ein paar Tage. Und du musst mir versprechen, dass du dir etwas Anständiges suchst. Hast du dich um deine Jobbewerbungen gekümmert?«

»Danke, du bist der Beste«, jubelt Liam, doch leider kann ich mich nicht mit ihm mitfreuen. »Und darum kümmere ich mich noch.«

Mir ist klar, dass er noch keinen Handschlag dafür getan hat. Er hält sich bloß mit Gelegenheitsjobs über Wasser, aber ich hoffe, dass er sich für die Zukunft endlich einen anständigen Job sucht, der ihm ein bisschen mehr Sicherheit schenkt.

»Kannst du mir jetzt mal verraten, wie du hier reingekommen bist?« Ich öffne den Kühlschrank und schnappe mir ebenfalls ein Bier. Ohne Alkohol ist das hier nicht zu ertragen, sonst drehe ich noch durch.

»Na, du hast vergessen, dein Wohnzimmerfenster richtig zu schließen.«

Ich presse die Lippen zusammen. »Mann, Liam!

Was ist, wenn einer der Nachbarn gesehen hätte, wie du in mein Haus einsteigst?«

Liam zuckt mit den Schultern, für ihn ist das Leben wie ein verdammtes Videospiel. »Mich hat schon keiner gesehen.« Ich bete, dass er damit recht behält, denn ich kann gut auf das Getuschel der Nachbarn verzichten, wenn sie meinen Bruder sehen. Hoffentlich baut er keinen Mist in der Zeit, in der er hier ist. Am besten schließe ich ihn einfach ein, damit er nicht auf dumme Gedanken kommt.

Er greift nach seiner Bierdose und hält sie mir entgegen, um anzustoßen. Ich frage mich, auf was.

»Komm schon«, meint er.

Zögerlich nehme ich mein Bier, öffne es und stoße dann mit ihm an.

Verdammte Scheiße.

Als das kühle Bier meine Kehle hinunter rinnt, schießt ein Gedanke durch meinen Kopf, den ich vorher nicht bedacht habe, als ich dem Ganzen hier zugestimmt habe.

Hazel.

Fuck.

Bei meinem Bruder ist Chaos vorprogrammiert und ich will nicht, dass er Hazel kennenlernt. Es hat seinen Grund, warum ich ihr nicht mehr aus meiner Vergangenheit erzähle.

»Ich mache es mir mal im Wohnzimmer bequem.« Liam nickt mir zu, schlendert gemütlich ins Wohnzimmer und lässt sich dann auf die Couch plumpsen. Ganz selbstverständlich greift er nach meinem Laptop, der auf dem Couchtisch liegt und klappt ihn auf.

Ich bleibe zurück, starre ihm bloß hinterher und spüre, dass alles wieder hochkommt. Die Dämonen von damals haben mich noch immer nicht losgelassen. Und sie werden es auch nicht, solange ich mich verantwortlich für meinen Bruder fühle.

»Fuck«, murmle ich leise. Die letzte Zeit mit Hazel war so ... perfekt. Ich will nicht, dass das zwischen uns, was auch immer es ist, kaputt geht. Wenn mir wirklich etwas an ihr liegt, muss sie sich von meinem Bruder fernhalten. Ich will nicht, dass sich meine Vergangenheit wiederholt, dass ich wieder einen Menschen verliere, der mir alles bedeutet. Deshalb muss ich mich von ihr fernhalten. So lange, bis das mit meinem Bruder geklärt ist. Ich kann nicht beide in meinem Leben haben. Denn die Angst davor, dass es wie früher endet, ist viel zu groß. Meine Finger verkrampfen sich um die Bierdose, drücken sie ein wenig zusammen.

Beide können nicht in meinem Leben sein.

Ich will nicht, dass sich meine Vergangenheit wiederholt.

Denn vielleicht passiert es wieder.

Und dann ist einer tot.

KAPITEL 20

Hazel

Zwei Tage vergehen, in denen ich nichts von Caleb höre. Nicht einmal wenn ich aus meinen Fenstern blicke, sehe ich ihn. Sein Motorrad steht, soweit ich es mitbekomme, die ganze Zeit in seiner Einfahrt. Es ist fast so, als würden wir uns nicht kennen.

Ja, klar. Ich könnte mich auch bei ihm melden. Einfach zu ihm rübergehen und fragen, was er macht. Aber als ich ihm Sonntagabend noch mal per Nachricht mitgeteilt habe, wie schön ich das Wochenende fand, hat er nicht darauf reagiert. Seitdem sprudeln meine Gedanken nur so über und ich frage mich, ob ich etwas falsch gemacht habe. War ich zu aufdringlich? Zu nervig? Zu ... sonst was? Aber ich versuche, mir aufzusagen, dass man nie zu viel *man selbst* sein kann. Wenn es jemanden stört, ist das nicht meine Schuld.

Das ändert aber nichts daran, dass ich mich kaum auf meine Arbeit konzentrieren kann. Es steht viel an, ich habe einen großen Haufen abzuarbeiten und jede Menge Kundenanrufe zu erledigen. Caleb wird sich schon noch bei mir melden. Vielleicht hat er ja auch nur viel zu tun wegen seines Buchprojekts? Das stelle ich mir ziemlich stressig vor.

Am Dienstagabend lade ich Ethan zu mir nach Hause ein. Er springt gleich darauf an, denn Alexander ist wie so oft am Arbeiten. Keine fünf Minuten später taucht Ethan mit Daisy an seiner Seite vor meiner Haustür auf.

»O Gott, denkst du, Archie und Daisy werden sich verstehen?«, frage ich zögerlich und schaue zu der süßen Golden Retriever Dame herunter, die schwanzwedelnd zu mir hochblickt.

»Na klar, Daisy ist doch ein Schatz. Und Archie wird sie schon einen Abend lang aushalten.«

Schmunzelnd lasse ich die beiden rein und Ethan zieht mich in eine feste Umarmung. Daisy rennt gleich durchs Haus und als Archie die Treppe herunter eilt und erkennt, dass er das Haus nun mit einem anderen tierischen Bewohner teilen muss, stürmt er sogleich wieder nach oben. Daisy scheint etwas verwirrt zu sein, schaut ihm hinterher, rennt dann aber ins Wohnzimmer und macht es sich auf dem Teppich bequem.

»Sollen wir einen Film schauen?«, frage ich Ethan, der mir zunickt.

Mit einer Schüssel Popcorn bewaffnet setze ich mich neben ihn auf die Couch, wo er bereits durch meinen Netflix-Account stöbert. Gerade mache ich es mir neben ihm bequem, da lässt er die Fernbedienung sinken, dreht sich zu mir um und schaut mich mit hochgezogenen Augenbrauen an.

»Jetzt mal Klartext: Wieso verbringst du den Abend mit mir und nicht mit unserem heißen Nachbarn im Bett?«

Ich spucke fast das Popcorn aus, was ich gerade in den Mund genommen habe. »Bitte was?«, wiederhole ich geschockt.

»Nur weil du mich da nicht auf dem Laufenden gehalten hast, heißt es nicht, dass ich nicht mitbekommen habe, wie viel Zeit ihr miteinander verbracht habt. Mein Haus ist gleich gegenüber. Wenn ich morgens mit meiner Tasse Kaffee in der Küche stand, habe ich doch gesehen, wie entweder er zu sich gelaufen ist oder du zu dir.« Er zwinkert mir zu und grinst, doch mir ist nicht zum Lachen zumute. Ein kleines bisschen ist es mir sogar peinlich, dass wohl alle Nachbarn mitbekommen haben, wie wir die ganze Zeit zwischen unseren beiden Häusern hin und her gewandert sind.

»Na super.« Ich verdrehe die Augen. »Wie dem auch sei, du hast anscheinend alles mitbekommen, also muss ich mich ja gar nicht erklären. Außerdem will ich auch mal wieder Zeit mit dir verbringen und Caleb hat sich seit zwei Tagen nicht bei mir gemeldet …«

Ethan zieht die Stirn kraus und schiebt sich eine Handvoll Popcorn in den Mund. »Ist etwas vorgefallen?«, fragt er kauend.

Ich atme tief durch und schüttle den Kopf. »Nein, eigentlich nicht. Wir haben uns gut verstanden, hatten viel Spaß miteinander …«

»Und viel Sex«, fügt Ethan breit grinsend hinzu.

Ich verdrehe wieder die Augen, aber muss jetzt auch lachen. Ich greife in das Popcorn und werfe ihn mit ein paar Stücken ab.

»Hey, aufhören«, ruft er lachend. »Du musst gar nicht so rot werden, ich habe dich durchschaut.«

Ich lege die Handflächen an meine Wangen, die tatsächlich glühen. »Ich weiß nicht, ob ich einfach warten soll, bis er sich meldet, oder ...«

»Klingel doch einfach bei ihm und finde heraus, was es mit seiner Schweigsamkeit auf sich hat.«

Zögerlich nicke ich, denn er hat wohl oder übel recht. »Na schön. Aber jetzt lass uns erst mal einen Film schauen, deswegen bist du ja hier. Vergessen wir das Thema.«

Wir durchforsten Netflix nach einer guten romantischen Komödie. Als wir endlich einen Film gefunden haben, machen wir es uns auf der Couch bequem, futtern Popcorn und das Einzige, was noch zählt, ist unser Lachen und der Moment. Alle Gedanken an Caleb rücken in den Hintergrund und für den Augenblick fühle ich mich richtig gut. Sorgenfrei und gelassen.

»Was ist da draußen los?« Ethan kehrt aus der Küche zurück, aus der er uns frisches Popcorn geholt hat. Er stellt die Schüssel auf der Couch ab und sieht mich fragend an.

Ich pausiere den Film, dessen Lautstärke so hoch eingestellt war, dass man von der Außenwelt fast nichts mehr mitbekommen hat. Zwar habe ich ein dumpfes Hämmern gehört, mir aber nicht weiter Gedanken darüber gemacht, schließlich kann es sein, dass einer der Nachbarn einfach ein bisschen lauter Musik hört. Und mich stört es nicht.

»Was meinst du? Die Musik?« Das Hämmern wird nun lauter, sobald das Haus in Stille liegt. Es ist nun deutlich zu hören, dass irgendwo in der Nachbarschaft eine Party stattfindet. Unverkennbare Popmusik und Gelächter dringt bis hierhin. Verwundert stehe ich auf.

»Komm mal zum Fenster, es scheint, als finde bei Caleb eine Party statt.« Ethan winkt mich zu sich und natürlich fängt mein Herz augenblicklich an, schneller zu klopfen. Bumbum. Bumbum. Wieso würde er unter der Woche, an einem Dienstagabend, eine Party veranstalten?

Ich glaube Ethan nicht so ganz, aber als wir beide am Fenster stehen, die Gardine zur Seite schieben und nach draußen blicken, ist unschwer zu erkennen, dass sich Calebs Häuschen in eine Partybucht verwandelt hat. Autos reihen sich vor seiner Einfahrt und am Bürgersteig, Fahrräder liegen quer verteilt auf der Wiese. Innen sind alle Vorhänge zur Seite geschoben und buntes Licht dringt durch die Fenster. Die Straßenlaternen spenden dämmriges Licht und zeigen, dass ein kleines Grüppchen vor seinem Haus steht und sich lachend unterhält.

»Was zur …?«, murmle ich, sehe tanzende Menschen, sobald ich nach drinnen schaue, und schlucke.

»Wieso veranstaltet er an einem gewöhnlichen Dienstag eine Party?«, fragt Ethan mich und ich zucke mit den Schultern.

Ich erkenne zwar sein Motorrad nicht in der Einfahrt, aber vielleicht hat er es auch in der Garage geparkt. Und viel wichtiger: Wieso hat er Zeit, zu feiern, aber nicht, um auf meine Nachricht zu antworten oder bei mir zu klingeln? Ich habe mir in meinem Kopf unzählige Gründe zurechtgelegt, warum er sich nicht meldet. Dass er vielleicht einfach Zeitdruck aufgrund seines Buches hat. Aber das scheint wohl alles eine Lüge zu sein, wenn man jetzt auf sein leuchtendes Haus blickt.

»Schau mal, die Frauen auf der Veranda!«, ruft Ethan dann. »Die sind ja ziemlich spärlich bekleidet.«

Erst jetzt wird mir bewusst, dass in meinem Haus immer noch das Licht brennt und man von außen gleich erkennen würde, wie Ethan und ich unsere Nasen an die Scheibe pressen. Schnell sprinte ich zum Lichtschalter, um das Licht auszuschalten. Als ich zurückkehre, deutet Ethan auf die Frauen, als ob sie mir nicht gleich aufgefallen wären. Knappe Röcke, die kaum den Arsch bedecken, und Crop-Tops zieren ihre schmalen Körper. Ein ekliges Gefühl macht sich in meiner Brust breit.

»Hey, ist alles in Ordnung?« Ethan schaut besorgt zu mir herüber und legt den Arm auf meiner Schulter ab.

Ich zucke zusammen. »Ja, klar, Caleb kann schließlich tun und lassen, was er will.«

Ja, wer's glaubt. Natürlich lässt mich das Ganze nicht kalt. Aber ich habe kein Recht, mich wie eine eifersüchtige Freundin aufzuführen, weil wir nicht einmal ein Paar sind. Das ändert aber nichts daran, dass sich dieses schlimme Gefühl in meinem Körper ausbreitet.

»Du brauchst das nicht mit dir selbst auszumachen.« Ethan legt seinen Finger sacht unter mein Kinn, zieht es behutsam nach oben, damit ich ihn ansehe. »Wenn Caleb wirklich keinen triftigen Grund hatte, sich nicht bei dir zu melden, und jetzt eine Party mit unzähligen Weibern schmeißt, dann hat er dich auf gar keinen Fall verdient. Du bist eine hübsche, intelligente und humorvolle junge Frau. Die Welt liegt dir zu Füßen. Und so ein Vollpfosten wie Caleb hat darin nichts zu suchen, wenn er dich nicht wie die tollste Frau der Welt behandelt.«

Ethans kleine Rede treibt mir Tränen in die Augen. Unfähig, darauf zu antworten, werfe ich mich in seine Arme. Langsam streicht er mit seiner Hand über meinen Rücken, bis ich mich wieder beruhige. Dann löst er sich vorsichtig von mir, wischt meine Wangen trocken und schaut mich mit seinem frechsten Grinsen an.

»Wenn du willst, können wir dem Typen den Abend schön versauen und ihm die Polizei wegen Nichteinhaltens der Nachtruhe auf den Hals hetzen.«

Letzten Endes haben wir die Polizei nicht gerufen, obwohl Ethan mir die ganze Zeit damit in den Ohren lag. Auf den Film konnte ich mich auch nicht konzentrieren, also haben wir uns auf die Couch gelegt und Ethan hat versucht, mich mit lustigen Geschichten aus seiner Vergangenheit von der Partymusik abzulenken.

Irgendwann wurde sie leiser, bis sie komplett verklang. Vielleicht hat ein anderer Nachbar die Polizei angerufen, vielleicht hat Caleb die Party selbst beendet. Es ist mir egal. Und natürlich ist das eine Lüge.

Am nächsten Tag versuche ich, mich nur auf mich und meine Arbeit zu konzentrieren, und das klappt erstaunlich gut. Ethan schickt mir immer wieder Witze per Nachricht, um mich aufzuheitern, und es zeigt seine Wirkung. Wenn man einen Freund wie ihn hat, kann man nicht lange Trübsal blasen.

In meiner Mittagspause gehe ich nach draußen, um die Mülltüten in die Mülleimer zu tun. Wie es der Zufall will, tritt genau im gleichen Augenblick Caleb aus seinem Haus. Ich schaue kurz zu ihm und werde mit solch einer Wucht von seiner Anwesenheit umgehauen, dass mein Herz gleich dreifach so schnell in meiner Brust schlägt. Schnell wende ich den Blick ab, sprinte förmlich zum Mülleimer an der Straße und spüre, wie sich meine Wangen immer heißer anfühlen.

Aus dem Augenwinkel bekomme ich mit, wie er in meine Richtung läuft. Ich könnte jetzt einfach ins Haus rennen und die Tür hinter mir zuknallen, aber früher oder später werden wir uns noch einmal gegenüberstehen. Lieber bringe ich es jetzt hinter mich. Mit verschränkten Armen stelle ich mich hin, schaue ihn aus zusammengekniffenen Augen an, als er mir gegenüber zum Stehen kommt.

»Hey«, sagt er. Einfach nur Hey. Hey. So ein Hallo-wir-sind-zwei-ganz-normale-Nachbarn-und-es-ist-nichts-zwischen-uns-passiert-Hey.

Ich ziehe eine Augenbraue nach oben. »Hi. Was

gibt's?« Es ist nicht schwer, herauszuhören, dass meine Stimme … angepisst klingt. Ich kann mir meinen Tonfall aber auch nicht verkneifen. Meine Emotionen ebenso wenig.

»Wie geht es dir?«, will er allen Ernstes wissen und ich beiße mir auf die Zunge, um nicht laut aufzulachen. Wie er mir gleich schon wieder auf die Nerven geht! Und dabei noch so unverschämt gut aussieht mit seinen tiefgründigen, immer noch viel zu blauen Augen, dem verwegenen Blick und leicht geöffneten Lippen, die nur dazu auffordern, um den Verstand geküsst zu werden.

»Oh. Wie es mir geht? Na, blendend natürlich. Und wie geht es dir? Nicht ein bisschen k. o. nach deiner Party gestern Nacht?«

Ja, wie man merkt, kann ich mir nicht verkneifen, meine Worte einfach frei heraussprudeln zu lassen, aber hey, macht mir da jemand einen Vorwurf? Nein.

Caleb kratzt sich am Kopf, schaut auf den Boden, dann wieder hoch zu mir und ich frage mich, wieso er auf einmal so verdammt nervös rüberkommt.

Na, vermutlich weil er keine Ahnung hat, wie er mir sagen soll, dass er kein Interesse mehr an mir hat!

»Das war nicht meine Party …«, stammelt Caleb vor sich hin. »Und es tut mir leid, dass ich mich nicht bei dir gemeldet habe. Ich hatte einfach verdammt viel um die Ohren. Das musst du mir glauben, Hazel.« Seine Stimme klingt weich und flehend und könnte mich fast um den Finger wickeln, wenn ich ihm zusätzlich noch zu tief in die Augen schaue. Aber ich bin ja nicht blöd. Ich war jahrelang naiv und dumm, als mein

Ex-Freund mich betrogen hat, und für Spielchen bin ich mittlerweile zu alt geworden.

Ich schmunzle. »Ah, okay. Du bist super beschäftigt, schön und gut. Und dann schmeißt auf einmal ein Geist in deinem Haus eine Party, von der du keinen blassen Schimmer hast?«

Der will mich echt für dumm verkaufen.

Caleb lässt seinen Kopf in den Nacken sinken, atmet tief durch, schaut mich wieder an und schüttelt den Kopf. O man, er weiß wirklich nicht, wie er mir das gut verkaufen kann. »Es ist nicht so, wie du denkst.«

Ich löse meine Arme vor der Brust und wedele in der Luft umher. »Es ist nicht so, wie ich denke? Wie ist es denn dann? Erklär es mir doch bitte.«

Ich versuche, meine Stimme zu senken, denn sicherlich haben wir ohnehin schon heimliche Beobachter an ihren Fensterscheiben stehen. Ich könnte schwören, hinter einem Fenster in Ethans Haus hat sich gerade ein Vorhang bewegt.

Caleb seufzt. »Ich kann dir das nicht erklären. Es ist alles kompliziert und … ich will dich da nicht mit reinziehen.«

Ich lache, schüttle den Kopf und streiche durch meine Haare. »O man, du bist echt ein Arsch. Du kannst dich nicht einmal vernünftig erklären.«

Caleb will gerade etwas erwidern, da geht seine Haustür auf. Verwundert schaue ich in die Richtung und … fast fallen mir die Augen aus dem Kopf. Eine bildhübsche, junge Frau mit welligen, blonden Haaren tritt auf die Veranda heraus und schließt die Tür hinter sich.

Caleb folgt meinem Blick und erstarrt.

»Ciao, Caleb, ich hoffe, wir haben bald noch mal ein bisschen mehr Zeit miteinander«, verabschiedet sich die Frau und steigt in ein Taxi, das gerade vor das Haus fährt.

Ich kann einfach nur dastehen und den Kopf schütteln. Ich gehe einen Schritt nach dem anderen rückwärts.

Calebs Kopf schnellt in meine Richtung, er hebt seine Hände, sein Blick ist voller ... Reue? Ich weiß es nicht. Tausende Emotionen scheinen durch ihn durchzurasen. »Hazel, es ist wirklich nicht so, wie du denkst«, sagt er, versucht allen Ernstes, diese Situation geradezubiegen.

Calebs Haustür geht erneut auf, mein Blick wandert wieder dorthin, erwartet, dass die nächste hübsche Frau das Haus verlässt, doch es steht bloß ein junger Kerl an den Türrahmen gelehnt. Er trägt eine kurze, graue Jogginghose und ein schwarzes Shirt. Er nickt in unsere Richtung und streicht durch seine braunen Haare. »Hey, Caleb, was machst du da draußen? Du hast es der Schnitte von gerade echt angetan. Hast du wenigstens ihre Nummer?«

Ich komme mir vor wie in einem schlechten Film oder wie bei der Versteckten Kamera.

Calebs Blick schnellt in die Richtung des Typen, dann zurück zu mir. Innerhalb eines Moments wandelt sich sein Gesichtsausdruck, wird defensiv. »Hazel, es tut mir leid. Wirklich. Aber du musst dich von mir fernhalten. Und von ihm. Hast du verstanden?«

Ich blinzle, verstehe die Bedeutung seiner Worte nicht und doch haben sie sich nach einer Sekunde fest in mein Gehirn eingebrannt. »Ich verstehe nicht …«, nuschle ich verwirrt.

Der Typ im Hintergrund ruft wieder etwas, das ich nicht verstehe, und läuft von der Veranda aus auf uns zu.

Caleb schaut ein letztes Mal zu mir. »Geh rein, Hazel. Es tut mir leid.« Dann rennt er auf den Typen zu, redet auf ihn ein und schleift ihn hinter sich her zurück ins Haus.

Ich bleibe noch einen Moment stehen, spüre, wie meine Beine zittern und mein Herz ungesund schnell schlägt. Dieses komische Gefühl, das ich schon gestern Nacht gespürt habe, macht sich wieder breit, überfällt meinen gesamten Körper. Wie gelähmt laufe ich zurück zu meinem Haus, schließe die Tür hinter mir und lasse mich dann langsam mit dem Rücken daran heruntergleiten.

KAPITEL 21

Caleb

Sobald ich im Haus bin und die Tür hinter mir zugeknallt habe, packe ich Liam an den Schultern und ramme ihn gegen die Haustür. »Was habe ich dir gesagt?«, schreie ich ihn an. Er wehrt sich nicht, hebt bloß entschuldigend seine Hände. Und er grinst. Verdammt, er grinst mich an.

»Liam, was habe ich dir gesagt?«, brülle ich noch einmal. Meine Emotionen kochen über, ich bin stinksauer und weiß nicht mehr, wohin mit mir.

»Bleib mal locker, Cal. Ich habe doch nichts getan.«

»Du solltest drinnen bleiben, solange du bei mir wohnst«, knurre ich.

»Was läuft zwischen der Kleinen und dir?«, will er wissen.

Mein Blut kocht und ich presse ihn fester gegen die Tür. »Das geht dich einen Scheißdreck an, Liam.« Ich lasse ihn los, trete nach hinten und lege das Gesicht in meine Hände. Gerade wird mir einfach alles zu viel.

Liam in meinem Haus. Hazel nebenan. Wirre Gedanken. Schmerz. Herzzerreißende Erinnerungen. Alles fährt Achterbahn. Gefühle. Gefühle. Gefühle. Zu viele davon.

»Hey, willst du mir verraten, was mit dir los ist?« Liams Stimme klingt ruhiger, doch ich bin weit entfernt davon, heute noch einmal zu entspannen.

Ruckartig reiße ich meinen Kopf zu ihm herum. Alles in mir drinnen brodelt, meine Augen brennen und füllen sich mit Tränen. Es ist, als ob jetzt alles aus mir herausbricht.

Ich lache, doch es klingt erstickt. Ich habe einfach keine Kraft mehr für all das hier. »Ist das dein Ernst?«, frage ich meinen Bruder, der mich daraufhin verwirrt ansieht. »Was mit mir los ist, willst du wissen? Sicher? Ich kann dir gern erklären, *was mit mir los ist.*« Ich balle die Hände zu Fäusten, zittere vor Wut und Angst und Gefühlsausbrüchen. »Weil du dein scheiß Leben nicht auf die Kette kriegst, weil du einfach und ohne Konsequenzen leben willst, ohne dabei Acht auf andere zu nehmen, hast du mir mein ganzes Leben zerstört.« Selbst meine Stimme fängt an, zu zittern, aber das liegt ausschließlich daran, dass ich immer wütender werde und ihm nun endlich die Wahrheit an den Kopf knalle, die ich so lange für mich behalten habe. Weil er mein kleiner Bruder ist.

Liam steht regungslos vor mir, sieht mich an und versucht wohl, zu verarbeiten, was ich ihm da gerade vorwerfe. »Aber ...«, setzt er an, doch ich unterbreche ihn und hebe meine Hand.

»Jetzt lass mich reden!«, schreie ich. »Unsere verdammten Erzeuger – als Eltern würde ich sie in keinem Leben mehr bezeichnen – haben uns im Stich gelassen. Weißt du eigentlich, wie verantwortlich ich mich für dich fühle, seit du geboren bist? Ich bin dein älterer Bruder. Wenn unsere Erzeuger schon nicht darauf achten, wie es dir geht, dann muss ich es wenigstens tun. Wir sind eine scheiß Familie. Aber wie dankst du es mir, dass ich immer wieder versucht habe, dich vor ihren wütenden Blicken zu schützen? Ich habe dich jedes Mal gedeckt, wenn du Mist gebaut hast, und was hast du im Gegenzug getan? Du trägst die Mitschuld daran, dass Leah tot ist, ist dir das eigentlich klar? Deine Sucht nach Alkohol und Drogen und Partys und Frauen haben sie umgebracht!« Ich brülle, atme viel zu schnell, mein Brustkorb hebt und senkt sich unkontrolliert und ich fasse mir durch die wirren Haare.

Liam sieht mich perplex an, eine Emotion flackert in seinen braun-grünen Augen auf. Fast meine ich, zu erkennen, dass sie Reue widerspiegeln. Doch seine Miene wandelt sich schnell. Er presst seine Lippen aufeinander. Und dann schreit er zurück: »Denkst du, ich habe mir diese Art von Leben ausgesucht? Ich wollte genauso wenig wie du solche verfickten Eltern haben, denen nur ihr Schein und Geld wichtig ist! Ich war jung, scheiße, viel zu jung. Wenn man einmal in dieses Loch fällt, dann kommt man da nicht mehr raus. Aber was soll dieser Vorwurf jetzt? Was soll ich mit Leahs Tod zu tun haben? Du tickst nicht mehr richtig!«

Ich presse die Zähne aufeinander, sodass sie knirschen. »Du verdammter Idiot, natürlich sind all deine

Erinnerungen an diesen Abend verblasst, weil du dir wieder mal dein Hirn weggesoffen hast. Leah und ich waren für eine Date-Night verabredet und kurz bevor ich sie abholen wollte, hast du mich angerufen – wie so oft sturzbesoffen, obwohl der Abend gerade erst begonnen hatte. Leah war stinksauer, dass ich sie schon wieder versetzen wollte, weil ich mich um dich kümmern musste. Ich kann dich doch nicht einfach im Stich lassen, dachte ich damals, du bist mein kleiner Bruder und unsere Erzeuger würden durchdrehen, hätten sie dich in diesem Zustand vorgefunden. Also habe ich Leah abgesagt, wir haben uns gestritten und sie ist weinend mit ihrem Auto weggefahren. Eine Stunde später habe ich den Anruf bekommen, dass sie einen Autounfall hatte, kurz nachdem sie von mir losgefahren ist. Fuck, du saßest neben mir, hast dir die Seele aus dem Leib gekotzt, während mir am Telefon gesagt wurde, dass sie noch an der Unfallstelle gestorben ist.«

Meine Augen haben sich unbemerkt mit Tränen gefüllt, die mir jetzt die Wangen hinunterlaufen. Ich mache mir gar nicht erst die Mühe, sie wegzuwischen. Ein fetter Kloß sitzt in meinem Hals, macht mir das Reden schwer und ich spüre, wie sich eine schwere Last auf meine Schultern drängt. Die Dämonen von früher sind wieder aufgetaucht. Ich konnte sie nur verdrängen, doch jetzt spüre ich die ganze Schuld an Leahs Todes wieder auf mir. Hätte ich sie nicht gehen lassen, wäre sie am Leben geblieben.

»Ich habe dich nie gebeten, mir dein ganzes Leben zu widmen.« Liam tritt auf mich zu, seine Stimme ist fest, die Augen glänzen. Er presst seinen Kiefer aufeinander und bleibt direkt vor mir stehen. Dann drückt er mir seinen Zeigefinger gegen die Brust. »Du gibst mir die Schuld daran, dass dein Leben nicht so ist, wie du es gern hättest, du gibst mir sogar die Schuld am Tod eines Menschen. Hörst du dir überhaupt selbst zu? Weißt du was? Ich kann gut und gern auf dich verzichten. Fick dich, Caleb. Lösch meine Nummer und hör auf, mir dabei zuzusehen, wie ich mein Leben immer weiter zerstöre.« Er drückt ein letztes Mal mit seinem Finger gegen meinen Brustkorb, dann wendet er sich ab, schnappt sich seinen Rucksack und verlässt das Haus.

Und ich bleibe einfach nur stehen, unfähig, mich zu bewegen, etwas zu tun, ihm hinterherzulaufen und ihn zurückzuschleifen oder ihm eine Backpfeife zu verpassen. Ich kann nur auf dem Fleck stehen, während die Tränen meine Wangen hinunter rinnen und schmerzhafte Erinnerungen in meinem Kopf auftauchen.

Leah, wie ich sie zum letzten Mal sah, bevor sie in ihr Auto stieg und wutentbrannt davonfuhr. Liam, wie ich ihn mit roten Augen, lallender Stimme und Bierfahne weiß Gott wo einsammeln musste. Meine beschissenen Erzeuger, die es nicht weniger hätte interessieren können, wie es ihren eigenen Kindern geht. Und Hazel. Verdammt, ich muss an sie denken. Immerzu. Den ganzen Tag lang. Und es schmerzt. Es schmerzt, weil es echt ist. Verdammte Scheiße. Jetzt verstehe ich es. Klar und deutlich. Ich habe mich in sie verliebt. Komplett und unwiderruflich.

Aber jetzt habe ich sie beide weggestoßen, Hazel und meinen Bruder. Aus Angst, dass sich dieser Albtraum wiederholt.

Ich kann sie nicht beide in meinem Leben haben.

Nicht ohne andauernd daran zu denken, dass ich Hazel verlieren könnte. Wenn ich nicht aufpasse, passiert ihr etwas. Und das könnte ich nicht ein zweites Mal durchstehen.

Ich gehe in die Küche, hole mir ein kühles Bier aus dem Kühlschrank und lehne mich an die Kücheninsel. Ich will es öffnen, stelle es jedoch wieder ab.

Egal, wie sehr es wehtut, egal, wie sehr ich ihn für alles hasse, ich kann Liam nicht im Stich lassen. Denn wenn er so weitermacht, wird ihm etwas passieren. Und ich bin nicht dazu bereit, die einzige Familie zu verlieren, die ich jemals hatte.

Am Abend bin ich so von meinen Schuldgefühlen überflutet, dass mir fast die Luft zum Atmen fehlt. Ich kann mich auf nichts konzentrieren, starre wie hypnotisiert auf das leere Dokument auf meinem Laptop. Eigentlich müsste ich die letzten Kapitel meines neuen Thrillers schreiben, doch ich tippe Wörter ein, nur um sie danach wieder zu löschen. Meine Kreativität ist wie verflogen, ich fühle mich leer und gleichzeitig so voll.

Als ich auch eine Stunde später nichts getippt und nur den Bildschirm angestarrt habe, fasse ich einen Entschluss: Ich muss Liam zurückholen, sonst fressen mich die Schuldgefühle auf.

Nach neun Versuchen, ihn telefonisch zu erreichen, nimmt er endlich ab.

»Habe ich dir nicht gesagt, du sollst mich in Ruhe lassen?«, lallt er in den Hörer. Natürlich hat er wieder getrunken. Im Hintergrund sind Stimmen zu hören, aber es klingt nicht so laut, als wäre er auf einer Party.

Meine Finger verkrampfen sich, doch statt Wut fühle ich Angst und Reue in meinem Magen. »Wo bist du?«, frage ich, schließe die Augen und massiere mit der freien Hand meine Schläfe. Den ganzen Tag über werde ich von starken Kopfschmerzen malträtiert, aber ich weiß ja, wo sie herkommen.

»Wieso interessiert dich das?« Er lacht und lallt und ich atme tief durch.

»Es tut mir leid, Liam«, sage ich. »Ich will nicht, dass du irgendwelche Dummheiten machst. Lass mich dich abholen.«

Ich muss ihn noch mehrere Male überreden, mir seinen Standort zu senden, aber dann tut er es endlich. So schnell ich kann, eile ich zu meinem Motorrad, nicht aber ohne einen Blick auf Hazels Haus zu werfen, das stockdunkel da steht. Sie scheint nicht zu Hause zu sein. Was sie wohl macht?

Es sollte dich nicht interessieren, mahnt meine innere Stimme. *Dein Leben ist das reinste Chaos, du hast alle Hände voll zu tun mit deinem Bruder. Du kannst ihn nicht fallen lassen, so wie es deine ›Eltern‹ getan haben. Auch wenn du jedes Mal von Reue und Schmerz befallen wirst, wenn du ihn siehst. Denn wenn du in seine Augen blickst, siehst du gleichzeitig auch Leahs. Und es ist verdammt schwer, sich nicht dafür zu hassen, dass man seine erste große Liebe im Stich gelassen hat.*

KAPITEL 22
Hazel

Es ist Wochenende und während die Bewohner der *River Lane* sich darüber freuen, endlich nicht mehr arbeiten zu müssen, in ihren gepflegten Gärten zu sitzen und Zeit mit der Familie zu verbringen, wünsche ich, ich könnte mich einfach die ganze Zeit durch Arbeit ablenken. Ich würde lügen, würde ich sagen, dass mich Calebs Abfuhr vor ein paar Tagen nicht verletzt hat. Immerzu kreisen meine Gedanken um ihn, egal, wie sehr ich auch versuche, nicht über ihn nachzudenken. Aber das ist nicht so einfach, wenn ich weiß, dass er bloß wenige Schritte von mir entfernt wohnt.

Ethan versucht alles, um mich bei Laune zu halten, und auch meine beste Freundin, der ich alles per Facetime berichtet habe, schreibt mir ununterbrochen Nachrichten oder ruft mich abends an. Ich weiß es zu schätzen, dass sie sich so um mich sorgen und auf mich aufpassen wollen, aber es ändert nichts daran, dass sich mein Herz so anfühlt, als sei ein Loch darin.

Denn ... scheiße.

Ich habe mich in ihn verliebt.

In den Mann, der mich in Vegas gerettet hat.

Mit dem ich den heißesten One-Night-Stand hatte.

Den ich ein Jahr lang nicht mehr gesehen habe, nur um dann seine Nachbarin zu werden.

Ja, in den Mann, der mich fuchsteufelswild gemacht hat.

Und mir später gezeigt hat, wie liebenswert er eigentlich ist.

Doch das spielt jetzt alles keine Rolle, denn wir sprechen kein Wort mehr miteinander und ignorieren uns. Wir sind nicht einmal mehr normale Nachbarn, die sich grüßen. Wir tun einfach so, als ob der jeweils andere nicht existiert. Und das macht alles nur noch schlimmer und schmerzhafter.

Ich stehe vor dem Waschbecken im Badezimmer und trage Lipgloss auf. Ich bin geschminkt, meine Augen strahlen durch den golden schimmernden Lidschatten, meine Wangen sind rosig, die Haare trage ich zu einem süßen, tiefen Dutt, einige Haarsträhnen umspielen mein Gesicht. Ein weißes, ausgestelltes Top und eine Röhrenjeans zieren meinen Körper, doch das Lächeln auf meinen Lippen könnte nicht falscher sein. Ich weiß nicht, wie ich mich hierzu habe überreden lassen, aber Ethan hat mir allen Ernstes ein Date mit einem Freund von ihm organisiert. Am liebsten würde ich mich einfach mit Archie auf der Couch verkriechen, denn alles tut so weh, einfach so weh, doch mein Ego versucht, mich zu pushen und mir zu sagen: *Reiß dich zusammen! Dieser Vollidiot Caleb hat dich nicht verdient und du wirst nicht eine weitere Träne an diesen Menschen verschwenden.*

Also setze ich einen Schritt vor den anderen, öffne die Tür, als es klingelt, gebe dem gut aussehenden Mann meine Hand und lasse mich zu seinem Auto geleiten. Ich höre ihm zu, als er mir erzählt, dass er Polizist ist, werfe einen kurzen Blick auf seine strahlend weißen Zähne, die blonden Haare, die er lässig zu einem Mittelscheitel trägt, und nicke hin und wieder, um ihm zu zeigen, dass ich gebannt zuhöre.

Es ist nett mit ihm. Wir gehen in ein schickes Restaurant etwas außerhalb von Greeneville. Er schmeichelt mir, macht mir Komplimente, doch das ändert nichts daran, dass kein Funke überspringt. Wie auch? Meine Gedanken hängen die ganze Zeit über bei Caleb. Wenn ich Josh, meinem Date, in die Augen sehe, spüre ich nicht die Anziehung, die ich spüre, wenn ich in Calebs blaue Augen sehe. Wenn Josh lacht, geht mein Herz nicht auf. Wenn er aus seinem Leben erzählt, hänge ich nicht wie gebannt an seinen Lippen. Aber ... es ist nett mit ihm. Und Ethan hat vermutlich recht, dass ich mich so viel wie möglich ablenken sollte. Und vielleicht kriege ich irgendwann meine Gedanken von Caleb los, wenn ich wieder unter Menschen tauche.

Josh bezahlt sogar das Essen, lässt mich bei sich unterhaken, als wir das Restaurant verlassen, und fährt mich Gentleman-like bis vor mein Haus. Ein schlechtes Gewissen überkommt mich, denn es ist mehr als deutlich, dass der Abend in seinen Augen gelungen ist.

Wir steigen aus dem Auto aus, Josh eilt auf meine Seite und stellt sich vor mich. Er strahlt und ja, er ist wirklich süß. Süß und liebevoll und zuvorkommend und höflich. Aber er ist nun einmal nicht mysteriös, einnehmend, charmant und treibt mich nicht so in den Wahnsinn wie Caleb. Und ich kann mich nicht dabei stoppen, die beiden die ganze Zeit über in meinen Gedanken miteinander zu vergleichen. Auch wenn es unfair ist.

»Ich hatte einen sehr schönen Abend.« Josh tritt dicht vor mich und am liebsten würde ich etwas Abstand zwischen uns bringen. Er streicht eine lose Haarsträhne hinter mein Ohr.

»Ich fand es auch schön. Danke noch mal für das Essen und dass du uns gefahren hast«, erwidere ich höflich.

»Immer wieder gern, Hazel.«

Jetzt wäre der Moment, in dem ich einfach reingehen sollte, um ihm nicht weiter Hoffnungen zu machen, doch dann sehe ich, wie sich die Eingangstür des Hauses neben meinem öffnet. Calebs. Er tritt mit einer Mülltüte in der Hand heraus und sieht Josh und mich nicht. Erst als er am Bürgersteig angekommen ist und die Tüte in den Eimer schmeißt, richtet er seinen Blick nach oben und schaut zu uns. Obwohl wir ein ganzes Stück voneinander entfernt stehen, spüre ich seinen Blick überall, mir wird heiß und ich muss schlucken.

Caleb steht bloß da und sieht uns an. Er regt sich nicht und ich tue es auch nicht.

»Dann wünsche ich dir noch einen schönen Abend, Hazel. Ich würde mich freuen, wenn wir uns bald noch einmal sehen würden. Meine Nummer hast du ja«, sagt Josh und lenkt meine Aufmerksamkeit wieder auf sich.

Verdutzt schaue ich ihn eine Sekunde lang an, blinzle kurz und setze dann wieder mein Lächeln auf. Mein Körper funktioniert auf einmal wie auf Autopilot, ich bekomme fast nicht mit, was ich mache. »Vielen Dank noch mal«, sage ich etwas lauter als sonst. »Ich hatte lange nicht mehr so einen schönen Abend.« Als wäre das nicht genug, stelle ich mich auf meine Zehenspitzen, nähere mich seinem Gesicht und ... gebe ihm einen Kuss auf die Lippen. Zaghaft, vorsichtig, doch Josh schließt gleich seine Arme um meinen Körper, zieht mich dichter an sich heran. Seine Zunge dringt in meinen Mund und ich höre nicht auf, ihn zu küssen. Ich spüre nichts, bis ich meine Augen öffne und geradewegs zu Caleb schaue, der nach wie vor am gleichen Fleck steht. Und während Josh mich fest in seinen Armen hält und der Kuss immer feuchter wird, spüre ich so etwas wie Genugtuung. Doch das Gefühl hält nicht länger als wenige Sekunden an, denn dann wendet Caleb seinen Blick ab, geht mit schnellen Schritten ins Haus zurück und knallt die Haustür mit voller Wucht hinter sich zu.

Ich löse mich von Josh, in seinen Augen liegt ein Glanz, der in meinen ganz sicher nicht zu finden ist. Jetzt hat mich das Ganze schon so weit getrieben, dass ich einem anderen Mann Hoffnung mache, obwohl ich gar nicht vorhabe, ihn weiter zu daten!

»Ich … muss jetzt rein«, stammle ich, doch Josh scheint von meiner wirren Gefühlslage nichts mitzubekommen.

»Wir sehen uns«, meint er und grinst mir noch ein letztes Mal zu. Er steigt in seinen Wagen, doch fährt erst los, als ich die Haustür hinter mir schließe.

Archie kommt gleich auf mich zugelaufen, miaut fröhlich und freut sich über meine Rückkehr. Ich bücke mich, hebe das schwarz-weiße Wollknäuel auf und drücke es fest an mich. Dann setze ich Archie wieder ab, widerstrebend maunzt er mich an.

Ich krame in meiner Handtasche nach meinem Handy, um Ethan zu fragen, ob er zu Hause ist. Doch auf seine Antwort zu warten, dauert mir zu lange, also stecke ich das Handy zurück in die Tasche und renne auf die andere Straßenseite, um mich bei meinem besten Freund auszuheulen.

KAPITEL 23

Caleb

Wie ein Tiger im Käfig laufe ich durch mein Arbeitszimmer. Auf und ab. Auf und ab. Meine Gedanken rasen, meine innere Stimme verhöhnt mich und ich verspüre den Drang, alles kurz und klein zu hacken. Meine Hände sind zu Fäusten geballt, mein Blick wandert immer wieder zum Fenster, dessen Vorhang zugezogen ist und mir den Blick nach draußen verwehrt. Ob sie dort immer noch mit diesem Schmierlappen steht? Küssen sie sich noch? Oder hat sie ihn mit zu sich reingenommen? Womöglich ist er gerade schon auf ihr, auf ihrem nackten Körper, dringt in sie ein ... oder sie hockt vor ihm und nimmt ...

»Verdammte Scheiße!«, brülle ich und trete gegen den Stuhl vor meinem Schreibtisch, sodass dieser scheppernd zu Boden fällt. Den Kopf lasse ich in meine Handflächen sinken. In mir brodelt alles, ein ekliges Gefühl der Eifersucht macht sich in jeder Zelle breit und dann ist da noch meine innere Stimme, die mich fragt: *Was hast du denn erwartet?*

Eine so hübsche, intelligente und liebevolle Frau wie Hazel kann gar nicht lange allein sein. Mit ihrer Art kann sie jeden um den Finger wickeln, auch wenn ihr das vielleicht gar nicht bewusst ist. Und es killt mich, dass *ich* bis vor Kurzem noch derjenige war, dem ihr Lachen und ihre Küsse gewidmet waren. Und nicht diesem schmierigen ...

»Argh!«, rufe ich, streiche durch meine Haare, die sich wirr anfühlen. Ich drehe mich um und sehe, dass Liam sich unbemerkt nach oben geschlichen hat.

»Was willst du hier?«, blaffe ich ihn an.

Entschuldigend hebt er die Hände. »Ich habe dich fluchen und herumtrampeln hören, nachdem du nach hier oben verschwunden bist. Ich wollte nur nachsehen, ob alles in Ordnung ist.«

»Sieht es so aus?«, frage ich und lache laut, doch der Klang erstickt schnell. Dann atme ich tief durch und schüttle meinen Kopf. »Tut mir leid, ich will mich nicht mit dir streiten.«

Liam zuckt bloß mit den Schultern. »Ich habe es vermutlich verdient, dass du mich so anmachst. Wäre ich du, würde ich es sicherlich genauso machen. Es ist nicht einfach mit mir als Bruder.« Ich bin erstaunt über seine ehrlichen Worte, doch bevor ich etwas erwidern kann, spricht er schon weiter. »Du solltest zu ihr gehen. Das mit ihr klären. Ich merke doch, dass du Gefühle für die Kleine von nebenan hast. Du bist komplett neben der Spur die letzten Tage.«

Ich schaue weg, meine Wut flaut langsam ab.

Dafür wird sie jetzt durch Erinnerungen ersetzt. Erinnerungen an frühere Zeiten. Und sie tun weh. Verdammt weh. Ich schüttle den Kopf. Es ist das erste Mal, soweit ich mich erinnern kann, dass Liam mir ... Beziehungstipps gibt. Doch das hier ist nichts, worüber ich mich mit ihm unterhalten möchte. »Liam, da gibt es nichts, worüber wir reden müssten«, will ich vom Thema ablenken, doch er gibt nicht auf.

»Hey, du kannst mit mir darüber reden«, wendet er ein, doch ich lache.

»Meinst du das ernst? Du hast dich noch nie für meine Probleme interessiert. Immer ging es nur um dich und um all das Chaos, was um dich herum geschehen ist. Ich bitte dich, Liam, lass mich einfach mit dem Thema in Ruhe und misch dich da nicht ein. Schau sie nicht einmal an.« Langsam brodelt es wieder in mir, vermischt mit schmerzhaften Bildern vor meinem inneren Auge.

»Ich will dir doch nur helfen«, meint er, doch ich schüttle den Kopf.

»Liam, in erster Linie solltest du dir selbst helfen, bevor du dich bei mir einmischst.« Ich schaue ihn ein letztes Mal an, dann rausche ich aus dem Raum, durch die Haustür und setze mich auf mein Motorrad. Ich verlasse die *River Lane* in viel zu hohem Tempo, aber so ist es immer bei mir, wenn mir alles zu viel wird: Ich rase davon und bete, dass ich meine Dämonen hinter mir lassen kann. Doch das klappt nie. Denn letzten Endes holen sie mich immer wieder ein.

Es ist mitten in der Nacht, als ich wieder in die *River Lane* einbiege. Die letzten Stunden bin ich einfach kreuz und quer gefahren, habe die Zeit und Ruhe zum Nachdenken genutzt und bin zu dem Entschluss gekommen, dass sich etwas ändern muss. Ich kann nicht länger dabei zusehen, wie mein kleiner Bruder sein Leben weiter zerstört und unsere Beziehung darunter leidet. Ich habe schon oft versucht, ihn bei Therapien und einem Entzug anzumelden, doch er ist entweder nie hingegangen und es hat im Streit geendet oder er hat mich angelogen und so getan, als würde er dorthin gehen. Aber dieses Mal werde ich es schaffen, dass er geht, ich werde an seiner Seite sein und ihn unterstützen und ich habe große Hoffnung, dass er die Chance wirklich nutzen wird.

Ich stelle mein Motorrad vor die Einfahrt. Es ist stockdunkel, bloß die Straßenlaternen spenden spärlich Licht. In jedem Haus auf der Straße ist es dunkel, alle schlafen. Auch in meinem Haus brennt kein Licht mehr. Ich gehe davon aus, dass Liam schläft, als ich hinein gehe.

Leise laufe ich umher, gehe ins Wohnzimmer, da er die letzten Tage auf der Couch geschlafen hat, und erwarte, ihn dort zu sehen, aber ... es ist niemand da. Ich schalte das Licht an, doch das Wohnzimmer ist leer. Ebenso die ganze untere Etage. Ich gehe die Treppe hinauf, doch auch hier gibt es kein Anzeichen von meinem Bruder.

»Liam?«, rufe ich und laufe umher, finde ihn aber nicht. Langsam macht sich ein unruhiges Gefühl in meiner Brust breit. Das intensiviert sich, als ich feststelle, dass auch sein Rucksack weg ist. Wo steckt er bloß? Ich versuche, ihn auf seinem Handy zu erreichen, aber es geht keiner ran. Ich probiere es ein zweites Mal, drittes Mal, doch ich erreiche ihn nicht.

Hoffentlich geht es ihm gut, bete ich innerlich, aber vermutlich mache ich mir viel zu viele Gedanken. Vielleicht ist er gerade bei einem Kumpel. Er wird sich sicher morgen früh bei mir melden.

Der nächste Morgen bricht an und das Erste, was ich tue, ist nach meinem Handy zu greifen. Tatsächlich habe ich zwei verpasste Anrufe, doch sie sind von einer unbekannten Nummer. Ich runzle die Stirn, rufe erst nochmal bei Liam an, gehe fest davon aus, dass er die Nacht bei einem Kumpel verbracht hat. Das Handy gegen mein Ohr gepresst gehe ich die Stufen nach unten, um mir einen Kaffee zuzubereiten. Liam nimmt nicht ab.

Gerade hole ich eine Tasse aus dem Schrank, da blinkt mein Handy auf und zeigt wieder einen Anruf der fremden Nummer an.

»Hallo, sind Sie der Bruder von Liam Reed?«, meldet sich eine ältere, mir unbekannte Frauenstimme.

»Äh, ja, mit wem spreche ich?« Ich bin verwirrt – wer ist die Frau?

»Ich rufe aus dem *Greeneville Community Hospital* an. Ihr Bruder hatte in der Nacht einen Autounfall und befindet sich nun bei uns in ärztlicher Obhut. Könnten Sie vorbeikommen, um uns die fehlenden Daten Ihres Bruders zu nennen?«

Ich blinzle, ich schlucke, das Blut in meinen Ohren rauscht und ich frage mich, ob das hier gerade echt ist oder bloß Einbildung. Eine schwere Last drückt auf meine Schultern, auf meinen Brustkorb, und ich spüre, wie meine Kehle enger wird und mir die Luft zum Atmen nimmt. Die Tasse, die ich gerade noch in der Hand gehalten habe, fällt achtlos auf den Boden und zerspringt in unendlich viele Kleinteile.

»Mr Reed? Sind Sie noch dran? Können Sie herkommen?«

Ich höre die Stimme der Frau wie durch Watte und irgendwie schaffe ich es, ihr zu antworten. Sie verabschiedet sich von mir und legt auf, während ich mich an der Kücheninsel festkrallen muss, um nicht umzukippen.

Ihr Bruder hatte in der Nacht einen Autounfall.

Die Worte wiederholen sich in meinem Kopf wie in einer Endlosschleife.

Es tut uns leid, Ihnen mitzuteilen, dass ihre Freundin Leah einen schweren Autounfall hatte und ihn leider nicht überlebt hat.

Die zwei Sätze in meinem Kopf. Ich kann nicht atmen, ich bin wie gelähmt, mir tut alles weh. Irgendwie schaffe ich es, das Haus zu verlassen und zu meiner Einfahrt zu laufen, auch wenn ich nichts um mich herum richtig wahrnehme.

Ich stehe an meinem Motorrad und zittere, meine Wangen fühlen sich bereits feucht an und ich weiß, dass ich in diesem Zustand nicht fahren sollte. Mir ist schlecht, denn ich war nicht für ihn da. So wie ich es damals nicht für Leah war. Ich schließe meine Augen für einen Moment, denn mir ist schwindelig, ich kann nicht atmen und ich muss losfahren, verdammt, ich muss zu ihm.

Als ich meine Augen öffne, steht sie vor mir.

Hazel.

Wie ein Engel.

KAPITEL 24

Hazel

Caleb ist wie betäubt, stützt sich auf seinem Motorrad ab und starrt mir einfach nur in die Augen. Sein Blick ist so leer, dass ich erschaudere. Gerade wollte ich mich auf den Weg machen, einen kleinen Einkauf zu erledigen, da meine ersten Kundentermine heute erst mittags sind. Doch dann sah ich Caleb, der wie versteinert in seiner Einfahrt stand. Es hat keine Sekunde gedauert, bis ich gespürt habe, dass etwas nicht stimmt. Und damit sollte ich nicht falsch liegen.

»Caleb, sprich mit mir«, flehe ich ihn an, lege meine Handflächen an seine Wangen, die sich ganz heiß anfühlen. »Ist alles in Ordnung? Was ist passiert?«

Er senkt seine Lider und als er mich ansieht, sehe ich so viel Schmerz in seinen Augen, dass es mir für einen Moment die Luft zum Atmen raubt.

»Mein Bruder«, ist alles, was er sagt, doch ich verstehe ihn.

Ich nicke bloß, ganz schnell, male mir die fürchterlichsten und herzzerreißendsten Szenarien in meinem Kopf aus, was ihm zugestoßen sein könnte. Ich will Caleb nicht mit weiteren Fragen quälen, was passiert ist, also hake ich mich bloß bei ihm unter. »Wo müssen wir hin?«

»*Greeneville Community Hospital.*« Seine Stimme klingt so kraftlos. Ich habe ihn noch nie in diesem Zustand erlebt und Panik macht sich in mir breit, doch ich realisiere, dass *ich* jetzt diejenige sein muss, die stark bleibt. Für Caleb. Für uns beide.

Irgendwie schaffen wir es zu meinem Auto, ich glaube, dass Caleb nur noch auf Autopilot funktioniert. Während der kurzen Autofahrt zum Krankenhaus versuche ich, all meine positive Energie und Gedanken zu sammeln. Bestimmt geht es seinem Bruder gut. Ganz sicher. Es kann nichts Schlimmes passiert sein. Und ohne dass ich Calebs Verwandtschaft überhaupt kenne, trifft es mich trotzdem. Mein Blick geht kurz in seine Richtung, er guckt starr aus dem Fenster und beobachtet die vorbeiziehenden Häuser Greenevilles. Jetzt kann ich nicht mehr darüber nachgrübeln, dass Caleb noch vor Tagen zu mir meinte, wir sollen uns voneinander fernhalten. All das Drama und die Diskussionen sind so weit hinten in meinem Kopf, dass ich nicht darüber nachdenken kann. Nicht jetzt. Ich will einfach für ihn da sein und seine Nähe spüren. Und ich hoffe, dass es ihm guttut, mich bei sich zu haben.

Im Krankenhaus angekommen erwartet uns gleich dieser typische Geruch von Desinfektionsmitteln und ... Angst, Unwissenheit, Sorge. Wie von selbst verschränken sich unsere Finger miteinander. Seine Hand fühlt sich kalt an und ich streiche mit meinem Daumen über seinen Handrücken, um ihn zu beruhigen und ihm zu zeigen, dass ich da bin. Als ich zu ihm hochschaue, sieht er immer noch so besorgt aus wie zuvor, aber er schenkt mir ein kleines Lächeln. Und das ist Gold wert.

»Entschuldigung, mein Bruder, Liam Reed, ist hier. Er hatte einen Unfall.« Die Worte sprudeln nur so aus Caleb heraus und die junge Frau an der Rezeption hat Mühe, ihn zu verstehen. Sie nennt uns die Zimmernummer und bevor sie zu Ende sprechen kann, zieht Caleb mich schon an der Hand hinter sich her.

Wir eilen die Treppenstufen hinauf, bis wir in der richtigen Etage ankommen. Vor der Zimmertür verlangsamen sich Calebs Schritte, als würde er zögern. Als er stehen bleibt, lege ich meine Hand an seine Wange, damit er mich ansieht.

»Alles wird gut«, flüstere ich.

Er nickt. So langsam, dass man es fast nicht erkennen würde, aber ich weiß, dass er meine Worte verstanden hat.

Er beugt sich hinunter, streicht mit einer Hand durch meine Haare, die andere legt er unter mein Kinn. Und dann spüre ich seine weichen Lippen auf meinen, so sanft und zaghaft, aber umso bedeutungsvoller. Mein Herz macht einen Salto, all der Schmerz der letzten Tage ist mit einem Mal verschwunden. Es fühlt sich so an, als würde alles an die richtige Stelle gerückt werden.

Als er sich von mir löst, realisiere ich, dass wir diese

Verbindung zwischen uns beiden nicht einfach kappen können. Zwar müssen wir über alles reden – nicht nur über diesen Kuss und was er bedeutet, sondern auch über die letzten Tage und Wochen. Aber nicht jetzt. Das hat Zeit.

Ein Doktor in weißem Kittel kommt mit zügigen Schritten auf uns zu. Er streckt seine Hand aus, um uns zu begrüßen, dann wendet er sich an Caleb.

Ich trete einen Schritt zurück, um die beiden in Ruhe reden zu lassen.

»Sie sind der Bruder?«, hakt der Arzt nach und Caleb nickt. »Dann kommen Sie mit rein. Ihr Bruder ist noch sehr schwach, aber es geht ihm langsam wieder besser. Er muss noch einige Tage im Krankenhaus bleiben, aber er hatte einen Schutzengel, dass bei dem Autounfall alles so glimpflich ausgegangen ist …«

Die beiden gehen in den Raum und ich lehne mich an die Wand im Flur und warte. Ich möchte Caleb und seinem Bruder die Zeit geben, die sie brauchen, und ich werde auf ihn warten, egal, wie lange es sein muss.

Eine Stunde später taucht Caleb wieder im Flur auf. Der Arzt hat schon vor einer ganzen Weile den Raum verlassen und den beiden etwas Zeit zu zweit gegeben. Caleb sieht etwas besser aus als vorhin, nichtsdestotrotz wirken seine Augen müde und er ist blass. Aber er lächelt schon wieder ein wenig und ich glaube, ein Funkeln in seinem Blick zu erkennen, als ich ihm einen dampfenden Kaffeebecher entgegenhalte. »Hier, für dich.«

Dankend nimmt er den Kaffee entgegen und nimmt gleich einen großen Schluck.

Die letzte Stunde habe ich hier auf dem Flur verbracht und bin nur schnell zu einem Automaten gegangen, um Kaffee zu ziehen. Ich wollte hier sein, wenn Caleb mich braucht. Und ich glaube, zu spüren, dass er froh ist, dass ich hier bin.

»Sollen wir ein wenig spazieren gehen?«, fragt er mich und ich nicke. Schweigend laufen wir durch die Flure des Krankenhauses, in dem uns immer wieder eilende Krankenschwestern, Ärzte und Patienten entgegenkommen.

Vor dem Gebäude liegt eine riesige Grünfläche, an der wir jetzt entlanglaufen.

Caleb ist der Erste, der das Schweigen bricht. »Liam hatte einen Autounfall, nachdem ich ihm gestern Vorwürfe gemacht habe. Ich habe mir keine Gedanken darum gemacht, dass ihn meine Worte treffen könnten, und bin mit meinem Motorrad abgehauen. Als ich nachts zurückkam, war er nicht mehr da. Er war sauer auf mich, verletzt und ist mit seinem Auto in einen Unfall geraten.«

Ich schlucke, unsere Hände streifen sich beim Laufen. »Aber jetzt geht es ihm wieder besser?«, erkundige ich mich vorsichtig.

»Ja.« Caleb schaut nach oben in den Himmel, während wir laufen. Dann richtet er seinen Blick wieder nach vorn. Wir sind die Einzigen, die hier spazieren. Es ist ruhig, doch ich habe das Gefühl, Calebs Gedanken laut hören zu können. Er hat viel mit sich selbst ausgemacht, aber langsam öffnet er sich immer mehr. »Zum Glück ist ihm nichts Schlimmes passiert. Wie durch ein Wunder ist er beinahe unversehrt, aber er hat eine leichte Gehirnerschütterung und muss noch eine Weile unter ärztlicher Beobachtung bleiben«, erklärt er mir.

»Das ist gut, zu hören.« Ich nippe an meinem Kaffee, dann bleibt Caleb stehen. Seine Augen bohren sich in meine. Sie schimmern feucht.

»Hazel ...«, setzt er an. »Ich hatte solche Angst um ihn, als das Krankenhaus mich vorhin angerufen hat. Es ist nicht das erste Mal, dass ... dass so etwas passiert ist.« Und dann bricht es aus ihm heraus. Er erzählt mir von Leah, seiner ersten großen Liebe. Er erzählt von seinem Bruder und wie er sich immer weiter mit Partys und Alkohol zerstört hat. Er spricht von seinen Erzeugern, die er nicht mehr Eltern nennen will, weil sie keine sind, und wie sie ihnen das Leben schwer gemacht haben. Als Caleb an der Stelle ankommt, an der er von Leahs Autounfall erzählt, stockt er. »Sie ist gestorben, weil ich mich um Liam kümmern musste. Wie so oft. Und ich realisiere erst jetzt, wie sehr ich ihn dafür gehasst habe, dass er nicht nur sein Leben zerstört. Ich habe ihm die Mitschuld gegeben, dass sie tot ist. Dabei war er jung, ist es immer noch, und wusste sich nicht besser zu helfen. Er musste auch mit dem Druck umgehen, mit dem wir von klein auf groß geworden sind. All die Jahre habe ich uns beiden diese Bürde der Schuld aufgelastet.«

Ich denke nicht nach, sondern schließe ihn in eine feste Umarmung, spüre, wie er seinen Kopf auf meiner

Schulter ablegt und mich dicht an sich drückt. Behutsam streichle ich über seinen Kopf.

»Es ist nicht eure Schuld«, wispere ich, spüre, wie auch mir die Tränen kommen. »Es ist nicht eure Schuld.«

Eine Woche ist seit den Geschehnissen vergangen. Caleb und ich haben jeden Tag miteinander verbracht. Wir haben gemeinsam seinen Bruder besucht, dem es wieder gut geht. Gott sei Dank. Ich habe die letzten Tage damit verbracht, darauf zu achten, dass es Caleb besser geht, dass er nicht in seiner Traurigkeit versinkt. Bislang hatten wir noch kein klärendes Gespräch ... wegen uns. Wie es jetzt weitergeht. Ich wollte ihn nicht drängen, andere Dinge hatten Priorität.

Doch jetzt ist sein Bruder aus dem Krankenhaus zurück. Und Caleb ist derjenige, der als Erstes die Initiative ergreift. »Ich denke, es ist an der Zeit, dass wir ... reden.« Er steht in meiner Küche, während ich Archie Fressen in seinen Napf gebe.

Ich nicke und mein Herz klopft gleich schneller, dabei habe ich das Gefühl, dass uns beiden ohnehin einiges klar geworden ist in den letzten Tagen. »Okay.«

Archie stürzt sich auf sein Fressen, während Caleb vorneweg läuft und ich ihm hinterher. Er steuert meinen Garten an, den ich in meiner bisherigen Zeit in Greeneville noch nicht hergerichtet habe. Das Gras ist hochgewachsen und die Blumen sprießen wild, dafür gibt es auf der Terrasse aber einen kleinen Holztisch mit zwei passenden Stühlen, an dem wir jetzt Platz nehmen.

»Hazel«, sagt er und schaut mir dabei so tief in die Augen, dass ich eine Gänsehaut bekomme. »Läuft da was zwischen dir und diesem ... Typen ... mit dem du letztens aus warst?«

Für einen Moment erstarre ich, denn Josh ist so weit in meinem Gedächtnis nach hinten gerückt, dass ich gar nicht gleich an ihn denke. Schnell schüttle ich meinen Kopf. »Nein, wir waren nur einmal essen, mehr nicht. Ich habe ihm schon mitgeteilt, dass ich es mir nicht ... mehr vorstellen kann.«

Er lässt seine angespannten Schultern sinken, fast so, als sei er ... erleichtert. Ich beiße mir auf die Lippe, als ich ihn beobachte. Es ist ihm anzusehen, dass Tausende Gedanken durch seinen Kopf rasen. Aber mir geht es nicht anders. »Hazel ...«, setzt er dann wieder an. »Ich kann nicht länger so tun, als ... seist du nicht der Lichtblick, auf den ich all die Jahre gewartet habe. Ich ... verdammter Gott ... ich habe mich Hals über Kopf in dich verliebt. Ich will nicht länger in diesem Zustand mit dir schweben, in dem wir nicht wissen, was der jeweils andere denkt. Ich will, dass du weißt, dass ich dich liebe. Du bist der erste Mensch, dem ich mich wieder geöffnet habe. Und es hätte alles von Anfang an viel leichter sein können, aber ich habe das zwischen uns boykottiert, versucht, zu unterbinden, weil ich Angst hatte, erneut einen Menschen zu verlieren, der mir so viel bedeutet. Aber ich kann nicht länger so leben. In diesem Angstzustand, in diesem gelähmten Zustand. Ich will bei dir sein und dich küssen, ich will dich in meine Arme schließen können und dir zuhören, wenn du mir von deinem Tag erzählst. Ich will mich um dich kümmern, wenn du mich brauchst, und dich zum Lachen bringen. Das ist alles, was ich will.« Nachdem all das aus ihm herausgesprudelt ist, ist Caleb völlig außer Atem. Und mein Atem scheint wie abgekapselt.

Ich kann gar nicht alles so schnell verarbeiten, was er gerade gesagt hat. Gleichzeitig ist es das Schönste, was ich je gehört habe. Mein Herz ist im siebten Himmel, das Grinsen auf meinem Gesicht so breit, dass es beinahe schmerzt.

»Aber wenn du das alles ... nicht willst, dann werde ich das akzeptieren«, fügt Caleb schließlich hinzu und ich lache. Er zuckt zusammen und ich frage mich, wie er nicht sehen kann, dass seine Worte alles sind, was ich jemals hören wollte.

Er liebt mich. *Er liebt mich. Er liebt mich.*

Mein Gehirn kommt langsam hinterher und realisiert die Bedeutung dieser drei Worte.

Ohne ein Wort zu sagen, springe ich von meinem Stuhl auf, gehe zu Caleb und werfe mich in seine Arme. Beinahe fallen wir beide von seinem Stuhl, doch er hält mich. Fest und sicher. Unsere Nasenspitzen berühren sich, als ich in seine Augen blicke.

Dann verbinden sich unsere Lippen miteinander, erst zaghaft, dann immer stürmischer. Meine Zunge bahnt sich ihren Weg zu seiner, in mir kribbelt alles. Als wir uns voneinander lösen, liegt auch ein breites Grinsen auf seinem Gesicht.

»Heißt das, du willst mich?«, neckt er mich und drückt mir einen schnellen Kuss auf den Mund.

Ich kichere. »Wenn das jetzt noch nicht offensichtlich ist, dann weiß ich es auch nicht.« Eine Weile schauen wir uns nur an und genießen den Moment. »Ich habe mich auch in dich verliebt«, sage ich. Und als wir uns dann küssen, explodiert ein kleines Feuerwerk in mir.

KAPITEL 25
Caleb

Ich habe mich noch nie in meinem Leben so glücklich gefühlt wie in diesen Tagen. Alles scheint einfach … zu funktionieren. Hazel ist an meiner Seite und sie liebt mich. Genauso wie ich sie liebe. Ich hätte niemals gedacht, dass ich einen Menschen noch einmal in mein Leben, in mein Herz, eindringen lasse, doch ich konnte nichts dagegen tun. Und jetzt bin ich verdammt noch mal froh, dass Hazel es geschafft hat, meine Mauern zu durchbrechen. Denn mit ihr an meiner Seite fühle ich mich so stark wie nie zuvor.

Trotzdem nagt noch ein unwohles Gefühl in meiner Brust. Es ist noch nicht alles geklärt, es gibt Dinge, die viel zu lange verdrängt wurden, die sich mit Wut und Trauer in meinem Herzen festgesetzt haben.

Ich muss mit Liam reden. Nach all den Jahren ist es endlich an der Zeit, dass wir ein offenes Gespräch führen, über das … was damals geschehen ist. Leahs

Unfall. Ihren Tod. Und die Schuld, die ich meinem kleinen Bruder daran gegeben habe.

Mein Herz pocht wie verrückt in meiner Brust, mir ist schlecht und ich würde am liebsten gleich wieder kehrtmachen, als ich vor meinem Arbeitszimmer stehe und anklopfe. Nach seinem Krankenhausaufenthalt habe ich Liam bei mir aufgenommen und mein Büro zu seinem Schlafplatz umfunktioniert. Damit er nicht allein ist oder zu Menschen zurückmuss, die er als seine Freunde bezeichnet. Ich bin mir sicher, dass keiner von ihnen weiß, dass er einen Unfall hatte.

Unbewusst presse ich meine Zähne so fest aufeinander, dass sie knirschen. Die Nervosität macht sich in meinem Körper breit, doch ich muss das hier jetzt durchziehen. Viel zu lange habe ich ein Gespräch mit ihm aufgeschoben. Obwohl ich im hintersten Winkel meines Kopfes doch immer wusste, dass er nicht schuld ist. Es nicht ist und nie war.

»Herein.« Liams Stimme ertönt hinter der Tür.

Ich atme noch einmal tief durch, versuche, mich zusammenzureißen, und betätige dann den Türknauf. Im Türrahmen bleibe ich stehen. Liam liegt auf der Luftmatratze, die Hazel uns aus dem Supermarkt besorgt hat und die notdürftig als sein Schlafplatz herhalten muss. Er mustert mich mit einem schrägen Grinsen auf den Lippen. Es steckt mich an und ich bin heilfroh, dass er wieder munter ist.

»Was kann ich für dich tun, Bruderherz?« Er zieht eine Augenbraue in die Höhe und lässt sein Handy sinken.

»Wir müssen ... es ist an der Zeit, dass wir endlich

reden.« Ich falte die Hände ineinander, weiß nicht, wohin mit mir, und trete unschlüssig in den Raum.

Verwundert legt mein Bruder seinen Kopf schief und richtet sich auf der Matratze auf. Doch bevor er etwas darauf erwidern kann, spreche ich weiter. Die Worte, die ich ihm schon viel früher hätte sagen müssen. »Es ist nicht deine Schuld gewesen. Das war es nie.«

Eine Emotion flackert in Liams Augen auf, die ich nicht einordnen kann. Er sagt nichts. Schaut mich einfach nur an, aber ich spüre, dass er weiß, wovon ich rede. Mein Herz schlägt mittlerweile so fest in meiner Brust, dass es jeden Augenblick herausspringen könnte. Aber das hier ist wohl das wichtigste Gespräch, was ich in den letzten Jahren hatte. »Es tut mir leid. Verdammt, es tut mir so was von Leid, Liam. All die Jahre habe ich dir die Schuld an ... Leahs Unfall zugewiesen. Weil ich nicht damit leben konnte. Aber es war nie deine Schuld. Nie. Und ich wünschte, ich könnte es rückgängig machen. Die Worte, die ich dir an den Kopf geschmissen habe. Die Dinge, die ich gedacht und gefühlt habe.« Meine Stimme zittert, ganz leicht, und ich presse meine Lippen aufeinander. Um mich irgendwie davon abzulenken, was gerade in mir vorgeht. Ich spüre die Schwere all der Worte, die ich meinem Bruder in den letzten Jahren an den Kopf geknallt habe, wie eine Last auf meinen Schultern. Ich spüre die Schuld, die ich ihm zugewiesen habe, nur weil ich nicht mit Leahs Tod zurechtkam und damit, dass meine Eltern mich damit allein gelassen haben, mich um meinen Bruder zu kümmern. Dass sie uns im

Stich gelassen haben, obwohl er sie so dringend brauchte. Und ich sie auch.

Liam sagt immer noch nichts, doch unsere Blicke sind tief miteinander verbunden. Er schluckt, dann wendet er den Blick kurz ab, spielt mit seinen Fingern und schaut mich dann voller Emotionen an. »Ich ... ich weiß, wie schwer das alles für dich war. Für dich ist. Leahs Unfall und dass du dich um mich kümmern musstest. Obwohl das eigentlich die Aufgabe unserer Eltern war. Es ... tut mir auch leid«, sagt er dann und hebt die Hand, sobald ich meinen Kopf schüttle. »Ich habe es dir die letzten Jahre auch nicht einfach gemacht. Eigentlich ... seit ich mich erinnern kann. Weißt du, als ich jetzt den Autounfall hatte und tagelang im Krankenhaus lag, da habe ich es zum ersten Mal realisiert. Ich hätte einfach tot sein können. Einfach so. Von jetzt auf gleich. Und was für ein Leben hinterlasse ich? Ich habe nichts erreicht. Bis auf dich habe ich nicht einmal einen Menschen an meiner Seite, der mich unterstützt. Ich will nicht mehr so weiterleben. Ich will nicht, dass ich mein Leben jeden Tag ein Stückchen mehr zerstöre, und ich will nicht, dass all diese Dinge zwischen uns stehen.« Liam hat den Blick wieder auf den Boden gerichtet.

Ich beiße mir auf die Zunge, spüre, dass jeden Augenblick der Damm bricht und all meine Gefühle freien Lauf haben. Dieser Tag ist so fucking emotional, dass ich kaum noch Luft kriege. »Komm her«, sind die einzigen zwei Worte, die ich noch hervorpressen kann, bevor die erste Träne meine Wange hinunterrinnt.

Liam schaut hoch zu mir, ich sehe, dass seine

Augen leicht schimmern. Dann steht er auf und ich ziehe ihn in eine feste Umarmung. Meine Wangen fühlen sich feucht an, aber das ist mir egal. Ich habe das Gefühl, ich trage diese Tränen schon viel zu lange mit mir herum, und endlich kann ich sie freilassen.

»Verzeihst du mir?«, flüstere ich und spüre, wie er nickt.

»Verzeihst du mir auch?«, fragt er zurück und ich nicke ebenso. Der Kloß in meinem Hals macht es mir unmöglich, viel zu reden.

»Wir schaffen das«, presse ich hervor, bevor die Tränen meine Sicht verschwimmen.

Liam schlingt die Arme noch fester um mich und ich weiß nicht, wann wir uns das letzte Mal umarmt haben. Alles, was ich weiß, ist, dass sich mein Herz langsam wieder zusammensetzt, Stück für Stück. Und dass mein Bruder und ich alles hinkriegen werden, wenn wir einander haben.

Epilog

HAZEL

Ein Jahr später

Die Vögel zwitschern um die Wette, die Sonne strahlt in ihren hellsten Farben und ich tue es ebenfalls. Lachen klingt zu mir herüber, als ich auf meine Terrasse trete und die Menschen sehe, die mir so unglaublich viel bedeuten.

»Hey, Hazel, komm mal her«, ruft mir meine beste Freundin Willow vom Gartentisch aus zu. Sie ist bereits seit zwei Wochen hier in Greeneville, um meine neue Heimat endlich kennenzulernen, und bleibt bloß noch eine Nacht, bis sie wieder nach St. Louis zurückreist. »Ethan hat mir gerade eine so verrückte Story erzählt, das glaubst du mir gar nicht.«

»Ich komme sofort zu euch«, rufe ich grinsend zurück. Ethan und Alexander sitzen gleich gegenüber von ihr und Ethan ist so laut am Lachen, dass mein Herz aufgeht. Ich wusste die ganze Zeit über, dass die drei – und vor allem Willow und Ethan – sich blendend verstehen würden, sobald sie sich kennenlernen. Und damit habe ich recht behalten. Keine fünf Minuten, nachdem sie sich Hallo gesagt hatten, waren die zwei schon lauthals am Lachen und haben nicht aufgehört, miteinander zu plappern.

Ich bleibe noch eine Weile stehen, sauge diese warme und herzliche Atmosphäre um mich herum auf. Verdammt, ich fühle mich so glücklich, wie lange nicht mehr. Denn ich habe so unglaublich tolle Menschen an meiner Seite, die mit mir durch dick und dünn gehen würden.

Ich krame mein Handy aus der Hosentasche. Immer noch keine Nachricht. Caleb ist schon den ganzen Tag über unterwegs, er meinte, er müsse ein paar Dinge erledigen, aber er wollte mir nicht verraten, um was es geht. Ich überlege, ob ich ihn anrufen soll, lasse es dann aber sein. Er hat versprochen, dass er bis zum Abendessen hier sein würde, damit wir alle gemeinsam Zeit verbringen können. Also vertraue ich ihm einfach. Ich freue mich schon darauf, Zeit mit ihm und den anderen zu verbringen, besonders weil sich die Beziehung zwischen Caleb, Ethan und Alexander im letzten Jahr so gut entwickelt hat. Stand das Pärchen ihm, bevor es ihn wirklich kannte, noch skeptisch gegenüber, sind sie schnell mit ihm warm geworden. Ich liebe es, zu sehen, wie Alexander und Caleb sich über ihre Jobs austauschen und besonders wie Ethan und Caleb sich gegenseitig immer wieder aufziehen.

Es klingelt an der Tür und ich werde aus meinen Gedanken gerissen. Schnell sprinte ich zum Eingang und blicke in Liams strahlendes Gesicht.

»Hey!«, begrüßt er mich euphorisch und ich ziehe ihn in eine feste Umarmung.

»Freut mich, dass du auch gekommen bist«, sage ich und meine es auch. Gemeinsam gehen wir zurück in den Garten und setzen uns zu den anderen, die ihn genauso warmherzig begrüßen.

Im letzten Jahr hat Liam eine gewaltige Verwandlung durchgemacht. Kurz nach seinem Autounfall hat er sich dazu entschieden, einen Entzug zu starten und zur Therapie zu gehen. Der Unfall hat ihm gezeigt, wie schnell das Leben vorbei sein kann und wie wertvoll jeder Tag ist. Die letzten Monate waren nicht immer einfach, die meiste Zeit eher das Gegenteil, aber mit Caleb und mir und mit Ethan, Alexander und Willow hat Liam eine Gruppe an Freunden und Familie, die ihn unterstützt, so gut es geht. Zwar ist es noch ein langer Weg für ihn und vielleicht wird es auch für immer ein steiniger Weg bleiben, aber jeden Tag setzt er einen Schritt vor den anderen in Richtung eines gesunden, glücklichen Lebens. Und selbst wenn er mal ein paar Schritte zurückgeht, hat er immer noch uns, die ihn wieder nach vorn treiben.

Nachdem Caleb ein paar Monate nach Liams Autounfall bei mir eingezogen ist, hat er seinem Bruder sein Haus überlassen. Einerseits, damit er endlich eine feste Bleibe hat, um sich eine sichere Zukunft aufzubauen, andererseits, damit er immer Bezugspersonen in seiner Nähe hat, die für ihn da sind. Doch Liam ist nicht der Einzige, der sich seinem Leben gestellt hat und es endlich wieder in den Griff bekommen will. Auch Caleb hat sich einen Therapeuten gesucht, um seine Traumata zu verarbeiten und zu lernen, mit seinen Verlustängsten und Schuldgefühlen umzugehen. Die beiden Brüder zeigen mir jeden Tag aufs Neue, was es bedeutet, mutig zu sein und sich seinen Gefühlen zu stellen, auch wenn sie nicht immer positiv und einfach sind.

»Alexander und ich müssen euch auch noch etwas erzählen ...«, sagt Ethan auf einmal und hat sogleich meine Aufmerksamkeit.

»Sag nicht ...«, setze ich an und reiße die Augen breit lächelnd auf.

Alexander verdreht grinsend die Augen. »Eth, ich dachte, das sagen wir, wenn Caleb auch dabei ist.«

»Ich bin einfach zu ungeduldig«, meint Ethan und verdreht theatralisch die Augen. Das Funkeln in ihnen ist unübersehbar. Und auch Alexander hat einen Glanz in seinen Augen, der sich nicht abstreiten lässt.

»Nun schießt schon los«, fordert Liam die beiden auf. Wir sitzen alle gebannt auf unseren Stühlen. Ich ahne bereits, was jetzt kommt, und mein Herz schlägt vor lauter Aufregung viel zu schnell in meiner Brust.

»Na gut«, sagt Alexander. »Dann erzähl es ihnen, Schatz.«

»Okay.« Ethan atmet einmal tief ein und aus, bringt mich mit seiner Spannung fast um, dann sprudeln die Worte nur so aus ihm heraus. »Alexander und ich haben uns endlich dazu entschieden, ein Kind zu adoptieren.«

Eine Sekunde lang ist es still, dann fangen wir alle an, zu kreischen, bis auf Alexander, der sich lachend die Hände vors Gesicht hält. Als er sie wieder ablegt, sehe ich, dass seine Augen feucht schimmern. Meine tun es ebenfalls.

»O mein Gott, wie wundervoll!« Ich springe von meinem Platz auf und ziehe beide in eine feste Umarmung. Willow und Liam tun es mir nach und unsere aufgeregten, glücklichen Stimmen erfüllen den Garten.

»Ich habe meine Arbeitsstunden reduziert und neue Mitarbeiter eingestellt, die einen Teil meiner Arbeit übernehmen können, damit ich in Zukunft mehr Zeit mit Ethan und unserer kleinen Familie verbringen kann.«

Während Alexander alle Details ausplaudert und erklärt, wie es ab jetzt weitergehen wird, blicken Ethan und ich uns in die Augen. Wir müssen nicht einmal etwas sagen, um miteinander zu kommunizieren. Unser Lächeln sagt alles und in dem Augenblick schwillt mein Herz vor lauter Glücksgefühlen über. Ich wüsste nicht, was ich ohne Ethan an meiner Seite getan hätte. In meiner Zeit hier in der *River Lane* hat er sich zu so einem engen Freund entwickelt, dass ich niemals mehr ohne ihn sein mag. Und dass sich jetzt sein größter Wunsch erfüllt, ist das Schönste, was passieren konnte.

Die Stunden vergehen und Caleb taucht nicht auf. Ich zücke mein Handy, doch nach wie vor habe ich keine Nachricht von ihm. »Liam, weißt du, wo Caleb so lange steckt?«, hake ich nach, doch er zuckt bloß mit den Schultern. Und grinst.

»Wieso grinst du so?«, frage ich verwirrt nach. »Weißt du etwas, was ich nicht weiß?«

Liam atmet tief ein und beißt sich auf die Zunge, um sein Lächeln zu verbergen.

Willow starrt die ganze Zeit auf den Sperrbildschirm ihres Handys, als würde sie die Uhrzeit checken. Das macht sie schon seit einer ganzen Weile. Und auch als ich zu Alexander gucke, fällt mir auf, dass er ... ziemlich nervös wirkt. Immer wieder spielt er mit seinen Fingern. Ich runzle die Stirn, blicke zurück zu Willow und sehe, wie sie wieder einen Blick auf ihr Handy wirft und dann nickt. Ich will gerade nachfragen, was hier eigentlich los ist, da kommt Ethan mir schon zuvor.

»Ähm, Hazel, Caleb schafft es heute Abend nicht mehr, hierhin zu kommen.«

Ich blinzle. »Und das weißt du woher?«

»Das hat er mir gerade geschrieben.«

»Aber du hast doch gar nicht auf dein Handy geblickt.«

Ethan stockt, die anderen schauen ihn mit großen Augen an und es ist wohl mehr als deutlich, dass hier etwas vor sich geht, von dem ich als Einzige keinen blassen Schimmer habe.

»Will mir mal einer von euch erklären, was hier eigentlich los ist?«

Willow steht von ihrem Platz auf. »Ist doch gar nicht schlimm, wenn Caleb es nicht mehr rechtzeitig schafft. Wir können ja in der Zwischenzeit die Gegend ein wenig erkunden. Ich kenne ja noch gar nicht alle Fleckchen in Greeneville.«

Die anderen nicken hastig, stehen ebenfalls auf und ich merke, Widerstand ist zwecklos. Ethan hakt sich bei mir unter.

»Kannst du mir mal verraten, warum ihr euch so komisch verhaltet?«, flüstere ich ihm zu, doch er tut bloß so, als habe er mich nicht gehört. Doch da seine Mundwinkel leicht nach oben zucken, weiß ich, dass er mich schon verstanden hat.

Zu fünft quetschen wir uns in Ethans Wagen und machen uns auf den Weg zu ... wohin auch immer. Mit mir redet ja keiner und ich habe nach wie vor keinen blassen Schimmer, was hier gerade eigentlich vor sich geht. Keiner von den vieren will es mir erklären, beziehungsweise tun sie so, als wollen wir Willow bloß die Gegend zeigen. Und Caleb meldet sich immer noch nicht bei mir.

Ich habe keine Ahnung, womit ich rechnen soll. Vor allem, weil wir rund fünfundvierzig Minuten im Auto sitzen und niemand mir auch nur ein Sterbenswörtchen verraten will. Aber als wir vor dem *Tri-Cities Airport* in Blountville anhalten, verwirrt mich das dann doch ziemlich. Sehr sogar.

»Äh, was machen wir hier?« Mit gerunzelter Stirn steige ich aus dem Wagen.

Die anderen vier stehen grinsend daneben, als sei es das Normalste, dass wir fast eine Stunde Autofahrt hinter uns haben und nun an einem Flughafen stehen.

»Guck mal in den Kofferraum.« Willow nickt mir zu, ich runzle meine Stirn noch weiter und wache morgen früh bestimmt mit den schlimmsten Falten auf. Aber das ist mir im Moment so was von egal, denn ich verstehe bloß Bahnhof. Und wo verdammt noch mal steckt Caleb?

Ich will etwas erwidern, spare es mir dann aber, denn ich werde vermutlich ohnehin nur kryptische Antworten bekommen. Also gehe ich zum Kofferraum und spüre die Blicke der anderen neugierig auf mir.

Als ich ihn öffne, sehe ich einen großen, dunklen Koffer darin. *Meinen* Koffer, um genau zu sein, denn er hat eine grüne Schnur um den Griff gebunden, damit ich ihn am Gepäckband immer gleich erkenne.

»Äh …«, stammle ich und blicke zu den anderen, dann wieder zu meinem Koffer. Mein Puls beschleunigt sich und ja, ich habe langsam eine kleine Vorahnung, was hier passiert …

Auf einmal steht Alexander an meiner Seite und hebt den Koffer heraus. Er stellt ihn neben mir ab und als ich versuche, ihn hochzuheben, stelle ich fest, dass er ziemlich gut gefüllt sein muss.

»Wollt ihr mir mal erklären, was hier gerade passiert?«, bitte ich die anderen, doch sie lächeln bloß weiter so wissend wie schon die ganze Zeit über. Und meine Wangen fühlen sich mittlerweile ganz warm an, weil alle in etwas eingeweiht sind und ich nicht.

»Vielleicht solltest du mal in das vordere Fach sehen«, meint Ethan dann und stupst mich an.

Als ich den Reißverschluss öffne, holen meine zittrigen Hände einen Umschlag hervor. Ich öffne ihn und finde … eine Bordkarte. Mit meinem Namen darauf. Und dem Reiseziel … *Paris*.

Ich reiße die Augen auf, blicke verwirrt hin und her, dann wieder auf das Flugticket. Mein Herz rast, mein Gesicht glüht und ich beiße mir auf die Unterlippe.

»Aber wie ...?«, stammle ich und kann nicht einmal mehr einen vollständigen Satz bilden.

»Na, was sagst du dazu? Paris, nur du und ich und der leuchtende Eiffelturm?«

Wie aus dem Nichts taucht Caleb mit einem Koffer in der Hand auf. Er hält, genau wie ich, ein Flugticket in der Hand. Für einen Augenblick starre ich ihn einfach nur an, wie er da so in seiner Lederjacke steht, mit schräg gelegtem Kopf, dem typischen frechen Grinsen und so charmant wie eh und je.

»Das ist der Moment, in denen du im Film auf deinen Lover zurennst und ihn um den Verstand küsst«, flüstert Ethan in mein Ohr.

Ich schaue zu meinem besten Freund. Er nickt. Und dann renne ich los. Springe in Calebs Arme und spüre, wie er mich umschlingt. Meine Lippen finden seine und ich vergesse alles um mich herum. Ich nehme nur seine Nähe, seinen holzigen Geruch und seine Wärme wahr.

»Also, was sagst du?«, fragt er noch einmal, reibt mit seiner Nasenspitze über meine und ich kann nicht aufhören, glücklich zu grinsen. Mein Herz macht einen Salto.

»Ja, ja, ja«, antworte ich schnell, presse meine Lippen wieder auf seine und werde von all den Glücksgefühlen an diesem Tag beinahe umgehauen.

»Dann sollten wir uns beeilen. Damit wir unseren

Flug noch kriegen. Paris wartet auf uns.« Er zwinkert mir zu, streicht über meine Wange und sorgt dafür, dass ich mich schwerelos fühle. Angekommen. Glücklich.

Tief atme ich ein, sauge diesen Moment auf, in dem ich mit der Liebe meines Lebens vereint bin, umgeben von meinen besten Freunden. Ich beiße mir auf die Zunge, doch ich kann mein breites Lächeln nicht kontrollieren. Und ehrlich gesagt will ich es auch gar nicht. Ich lache laut, lasse die Glücksgefühle aus mir herausströmen und verliere mich in Calebs blauen Augen, die mich so verliebt ansehen, dass ich dahinschmelze.

Ende

Danksagung

Mein erster Dank gilt euch – meinen Leser*innen. Ich hoffe, die Liebesgeschichte von Hazel und Caleb hat euch gefallen und auf eine gefühlsreiche Reise mitgenommen. Es hat mir riesigen Spaß gemacht, diese Geschichte für euch zu schreiben. Besucht mich gern auf meinen Social-Media-Accounts, um mitzubekommen, wann es die nächste Liebesgeschichte geben wird!

Dem Federherz Verlag möchte ich für die großartige Zusammenarbeit danken. Ich bin sehr glücklich, Autorin in eurem Verlag zu sein.

Jasmin, danke für deine tolle Betreuung und dein hilfreiches Feedback.

Kristina, vielen Dank für die schöne Zusammenarbeit, das Korrektorat und dass dir auch kleinste Dinge auffallen.

Danke schön, Nikolina, dass du das Cover meiner Träume designt hast!

Jenny, vielen Dank für den tollen Klappentext und dass du bei Fragen immer erreichbar bist. Das Gleiche gilt für Kristina, danke für deine Unterstützung!

Bedanken möchte ich mich auch bei Adam – danke für dein Vertrauen und dein offenes Ohr.

Ein herzliches Danke gilt auch allen anderen Mitarbeiter*innen im Verlag, ihr seid spitze!

Ein riesengroßes Dankeschön muss ich an meine Testleser*innen aussprechen – ohne euch wäre die Geschichte von Hazel und Caleb nicht, was sie jetzt ist.

Danke an Jenny, Mariangela, Melanie, Birgit, Sandra, Kathrin P., Celina, Karina, Jennifer, Vivien, Eleonora, Irina, Quynh, Viola, Katrin, Daniela und Kathrin Z.

Mein unendlicher Dank gilt Annika, der wundervollsten Künstlerin, die ich kenne. Du motivierst und inspirierst mich jeden Tag aufs Neue. Vielen Dank für die wunderschöne Charakterkarte von Caleb und Hazel – ich liebe sie so sehr!

Zu guter Letzt danke an meine Verlobte Sarah. Für deine Unterstützung und alles, was du tust, damit ich meinen Traum verwirklichen kann. Ich bin so, so dankbar, dich zu haben.

Triggerwarnung

(ACHTUNG: SPOILER!)

Dieses Buch enthält neben expliziten Szenen auch Elemente, die potenziell triggern können. Diese sind: Alkoholkonsum/Alkoholmissbrauch, Tod einer nahestehenden Person, Autounfall.

Fakt: Jako Coleman ist ein begnadeter Boxer und unglaublich heiß.
Problem: Er ist der Ex-Freund meiner toten besten Freundin – und Ex-Freunde sind nun mal tabu!
Dennoch: Meine Vergangenheit ist gefährlich und er ist der Einzige, der mich beschützen kann.

Mit meinem kranken Herzen hatte ich nicht mehr lange zu leben. Doch nachdem meine beste Freundin Sky bei einem Autounfall ums Leben kam, hat sie damit meines gerettet. Jetzt schlägt ihr Herz in meiner Brust. Als wäre das nicht dramatisch genug, ist da noch Jako – Skys Exfreund. Eigentlich sollte ich ihn nach dem Beste-Freundinnen-Kodex hassen, da er sie auf miese Weise abserviert hat. Tue ich aber nicht. Im Gegenteil:
Ich habe schon immer heimlich für ihn geschwärmt.

Als herauskommt, dass hinter Skys Unfall ein Mord steckt, wird mir klar, dass ich ihn brauche. Denn da ist dieses Gefühl, dass irgendjemand es nicht nur auf Sky abgesehen hatte, sondern auch auf mich ...

Und wenn ich nicht aufpasse, verliere ich mein Herz ein weiteres Mal.